KB252917

창작의 실제

박 명 용 외

국학자료원

책머리에

창작은 복잡한 언어의 세계를 이해하고 다루어 자기만의 형태로 만드는 작업이다.

한국문학은 어언 1세기를 헤아리게 되어 그동안 수많은 작품이 창작되었고 인식에 따라 다양한 모습을 드러냈다. 문학이론 또한 다양하게 전개됨으로써 이제 창작도 현실적 욕구를 새롭게 충족시켜주어야 할 시점에 와 있다.

이에 부응하여 최근에는 각종 창작방법에 대한 지침서가 출간되고 있으나 대체적으로 창작보다 이론을 중심으로 제시되고 있어 창작을 해보고자 하는 사람들을 당황케 한다거나, 창작을 하는 데 있어 실제로 큰 도움을 주지 못하고 있는 것이 현실이다. 창작은 철저한 이론의 바탕 위에서 이루어져야 한다는 것은 분명하다. 그러나 뛰어난 이론가가 작품을 쓰지 못하는 경우를 보면 아이러니한 일이 아닐 수 없다.

이론이란 이성적 사고의 산물이고 창작은 무한한 상상력에서 나온다는 점에서 두 영역은 지향하는 바가 상이하여 모순을 드러내고 있다. 그렇다고 이론과 창작이 각기 다른 영역으로 분리되는 것은 아니

다. 그래서 창작이란 이론의 토대 위에 상상력을 부가하여 자기만의
새로운 세계를 창조하는 작업일 수밖에 없다는 결론에 이른다. 다시
말해 창작은 감성을 위주로 하고 여러 가지의 성향과 그 방법이 필수
적으로 동원되어야 한다는 의미에서 이론과 창작은 병행되어야 한다
는 뜻이다.

그래서 이 책에서는 창작을 하고자 하는 사람에게 "나도 창작을 할
수 있다"라는 자신감을 심어주고 창작의 실제에 조금이나마 도움이
되도록 하기 위해 그동안 제시된 다양한 방법론을 참고하여 창작수업
에 가장 이상적인 교재로 활용될 수 있도록 하는 데 역점을 두었다.
내용은 시·시조·소설·희곡·수필·아동문학·비평 등 전 장르에
걸쳐 이론을 이해하기 쉽게 해석하고 다양한 성향의 작품을 제시하여
창작의 고민을 덜어주고자 했다.

어쨌든 창작을 해보고자 하는 사람은 무엇보다도 작품을 많이 읽
고 써 보는 열정이 필요하다. 좋은 작품을 많이 읽어 문학적 소양을
풍부하게 하지 않는다면 아무리 써도 그것은 작품으로서의 가치를 얻
지 못하기 때문이다.

이 책이 창작을 하고자 하는 사람에게 많은 도움이 되기를 기대하
면서 출판을 맡아준 국학자료원에 깊은 감사를 표한다.

1998. 11. 1

박 명 용

차 례

Ⅰ. 문학과 언어

1. 언어

언어는 사람의 생각과 느낌을 표현하거나 전달하는 기호이다. 언어 이외에도 사람의 생각과 느낌을 전달하는 것에는 몸짓이나 표정이 있다. 그런데 오랜 세월에 걸쳐 공동생활을 해온 사람은 몸짓과 표정만으로는 불충분하고 불편하게 느껴 의사소통을 위한 목소리의 기호를 만들어내게 되었으니, 이것이 말이다.

말을 하게 되었다는 것은 진보를 위한 절대 조건이었다. 물론 동물들의 생활에 언어적 요소가 전혀 없다고 할 수는 없다. 기본적인 희노애락의 감정을 소리로 표현하기도 하고 반드시 본능적인 것이라고 볼 수 없는 의사전달의 수단을 가지고 있는 것도 있다. 하지만 동물의 언어기능과 사람의 언어기능에는 차이가 있으니 동물은 언어를 발달시키려는 행위나 노력을 하지 않지만 사람은 언어를 끊임없이 확충시켜왔다.

네안데르탈인과 크로마뇽인의 생물학적 차이는 불과 0.6%에 지나지 않는다고 한다. 그러나 네안데르탈인은 생존에 실패하였고, 크로

마늉인은 생존에 성공하였다. 여기에는 물론 여러 가지 이유가 있겠지만 크로마늉인이 언어를 가지고 있었다는 것에서 여러 가지를 시사받을 수 있다. 사람은 동물 중에서 가장 연약하다. 힘이 센 것도 아니고 무기로 쓸 수 있는 강한 이빨이나 뿔을 가지고 있는 것도 아니다. 그런데도 강한 맹수들 사이에서 생존할 수 있었던 것은 언어를 통해 서로의 의사를 소통해 맹수를 물리칠 수 있는 계획을 짜고, 후손에게 그들의 지혜를 전승시킬 수 있었기 때문이다.

그리스 신화에서 제우스는 불신과 살육이 판치는 땅을 보고 몹시 화가 나 신들을 불러 모아 대홍수를 일으킨다. 땅은 모두 물에 잠기고 오직 파르나소스 산만이 물 위로 머리를 내밀고 있었다. 의롭고 신을 잘 섬기는 데칼리온과 피라 일가만이 살아남은 것을 보고 제우스는 홍수를 물리쳤다. 이 두 사람은 신전으로 들어가 멸망한 인간을 어떻게 다시 세울 수 있는지 물었다. "너희 어머니의 뼈를 등 뒤로 던져라."라는 신탁이 내려지자 피라는 놀라서 이 신탁을 따를 수 없다고 하지만 데칼리온은 이것을 은유로 이해한다. 어머니는 대지요, 돌은 대지의 뼈이니 돌을 집어 등 뒤로 던지자고. 아니나 다를까, 돌을 집어 등 뒤로 던지자 남자가 던진 돌은 남자로 변하고 여자가 던진 돌은 여자로 변했다. 그리스 사람들에게 언어, 특히 은유언어를 이해하는 능력은 문명인의 척도였던 것이다.

그런가 하면 기독교 성경은 태초에 말씀이 있었다고 시작된다. 그리고 모든 창조는 하느님의 말씀으로 이루어진다. 언어를 신성하게 생각했음을 알 수 있다. 거기에 비해 동양에서는 불교와 도교에서 다 언어를 수단으로만 생각하였다. 불교 중에서도 특히 선종에서 말하는 선은 언어가 끊어진 곳에서 시작한다.(言語道斷 不立文字) 또한 도교에서 '도를 도라 이름하면 이미 도가 아니다'라는 말도 언어란 진리에 도달하기 위한 수단이고 진리에 도달하면 버려야 되는 것으로 인식했음을 알 수 있다. 그럼에도 불구하고 언어는 진리의 단초를 알려 주는 귀중한 수단이 됨은 말할 것도 없다.

언어는 흔히 말과 글로 나눈다. 말은 음성언어이고 글은 문자언어이다. 말은 일정한 시간과 일정한 공간에서만 소통이 가능하기 때문에 한계가 있고, 또 세대를 넘어 전승되기 위해서 말은 기억과 구전에 의지해야 하는데 구전에 의한 전승은 불완전하고 부정확할 수밖에 없다. 이 두 가지 한계를 극복하기 위하여 만들어 낸 것이 문자이다. 말의 유동성과 일시성을 극복하기 위해 청각적인 음성을 시각적인 기호로 정착시킨 것이다.

사람이 말을 하거나 글을 쓴다는 것은 말이나 글을 통해 다른 사람에게 알리고 싶은 생각이나 느낌이 있기 때문이다. 그것이 없다면 굳이 말하거나 글을 쓰지 않아도 될 것이다. 그러나 우리가 하고 있는 생각이 모두 말이나 글이 되는 것은 아니다. 예를 들면 해도 될 말인지 안 하는 것이 나은 말인지를 판단하지 못하고 말하는 사람을 우리는 푼수라고 한다. 생각이나 느낌은 아주 개인적인 것이어서 무슨 생각을 하건 다른 사람이 알 수도 없고, 탓하지도 않지만 일단 말을 하거나 글을 쓴다는 것은 최소한의 청중이나 독자를 상대로 하는 것이기 때문에 공적인 것이다. 따라서 그 사회가 요구하는 언어의 규범과 관습에 맞는 어법으로 말해야 하며, 말이나 글의 내용에 대해서 자신이 책임질 수 있어야 하는 것이다.

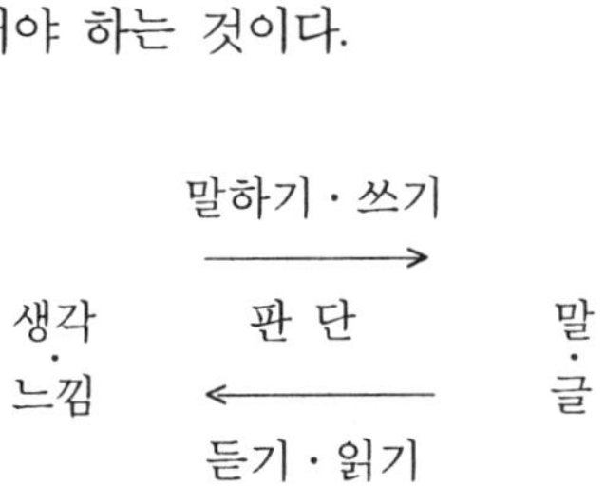

	말하기 · 쓰기	
	――――→	
생각	판 단	말
·		·
느낌	←――――	글
	듣기 · 읽기	

도표에서처럼 우리는 사회생활을 하면서 나의 생각과 느낌을 말해도 되는 것인지, 글로 쓸 만큼 가치가 있는 것인지 판단한 후에 말과 글로 표현하고 동시에 다른 사람의 말이나 글을 듣거나 읽어 다른 사람의 생각과 느낌을 알고 판단하며 그것을 통해 나의 생각과 느낌을 보다 풍요롭게 가꾸어 나가기도 한다. 말하기와 듣기, 읽기와 쓰기는 단순히 기호를 조작하는 능력이 아니고 생각과 느낌을 정리하고 조합하는 능력과 불가분의 관계에 있다. 즉 모든 언어는 생각과 느낌을 기호화한 것이기에 말하거나 글을 쓴다는 것은 생각하고 느끼는 힘을 기르는 일과 같은 맥락에 있는 것이다.

좋은 글은 바르게 쓰여졌을 뿐만 아니라 내용이 좋아야 한다. 바르게 쓰여진 글은 우리 글의 이론이나 법칙에 맞는 형식적인 것으로, 좋은 글의 필요조건이지만 충분조건은 아니다. 좋은 글은 내용이 좋아야 하는 것으로 읽는 사람에게 재미와 함께 감동을 줄 수 있어야 한다. 글의 재미라는 것은 물론 오락과는 다른 것이지만 똑같은 소재를 가지고 썼어도 어떤 글은 싫증이 나고 어떤 글은 재미있게 읽힌다. 재미있게 읽히는 글이 좋은 글임은 물론이다. 또한 글에는 자기만의 독특한 체험이나 생각, 느낌이 담겨 있어야 한다. 이런 글을 쓸 수 있는 능력은 하루 아침에 길러지지 않는다. 오랜 세월을 두고 꾸준히 다른 사람이 쓴 좋은 글을 읽고, 자기만의 안목으로 세상을 바라보고, 꾸준히 써보면 누구나 좋은 글을 쓸 수 있다.

2. 언어의 기능

언어란 사람의 생각과 느낌을 다른 사람에게 전달 표현하는 것이라는 일반적 정의를 로만 야콥슨은 언어의 여섯 가지 기능으로 정리하고 있는데 이것을 설명해 보자.

1) 정서적 기능

정서적 기능은 말하는 사람이 자기가 말하는 내용에 대한 태도를 나타내는 것이다. 예를 들어, '커어다란 바위'라고 말할 때 '커어다란'이라고 길게 발음하거나 늘이어 써놓는다고 해서 바위가 더 커지는 것은 아니다. 하지만 말하는 사람이 이 부분에 대해 각별한 관심을 가지고 있다는 것을 나타내게 된다. 말하고자 하는 내용에 대해 말하는 사람이 가지고 있는 좋다든가 싫다든가 귀엽다든가 하는 태도를 나타내는 기능을 말한다.

2) 능동적 기능

듣는 사람이 그 말을 듣고 무엇을 해주기를 원하는 기능을 말하는 것으로, 말하는 사람과 듣는 사람 사이의 관계에서 생겨나는 기능이다. 예를 들면 창문이 열려 있는 상황에서 '날씨가 참 춥네!'라고 말하는 것은 말을 듣는 사람이 창을 닫아주기를 기대하는 것이다. 이런 능동적 기능이 최대한으로 커지면 명령문이 된다.

3) 지시적 기능

지시적 기능은 언어의 가장 핵심 기능으로 언어와 그것이 지시하는 대상과의 관계에서 생겨난다. 즉 음성기호나 문자기호가 환기하는 개념과 그 개념이 지시하는 사물과의 관계로 이것을 흔히 언어의 의미라고 부른다. 바로 이 지시적 기능 때문에 사람들 사이에 소통이 이루어진다.

4) 시적 기능

시적 기능은 전언 자체에 대한 관심에서 의미 자체에는 차이가 없지만 전언 자체를 아름답게 하거나 조화롭게 만들려는 기능이다. 예를 들면 '쑥과 마늘'이라고 하거나 '마늘과 쑥'이라고 하거나 의미 자체는 변함이 없지만 우리말에서는 명사끼리 연결시킬 때 음절수가 적은 것을 앞에 두고 많은 것을 뒤에 두는 것이 자연스럽기 때문에 '쑥과 마늘'이라고 하는 것이다. 표현을 아름답게 하거나 조화로운 율동감을 갖게 하기 위해서는 그 언어의 체계와 활용에 대해 잘 알고 있어야 한다.

5) 친교적 기능

친교적 기능도 말하는 사람과 듣는 사람 사이의 관계에서 나타나는 것으로 의사소통의 상황이 제대로 되어 있는지를 확인하는 것이다. 예를 들면 전화를 하면서 "여보세요? 잘 들립니까?" 하고 말하는 것이든지 길에서 만났을 때 "어디 가니?" 하고 묻는 말도 여기에 해당된다. 정말로 어디에 가는지 궁금해서가 아니라 아는 사람을 만났다는 것을 표현하는 것이 목적인 것이다.

친교적 기능은 의사전달의 내용보다 그 의사전달과정에 참여하고 있는 사람들 사이의 유대감과 친밀감을 확인하는 기능이다.

6) 메타 언어적 기능

메타 언어적 기능은 언어 기호 자체에 대한 의미이다. 그러니까 말의 초점을 문자나 기호로 돌릴 때 나타나는 기능으로 일종의 주해적 기능이다. 예를 들면 "까투리는 암꿩이다."라고 할 때 '까투리'는 대상 언어가 되고, '암꿩'은 메타 언어가 된다. 강의 내용이나 설명하는 말은 모두 메타 언어적 기능으로 쓰이는 것이다.

컨텍스트(지시적 기능)

말하는 사람 ──→ 메시지(시적 기능) ──→ 듣는 사람

(정서적 기능)　　접촉(친교적 기능)　　　(능동적 기능)

코드(메타 언어적 기능)

언어의 기능을 이렇게 여섯 가지로 나누어 살펴보았지만 이 기능은 의사전달 행위 속에서 중첩되어 나타나는 것이지 하나의 기능만으로 이루어지는 것은 아니다. 논문과 같은 논리적인 글에서는 지시적 기능이나 메타언어적 기능이 우세하게 나타나고, 문학작품 같은 글에서는 정서적 기능이나 시적 기능이 우세하게 나타나게 된다.

3. 글쓰기의 준비

직접 글을 쓰기 전에 먼저 고려해야 할 예비조건이 있으니 첫째가 매재, 둘째가 주제, 셋째가 처지이다. 글에서 매재는 언어이다. 언어는 의사소통을 위한 수단이지만 수단에만 그치는 것은 아니다. 생각이나 느낌을 표현하는 것이 언어이지만 거꾸로 언어가 생각이나 느낌을 선행적으로 제약하기도 한다. 하이데거가 언어를 존재의 집이라고 하는 것은 이런 이유에서이다. 한국어로 글을 쓸 경우 한국어의 문법, 율격, 조사(어법) 등으로 불리는 원리와 관례에 대해 잘 알고 있어야 한다. 글의 종류, 글을 쓰는 동기, 글을 읽을 독자, 글의 분위기에 따라 자신이 쓸 글의 조건에 맞는 낱말, 통사법, 수사법, 문체, 리듬을 결정할 수 있어야 한다.

주제는 글의 중심적인 내용, 즉 자신이 말하고자 하는 주된 내용이

다. 글이란 꼭 쓰고 싶은 한 도막의 생각이 있어야만 쓸 수 있는데 주제가 바로 그런 것이다. 주제는 흔히 생각하듯 사랑, 자유, 애국 같이 커다란 관념이어서는 안된다. 이런 관념은 너무 크고 넓은 것이어서 직접 글로 쓰기는 어렵다. 주제가 서지 않았다는 것은 자기 스스로 무엇을 쓸지 모른다는 이야기이다. 그러므로 좋은 글은 좋은 주제의 선택에서 시작된다. 주제는 글의 내용만을 결정하는 것이 아니고 글의 소재를 대하는 태도, 소재의 배열과 구성, 매재의 선택에까지 영향을 미친다.

처지는 필자가 글을 쓰는 상황에 대한 고려이다. 글쓰는 사람이 처하게 되는 상황은 필자의 동기, 독자의 성격, 필자와 독자의 관계이다. 글쓰는 동기를 크게 둘로 나누면 표현과 전달이다. 필자가 자신의 생각이나 느낌을 명확하고 똑똑하게 정리하고자 할 때 표현동기가 지배적이 된다. 스스로의 주관적인 느낌과 생각을 확정지어 표현해보고자 하는 욕구를 가리키는 것이다. 표현동기에서 글을 쓸 때에는 독자를 크게 염두에 두지 않는다. 염두에 둔다고 하더라도 자신과 비슷한 관심을 가지고 있는 독자를 예상하는 것이 보통이다. 이에 비해 전달동기는 상황을 분석하거나 지식이나 정보를 설명하거나 사실을 보고할 때 지배적으로 나타나게 된다. 전달동기에서 글을 쓸 때에는 독자를 의식하며 글을 써야 한다. 독자의 관심을 끌어 전달하려는 사항을 분명하게 전달하는 것이 글의 목적이기 때문이다. 그러나 이런 동기의 구별이 도식적임은 말할 것도 없다. 글은 대체로 표현의 동기와 전달의 동기를 함께 가지고 있기 마련이기 때문이다. 그렇다고는 해도 실용적인 목적의 글은 전달의 동기가 강하고 문학적인 글은 표현의 동기가 더 강하다.

주된 독자가 누구인가를 고려할 때 필자와 독자와의 관계가 성립된다. 권위로 대할 독자인지, 겸손하게 대할 독자인지, 아니면 친구처럼 대하여야 할 독자인지에 따라 낱말과 소재의 선택이 달라지고 문체도 달라져야 한다. 필자가 독자를 대하는 태도와 주제에 대한 태도가 글에 나타나는 것이 글의 어조이다. 글이 지니는 문체상의 성격 혹은 글의 분위기라고 할 만한 것이다. 글을 쓰는 사람은 매재, 주제, 처지를 동시에 고려해야만 글의 율격, 문법, 조사, 어조, 구성 등 글에 대한 선택을 할 수 있게 된다.

이런 예비 조건에 대한 고려가 끝나면 주제를 선명하게 혹은 감동적으로 드러낼 소재를 찾아 정리하고, 그것을 구상하여 글로 쓴 뒤 퇴고를 거쳐야 한다.

글은 크게 세 가지로 구분할 수 있다. 실용적인 글과 논리적인 글, 그리고 문학적인 글이다. 실용적인 글은 일기, 편지, 기사문, 안내문, 식사문, 공공기관의 각종 공문서, 신고서 등으로 정확하고 사실적인 글이다. 논리적인 글은 문장의 논리만이 아니라 자신의 생각과 주장을 논리적으로 펼쳐 독자가 공감하고 동의할 수 있도록 해야 한다. 설명문, 논설문, 학술논문 등이 여기에 속하고 짧은 글로 신문의 사설이 여기에 속한다. 문학적인 글은 문학의 장르에 따라 쓰여진 글을 말한다. 문학은 단순한 사실의 전달이나 주장을 펼치는 글이 아니고 독자를 감동으로 이끌어야 한다. 그래서 문학의 장르에 따른 기본 이론을 익히고 실제로 써보는 연습을 해야 한다.

Ⅱ. 시, 어떻게 쓸 것인가

1. 시란 무엇인가

1) 시의 어원과 해석

시란 무엇인가에 대한 질문을 하기 전에 먼저 시의 어원을 살펴보는 것이 순서일 것 같다. 한자의 詩는 言+寺의 합자인데 寺는 持의 원자이다. 이때 '言'은 분명하고 음조가 고른 말을 의미하고 '持'는 가진다라는 뜻보다는 손을 움직여 일한다는 의미를 지니고 있다. 손으로 일한다는 것은 무엇을 만든다는 뜻이고, 그것은 '제작'이나 '창작'을 함축한다. 영어의 'poetry' 역시 어원은 만드는 것 making이라는 뜻을 가진 그리이스어의 'poesis'이다. 'poet'은 시인이고 'poem'은 구체적인 시작품을, 그리고 'poesy'는 시작품을 만드는 의식적인 정신활동을 가리킨다. 여기에서 알 수 있듯이 시는 언어로 창작하는 것, 즉 현실생활이나 시인의 사상과 감정 그리고 정서를 운율적인 언어로 표현한 것이라 할 수 있다.

또한 시는 영혼을 스쳐가는 감정의 순간적 표현이고 주관성이 우세하며 리듬과 비유어를 적극적으로 채택하는 것이라 할 수 있다. 나아가 체험의 압축적인 표현이고 시인과 대상간의 순간적 융합과 감정의 내면화를 추구하는 것이며 운율적인 언어에 의해 이루어지는 개인적 체험의 순간적인 극화라 할 수 있다.

그러나 시가 어떻게 생겨났고 시의 본질이 무엇인지 알게 되었다 하더라도 시란 무엇인가라는 물음에 대해 일관성 있게 밝히는 데는 적잖은 어려움이 있다. 시를 정의한다는 것 자체는 인생을 정의하는 것만큼이나 어렵고 또 설사 정의한다고 하더라고 그것은 하나의 시도에 지나지 않을 것이다. 그래서 엘리어트 T.S. Eliot는 "시의 정의의 역사는 오류의 역사"라고 썼을지도 모른다.

지금까지 시에 대한 정의를 내린 것을 보면 대체로 에이브럼즈 M.H. Abrams가 모방론, 표현론, 효용론, 객관론(존재론) 등 네 가지로 나누어 언급한 것을 근거로 하고 있다.

먼저 모방론적 관점을 보면, 시를 현실과 인생의 모방으로 보는 시각이다.

> 시는 율어에 의한 모방이다. (Aristoteles)
> 시는 모방예술이다. (S.P.Sidney)

전자는 아리스토텔레스의 정의이고, 후자는 시드니가 『시의 옹호』에서 언급한 것이다. 아리스토텔레스는 서사시를 염두에 두고 운율적 측면을 강조하였다면 시드니는 서사시, 극시, 서정시 등을 포함하는 포괄적인 의미에서의 시를 본 것이라 할 수 있다. 시를 모방으로 보는 이러한 관점은 그리이스 시대부터 오늘날까지 유효한 것으로 이것은 현실세계와 인생의 모습을 있는 그대로 그려내는 것에서 미래에 존재해야 할 세계의 보편성을 모방하는 데까지 추동한다.

표현론적 관점은 시를 개인의 감정의 표현으로 보는 것이다. 이는 주관적인 상상력이 주가 되는 낭만주의의 산물이다.

> 좋은 시는 강력한 감정의 자발적 발로이다. (W. Wordsworth)
> 시는 상상과 감정을 통한 인생의 해석이다. (W.H. Hudson)
> 시는 마음에 바라는 바를 말로 표현한 것이며 노래는 말을 가락에
> 닿춘 것이다. ("詩言志 歌永言", 『書經』, 『舜典』)
> 시는 마음에서 발하는 것이다. ("詩者 心之發", 서거정의 『東人詩話』)

이러한 정의는 문학을 개성의 표현, 즉 자기 표현으로 보기 때문에 결국 개성적인 것, 독창적인 것이 가치의 평가기준이 된다. 여기에서 시는 자연스러운 것이고 시인의 감정과 정신상태의 꾸밈없는 순수한 표현을 중시여긴다.

효용론적 관점은 독자에게 어떤 목적을 달성시키고 어떤 효과를 노리는 데에 시의 가치를 두는 시각이다.

> 시는 가르치고 즐거움을 주려는 의도를 가진 말하는 그림이다. (S.
> P. Sidney)
> 시는 유용하고 즐거이 진리를 말하는 것이다. (M. Anold)
> 시인의 목적은 이익이나 교훈을 주는 일, 또는 기쁨을 주는 일과
> 인생에 어떤 유익한 교훈을 결합하는 것이다. (Horatius)

특히 로마의 시인 호라티우스는 위의 정의를 통해 문학의 교시적 기능과 쾌락적 기능이 함께 수렴되어야 함을 시사하고 있다. 한편, 동양에서는 시를 인격수양의 수단이나 교화의 수단으로 보는 견해인데 이는 "시 3백편을 한마디로 말하면 생각함에 사특함이 없다"("詩三百 一言而蔽之曰 思無邪", 『論語』 '爲政篇')라든지 "관저의 시는 즐겁되 음탕하지 않고, 슬프되 감상에 흐르지 아니했다"("關雎 樂而不淫 哀而

不傷”, 『論語』‘八佾篇’)라고 한 데서 확인할 수 있다.

객관론적 관점은 시작품에 반영된 세계, 작자, 독자 등을 배제하고 시를 그 자체로 바라보는 시각이다. 이는 문학작품이란 모방의 대상, 표현 주체, 독자와의 관계를 떠나 그 자체를 위해 존재한다는 관점이다. 즉 작품 자체의 자율성을 간직하고 있다라는 인식 위에서의 시각이다.

> 시는 모든 발화의 최상의 완전한 형식이다. (I. A. Richards)
> 시를 구성하는 2개의 중요한 원리는 어조와 은유이다. (R.Wellek)

이러한 정의는 리처즈와 웰렉을 비롯하여 러시아 형식주의자와 구조주의자 그리고 미국의 신비평가들이 주로 내린 것인데 이는 작품의 언어, 구조, 방법 등을 중심으로 한 것이다.

이처럼 시는 여러 관점에서 다양하게 정의되어 왔으며 앞으로도 새로운 정의가 계속 나올 것이다. 왜냐하면 완벽하고 고정된 시의 정의는 있을 수 없기 때문이다.

2) 시와 언어

시는 신중하고 정확하게 말을 다루는 언어예술이다. 다시 말하여 시는 우리가 사용하고 있는 언어를 예술적으로 사용하여 미를 창조하는 예술이라 할 수 있다. 언어를 예술적으로 사용한다는 것은 의사 소통의 수단이라는 언어의 실용적 성격을 배제하고 예술을 목적으로 사용함을 뜻한다. 리처즈가 “시를 언어 전달의 최고 형식”이라고 말한 데서도 시에서 언어가 차지하는 비중이 큰 것을 알 수 있다.

구조주의 언어학자인 야콥슨은 「언어학과 시학」에서 언어의 시적 기능이 다양한 언어 기능 중에서 어떤 위치를 차지하는지 알아보기 위해 언어를 커뮤니케이션의 상황 속에 놓고 언어의 기능을 분석하여 제시한 바 있다.

일상어와 시어의 차이는 일상어가 언어를 지시적 denotative으로 사용하는데 반해 시는 언어를 함축적 connotative으로 사용하고 있다는 점이다. 일상어가 사전적 의미에 국한되는 반면 시어는 사전적 의미 외에 또 다른 의미를 부가한다. 가령, '호수'라는 언어를 일상어로 사용할 때는 '땅이 우묵하게 들어가 물이 괴어 있는 곳'이라는 의미로 쓰여지지만 "내 마음은 호수요"라고 썼을 때는 일상어의 차원을 뛰어넘어 '내 마음의 고요함, 평온함'을 함축하고 있다.

리처즈는 시의 언어를 '언어의 과학적 사용'이 아니라, '정서적 사용'이라고 말한 데에서도 시적 언어의 특징을 엿볼 수 있다. 일상어는 개념 전달의 신속성과 정확성을 지향하고 있기 때문에 과학적이고 객관적인 성격을 지닌다. 그러나 시의 언어는 감정적이고 주관적으로 사용하기 때문에 굳이 과학적 객관성을 지니지 않는다.

시의 언어가 일상어보다 어렵게 느껴지는 것은 일상적 용법으로부터의 일탈 deviation의 정도가 크기 때문이다. 또한 시어가 언어의 일상적이고 관습적인 표현을 벗어나 생소하게 제시되는 경우가 없지 않은데 이러한 경향은 러시아의 형식주의자인 쉬클로프스키 Shklovski가 주장한 '낯설게 하기' defamiliarization라는 독특한 용어와 궤를 같이 한다. 이 용어는 낯익음이라든지 친숙함과는 반대되는 말인데 이러한 친숙성은 동일한 사물에 대한 지각이 반복되어 습관화 되었을 때 나타나는 상태이다. 그래서 쉬클로프스키는 다음과 같이 말한다.

> 예술의 목적은 사물에 대한 감각을 알려져 있는 태도가 아니라 지각되는대로 부여하는 것이다. 예술가의 기법은 사물을 '낯설게' 하고 형식을 어렵게 하며, 지각을 힘들게 하고 지각에 소요되는 시간을 연

장한다. 왜냐하면 지각의 과정은 그 자체가 미학적 목적이고, 따라서 되도록 연장되어야 하기 때문이다. 예술은 한 대상의 예술성을 경험하는 방법이며, 그 대상은 중요한 것이 아니다. (L. T. 레몬, M. J. 라이스 편, 『러시아 형식주의 비평』)

시의 언어는 일상의 관습적인 울을 뚫고 일상성을 다시 낯설게 하여 일상성을 비일상성으로 지각하는 행위이다.

시는 언어를 감정적이고 함축적으로 사용하기 때문에 그 뜻이 애매모호한 경우가 많다. 이러한 시적 언어의 애매성 ambiguity은 언어의 시적 기능과 도출했던 자의성의 개념 그리고 시적 언어의 구조성을 살피면서 도출했던 복합기호적 특성에 의해 드러난다.

> 눈은 살아있다.
> 떨어진 눈은 살아 있다.
> 마당 위에 떨어진 눈은 살아 있다.
> ― 김수영의 「눈」에서

위 시에 나타난 '눈'은 무엇을 의미하는지 명확하게 파악되지 않는다. '눈'이 겨울에 내리는 눈(雪)인지, 사물을 보는 눈(眼)인지, 또한 순결이나 평화인지 분별력이나 전망인지 애매모호하다. 시어가 애매하다는 것은 다의적이고 함축적이기 때문인데 그래서 '다의성'이라는 말을 자주 쓰기도 한다. 결국 애매성은 한 낱말이나 문법적 구조가 동시에 여러 방향의 효과를 갖는 경우이다.

지금까지 살펴 본 몇가지 사실에서 보았듯이 시어는 객관적이고 과학적인 것을 추구하는 일상어로부터의 의도적인 일탈을 지향하고 있다는 점이다. 이러한 일탈로 인해 독자들에게 생소하고 새로운 의미를 드러내주어 새로운 시적 경험을 체험하게 만든다. 시어가 애매

하다는 것은 다의성을 지닌다는 뜻으로 그만큼 많은 의미를 내포하고
있다고 할 수 있다.

2. 체험과 상상력

상상력은 알지 못하는 사물과 보이지 않는 것을 보이게 하는 기능
을 한다. 따라서 시인은 사물을 관조하고 그것을 상상적으로 변용시
키는 것이다. 다시 말하면 상상력은 사물을 상식이란 인습의 거울에
비친 그대로가 아니라, 오히려 그것을 거부하는 태도로 그러니까 지
금까지와는 다른 새로운 각도에서 낯설게 변용하여 바라보게 하는 힘
이다.

그러면 여기서 한 그루의 나무가 서 있다고 가정하고 그 나무를 어
떻게 보아야 하는지 일본인 이또 게이찌(伊藤桂一)가 제시한 8단계를
보자.

1) 나무를 그대로 나무로 본다.
2) 나무의 종류와 모양을 본다.
3) 나무가 어떻게 흔들리고 있는가를 본다.
4) 나무의 잎사귀가 움직이는 모습을 세밀하게 본다.
5) 나무 속에 승화되어 있는 생명력을 본다.
6) 나무의 모습과 생명력의 상관관계에서 생기는 나무의 사상을 본다.
7) 나무를 흔들고 있는 바람 그 자체를 본다.
8) 나무를 매개로 하여 나무 저쪽에 있는 세계를 본다.

위에서 든 사물을 보는 시각의 8가지 유형을 살펴 보면 1)에서 4)
까지는 나무의 외형적 관찰이지만, 일상적·상식적 차원의 1) 2)보다
는 3) 4)가 한 걸음 앞선 태도이다. 그리고 5)와 6)은 나무의 외형이

아니라 그 내면을 바라보는 시각이다. 나무의 생명력이라든지 또 그 생명력의 의미나 사상 같은 보이지 않는 대상이 상상력을 통해 나무 모양의 형상을 얻고 있다. 7)과 8)의 단계에 이르면 나무는 다시 비약적 변용을 이루게 된다. 바람을 동태화하여 바람을 본다거나 '나무 저쪽에 있는 세계', 즉 피안의 세계까지도 한 그루의 나무를 통해 정신적이고도 형이상적인 비물질계를 볼 수 있다. 그야말로 놀라는 기적이 아닐 수 없으며 그 기적을 낳는 원동력은 다름아닌 상상력이다. 상상력에 의해서 1)에서 8)까지 우리의 사고가 단계적으로 넓고 깊게 확정되고 있음을 볼 수 있다. 시를 쓰고자 하는 사람은 이러한 상상력을 그 누구보다도 많이 키워야 한다.

> 나는 나무같이 사랑스런 시는
> 결코 없으리라고 생각한다.
>
> 단물 흐르는 대지의 젓가슴에
> 주린 입을 꼬 댄 나무
>
> 종일토록 하느님을 보며
> 무성한 팔을 들어 기도하는 나무
>
> 여름이 되면 머리카락 속에
> 방울새의 보금자리를 이는 나무
>
> 가슴에는 눈이 쌓이고
> 비와 정답게 사는 나무
>
> 시는 나와 같이 바보가 써도
> 나무는 오직 하느님만이 만드신다.
> 　　　　　— A. T. 킬머의 「나무」전문

　이 시는 식물에다가 온갖 상상력을 동원하여 신비롭고 생기있는 사물을 창조해 내고 있다. 즉 어떤 실용성이나 가시적 사물성만을 진술하지 않고 그것을 뛰어 넘어 별개의 상상적 사고로 사물을 인식하고 이를 표현하고 있는 것이다.

연	주어(S) = 사물	서술어(P · V) = 상상
1	나무	사랑스런 시
2	〃	주린 입술
3	〃	기도
4	〃	방울새의 보금자리
5	〃	비와의 삶
6	〃	하느님의 창조

　이처럼 상상력은 우리의 사고를 신비로운 세계로 확장시켜 주고 사물에 대한 새로운 의미의 지평을 열어준다.

　다음은 상상력에 대한 칸트, 러스킨, 윈체스터 등의 이론을 중심으로 재상적 상상, 연합적 상상, 창조적 상상으로 나누어 창작의 이론과 실제를 살펴 본다.

1) 재생적 상상

　재생적 상상은 일종의 기억이라 할 수 있다. 즉 지난날에 체험했던 이미지가 아무런 변화없이 그대로 다시 나타나는 경우를 말하는데 이를 단순 상상 또는 1차 상상이라고도 한다. 이 경우, 과거의 경험을 재현할 수 있다는 점에서는 상상력의 기능에 의하나 실제로 시창작에는 과거의 경험을 이끌어 내는 초보적 단계에 그칠 뿐이다.

　　바람이 거칠게 불었다.

풀과 나무가 한쪽으로
쓰러졌다.

잠시 후 바람을 멎고
몸숙인 산야는
서서히 제 모습을 찾고
생기를 되찾고 있었다.

이 경우, 비록 그 날의 정서적 체험이 있다고는 할 수 있으나 바람 부는 날의 추억을 재생한 것에 불과하다. 재생적 상상은 시의 기초적 작업으로 이미지를 이끌어 내는 역할을 담당하지만 이것이 곧 시는 아니다. 이러한 경험의 재생물이 시가 되기 위해서는 적어도 경험에 연계되는 또 다른 상상력에 의한 요소들을 결합하여 새로운 이미지를 만들어야 된다.

2) 연합적 상상

연합적 상상은 연합이라는 말 그대로 두 가지 이상의 사물이 합치 하는 상상이다. 즉 일종의 유사성을 근거로 하여 떠 올리는 연계적 상상이다. 이를 달리 관념적 상상 혹은 연상적 상상이라고도 한다.

귀밑머리를 날리며 지나가는 여인을 보고 옛 애인의 모습과 흡사 함을 느끼며 이별하기 전의 옛 애인을 상상하는 것과 같다. 한 사물 이나 존재의 유사성을 빌어 기지(旣知) 내지는 그 체험한 사실에 오 버랩 시키는 것을 연상이라고 하고, 이를 결합하는 정신적 힘을 연합 적 상상이라 한다. 그러니까 단순한 과거의 경험적 포장 또는 그 결 합체의 재생이 아니라 그 변형이라 할 수 있다.

이 창가에서

<pre>
들어요
둘이서만 만난 오붓한 자리
빵에는 쨈을 바르지요
오 아니예요
우리가 둘이서 빵에 바르는
이 쨈은 쨈이 아니라 과수원이예요
우리는 과수원 하나씩을
빵에 얹어서 먹어요.
              — 전봉건의 「과수원과 꿈과 바다 이야기」 전문
</pre>

이 시는 식탁에서 빵을 바르는 쨈을 소재로 하여 그 원료인 과일을 연상하고 다시 거기에서 과수원을 연상하게 한다. 그래서 빵에다 쨈을 바르는 것이 아니라 과수원 하나씩을 얹어 먹는다는 식사법까지 상상하기에 이른다. 쨈과 과일 그리고 과수원의 관계는 가장 밀접하게 연관성을 지닌 사물이다. 시인은 우리의 경험 속에서 쉽게 재생시킬 수 있는 이러한 친근한 이미지들을 연상하여 결합한 것이다.

연합적 상상은 이렇듯 과거의 체험을 또 다른 체험으로 결합시키는 종합성을 띰으로써 기억의 작용이라 할 수 있는 재생적 상상과는 본질적으로 다르다. 오늘날의 시가 즐겨 비유를 동원하고 있는데, 이는 보다 잘 설명하기 위해서 보다 유사한 것을 끌여들여 구체화 하고 동시에 새로운 설명을 성립시키기 위한 하나의 수사적 수단이다. 그런데 연합적 상상은 이런 원리까지를 발상 근저로 한 힘이고 또 이 힘이 기존의 것을 새로운 것으로 바꾸어 낸다는 점에서 창조의 원리가 되는 것이다.

3) 창조적 상상

창조적 상상은 비유사성의 사물을 결합시키는 연결 구실을 하는 창조적 원리를 담당한다. 앞서의 연합적 상상이 물질과 물질의 이미지를 대비한 유사성의 관계라면, 창조적 상상은 물질과 물질의 이미지가 아니라 관념과 이미지의 병치 혹은 사물에 대한 상상의 비약 등으로 요약 할 수 있다.

> 사랑하는 나의 하나님, 당신은
> 늙은 悲哀다.
> 푸줏간에 걸린 커다란 살점이다.
> 詩人 릴케가 만난
> 슬라브 女子의 마음 속에 갈앉은
> 놋쇠 항아리다.
> — 김춘수의 「나의 하나님」에서

여기서의 하나님은 우리의 일상적 의미와는 전혀 다른 매우 모호하고 다양한 문제들을 제기하고 있으면서 시적 긴장을 준다. '하나님' '늙은 비애' '푸줏간에 걸린 커다란 살점' '놋쇠 항아리'는 매우 이질적이고 원관념과는 먼 거리에 있으면서 서로 잡아 당기는 팽팽한 힘이 있다. 이것 역시 시인의 창조적 상상에서 온 시적 긴장인 것이다.

결국 창조적 상상은 체험으로 해석한 온갖 이미지를 결구시키는 이미지의 결합원리이자 이미지를 연계시키고 결합시키는 기능을 하는 것이다. 바슐라르 Bachelard의 지적처럼 창조적 상상은 예술 창조의 내면적 힘이라고 할 수 있다.

3. 제목 붙이기

우주 삼라만상의 사물이 제각기 이름을 가지고 있듯이 시도 그 나름의 개성적인 이름이 있다. 이른바 제목이라고 하는 것이다. 호머의

「일리아드」와 「오디세이」는 작품의 주인공을 제목으로 삼았고, 김소
월의 「진달래꽃」, 조지훈의 「봉황수」, 박목월의 「청노루」 등은 작품의
중요 제재를 제목으로 삼았다. 그런가하면 이상의 시에서는 특정의
제목이 없이 「시 제1호」, 「시 제2호」 등과 같이 단지 작품에 번호만
붙인 것도 있다.

　그럼, 시에서 제목은 어떠한 역할을 하는가? 정지용의 시 제목을
보자.

　　　정지용의 시 제목 : 「지는 해」, 「병」, 「바다」, 「향수」, 「할아버지」,
「5월 소식」, 「갈매기」, 「겨울」, 「유리창」, 「피리」, 「저녁햇살」, 「밤」,
「별」, 「나무」, 「다시 해협」, 「슬픈 우상」, 「소곡」, 「진달래」, 「창」, 「비」
등등

　정지용의 시 제목은 대체적으로 자연이나 그와 관련된 것으로 되
어 있다. 이처럼 제목이 내용을 전체적으로 상징하고 있을 때는 시를
전부 보지 않아도 그 내용을 짐작할 수 있다. 제목과 내용은 언제나
각기 떨어지는 것이 아니라 언제나 밀접한 관계에 있어야만 된다. 따
라서 시의 제목은 그 작품의 주제와 일치하거나 주제를 암시하는 것
이 좋다. 그러나 이것만으로 꼭 좋은 것은 아니다. 독자에게 호기심을
주고 그 무엇인가 매력적인 것이어야 하는 것이다.

　한편, 난해하게 쓴 이상의 시 제목을 보면, 「오감도(烏瞰圖)」, 「수인
이 만들은 소정원(小庭園)」, 「골편에 관한 무제(無題)」, 「신경질적으로
비만한 삼각형」, 「운동」, 「홍행물(興行物) 천사」, 「파첩(破帖)」, 「이상
한 가역반응(可逆反應)」, 「▽의 유희(遊戱)」 등 전혀 시의 내용을 짐
작할 수 없는 경우도 있다. 물론 여러 정황으로 보아 모더니즘 기법
의 작품에서 나온 제목일 것이라는 예측은 할 수 있다. 그러나 이 시

의 제목은 시 내용의 전체적인 맥락에서 파악될 때 이해가 가능한 것이다.

시의 제목을 보면 그동안 명사, 명사형, 체언구 등이 많았으나 최근에는 부사형이나 서술형이 부쩍 늘어나고 있음을 볼 수 있는데 이는 부드럽고 아름다운 감정을 갖도록 하기 위한 것으로 볼 수 있다.

참고로 어떤 장르의 창작이든 기본적으로 '주제 정하기→제재 모으기→개요 짜기→집필하기→고쳐 쓰기' 등의 과정을 밟는다. 여기서 '주제 정하기→제재 모으기→개요 짜기'는 한마디로 '구상하기'라 할 수 있다. 그런데 시의 경우에는 제목을 어떻게 붙이느냐 하는 문제가 중요하기 때문에 제목을 언제 붙일 것인가에 따라, 필수적이지는 않지만 그 창작의 순서가 ① 구상→제목 붙이기→본문 집필→퇴고 ② 구상→본문 집필→제목 붙이기→퇴고 ③ 제목 붙이기→구상→본문 집필→퇴고 등으로 달라질 수 있다.

그러나 여기에서는 제목을 미리 정해 놓고 쓰는 경우와 나중에 붙이는 경우로 나누어 살펴 본다.

1) 제목을 미리 정해 놓고 쓰는 경우

제목은 주제와 일치하거나 밀접한 관계에 있기 때문에 제목을 미리 정한다는 것은 주제를 먼저 정해 놓고 쓴다는 의미와 같다. 그래서 이 경우에는 시 창작 과정에서 자연스럽게 제목의 영향을 받지 않을 수 없다. 즉 제목에서 벗어나지 않으려는 의도가 불가피하게 생기게 됨으로 시창작에 저해 요인이 될 수도 있다. 제목에 구속되어 내용 전달에만 치중하게 되면 시 자체가 흐트러지기 쉽기 때문이다.

그러나 김춘수는 제목을 미리 정해 놓아야 시를 쓸 수 있다고 말한다.

> 시의 내용이 이미 정해져야 휴머니스트들은 시를 쓸 수가 있는 것
> 과 같이 내용을 상징하여 한 눈에 알게 하는 제목이 정해져야 붓을
> 댈 것이다

이 말은 시창작에 있어 인생 체험이 가장 중요하기 때문에 그 내용
을 암시할 수 있는 제목을 정해 놓는 것이 바람직하다는 뜻인데 이는
모든 일을 착수하기 이전에 계획이 선행되어야 한다는 이치인 것이
다.

이 경우, 특정한 소재를 취하거나 주제를 염두에 둔다거나 의도적
으로 그 어떤 사건의 분위기를 환기하려고 할 때 대체적으로 이 방법
이 사용된다. 그러나 오세영과 마광수의 지적처럼 멋진 제목이 생각
나서 제목을 정해 놓고 시를 쓰는 경우도 있다.

2) 제목을 나중에 붙이는 경우

여기에는 두가지로 설명될 수 있다. 하나는 시의 내용이나 주제에
적합한 제목을 만들기 위해서이고 또 하나는 적합한 제목이 없는 경
우이다. 전자의 경우는 시를 쓴 후 내용이나 주제에 가장 적합한 제
목을 찾기 위해서이고 후자는 마땅한 제목이 없어 「無題」,「失題」 또
는 번호를 부여하는 수법이다.

오세영은 제목을 나중에 붙이는 경우는 다소 추상적이고 막연한
정감에 속하는 것일 때가 많다고 말한다. 구상의 내용이 다소 막연하
여 먼저 본문을 쓰고 나서 본문의 내용을 함축하는 제목을 나중에 붙
이는 것이 더 효과적일 때가 있다. 예컨데 시인이 가을의 정취를 느
껴 그것을 시로 옮기려 한다거나 사랑의 기쁨과 슬픔을 시로 옮기려
할 때는 특별히 제목을 미리 정하지 말고 우선 내용을 가다듬은 다음
에 그 내용에 가장 알맞는 제목을 붙이는게 좋다.

한편, 김용호는 시를 짓고 다음에 제목을 붙이는 것이 좋다고 말한다.

> 시가 먼저 생기느냐, 제목이 먼저 생기느냐 하면, 물론 시가 창조된 이후에 제목이 있어야 할 것은 순서상 당연한 일일 것입니다. 그런데, 실제상에 있어서 어떤 분은, 예를 들면 <가을>이라는 제목부터 먼저 생각해 가지고 시작하는 분이 있습니다. 말하자면, 이것은 아이를 낳기 전에 이름을 짓는 것과 마찬가지로 본말 전도라고 할 것입니다. 그러므로, 이런 태도는 삼가야 할 것입니다.

이 말은 시를 지어 놓고 그 다음에 제목을 붙이는 것이 순서라는 것인데 어디까지나 이런 언급은 개인적인 습관이나 의견일 뿐이다.

3) 좋은 제목

> 나부낄 깃발을 위하여
> 맨몸으로 그냥 서 있다
>
> 열렬한 하늘의 노래를 위하여
> 슬픔으로 그냥 서 있다
>
> 오직 하나만을 위하여
> 꼿꼿하게 그냥 서 있다
>
> 빈 깃대를 보며
> 素服한 여인이 그냥 서 있다
>   — 김용재의 「깃대」전문

이 시는 어떠한 경우라도 흔들림 없이 그 무엇을 위해 굳건하게 서 있겠다는 믿음과 신뢰 그리고 의지를 주제로 하고 있다. 이 경우, 제목을 먼저 써 놓고 썼건, 시를 쓴 후 제목을 붙였건 그것과는 상관없이 항시 꼿꼿하게 서 있는 '깃대'가 그 주제를 가장 적절히 암시하고 있다. 가령, 제목을 「맨몸」, 「오직 하나」 등으로 해도 어울린다고 할 수 있으나 「깃대」만은 못할 것이다. 또 박두진의 유명한 「묘지송」도 '언제인가는 밝은 새 세계로 부활할, 죽음의 세계를 찬미한 송가'라는 주제에 가장 적합한 제목이라 할 수 있다. 그래서 제목은 먼저 붙이느냐, 후에 붙이느냐가 중요한 것이 아니라 시의 내용이나 주제에 알맞고 어울리게 암시하여 호기심을 불러일으키는 것이어야 한다.

4. 시의 소재

글을 쓰기 위해서는 일반적으로 맨 먼저 주제를 설정한다. 작품이 말하고자 하는 그 무엇을 먼저 정하고 그 주제를 낳기 위해 동원되는 대표적인 재료나 근거 등을 모으는데 이것이 이른바 제재이다. 그러니까 제재가 특수한 상황이나 경우를 일러주는 것이라면 주제는 이러한 제재의 속성을 일반화 하거나 추상화 하여 얻은 것이라 할 수 있다.

그럼 작품의 소재란 무엇인가? 작품을 구성하고 있는 일체의 재료가 모두 소재이다. 소재에는 언어적인 것도 있고, 물질적인 것도 있고, 사물이나 관념적인 것도 있다. 또 이것이 포괄적이고 다양한 까닭에 중심이 되는 소재와 보조적인 소재가 있을 수 있다. 이럴 경우 중심되는 소재가 제재가 되는 것이다. 소재중의 소재인 셈이다.

T. S 엘리어트는 시인이 경험한 것은 시가 아니라 시의 재료라고 말한 바 있다. 마찬가지로 우리는 때로 시와 일상 생활에서의 경험을 착각하거나 혼동하는 수가 있다. 아름다운 자연을 보면 감탄하고, 좋

은 음악을 들으면 감동하고, 훌륭한 행동을 목격하면 감격한다. 그러나 이들 경험이 그대로 시가 되는 것은 아니다. 시는 형식을 만들어 가야 한다.

가령, 시를 아래와 같이 썼다고 하자.

흐르는 강
조는 자갈
한적하다

이 경우, 소재는 강이거나 자갈이거나 다 좋다. '조는 자갈'이라는 데에서 제법 형상화 되었다고는 할 수 있으나 소재를 작가의 감정에 약간 반영하여 '흐르는', '한적' 등 형용사를 보태 놓은 것에 불과하다. 이처럼 소재의 나열이 그대로 시가 되는 것이 아니고 이것을 상상력의 용광로에 넣어서 익히고 용해하여 새로운 의미와 이미지를 창조하는 과정을 거쳐야만 비로소 시가 되는 것이다.

1) 우리는 아무것도 가진 것 없소.
칼이나 육혈포나
그러나 무서움 없네.
철장(鐵杖)같은 형세(形勢)라도
우리는 웃지 못하네.
우리는 옳은 것 짐을 지고
큰길을 걸어가는 자 일세.

— 최남선의 「舊作三篇」에서

2) 山神과 살기와 염병이 함께 사는
碑石이 산 마을마을에
모터와 電氣를 보내서

　　山神을 쫓고 마마를 돌아내라.
　　기름진 機械로 運命과 農場을 휘몰아 갈
　　希望과 自信과 힘을 보내자.

　3) 世界의 民主主義의 씨를 뿌리고
　　世界의 民主主義 꽃에 물을 주는
　　民主主義園丁

　1)은 흔히 신체시라고 일컫는 것으로 1908년 당시에는 시가 되었을지 모르나 오늘의 안목으로 보면 시라고는 할 수 없을 만큼 관념의 전달에만 치중하고 있다. 광복 직후에 쓰여진 것으로 보이는 어느 시인의 2)와 3) 역시 소재를 시의 세계, 예술의 차원에까지 끌어올리지 못하고 있다. 2)는 미신을 타파하고 과학을 보급시키자는 구호에 불과하며 3)은 민주주의 정치시상을 선전하는 연설문의 한 토막을 따와 행가름한 것이 아닌가 하는 생각이 든다.

　이러한 관점에서 현장에서 보고 느끼고 생각한 그대로의 감흥을 즉석에서 읊은 즉흥시나 시로써 묻고 대답하는 화답시나 백일장 같은 데서 짓는 경시(競詩) 등을 가지고 시인의 능력이나 시의 가치를 평가하는 것은 재고되어야 할 것이다.

　좋은 시를 쓰려면 소재를 풍부하고 다양하게 수집하는 일이 필수 조건이며 좋은 소재를 마음속에 축적시키려면 평소의 체험과 관찰, 독서, 사색 등이 필요하다. 시를 쓰는 과정에서 많이 이야기되는 인스피레이션(靈感) 같은 것도 따지고 보면 그 사람이 평소에 축적시켜 두었던 체험(직접체험과 간접체험, 즉 독서에 의한 체험이 종합된 상태)의 창고 가운데서 한 끄트머리가 찰나적으로 튀어나오는 것이라고 할 수 있다. 백 개의 체험이 있다면 그 중 한 개의 체험정도가 시의 소재로 쓰일까 말까 한다. 그만큼 방대한 체험과 사색이 훌륭한 시가 이루어지는 모체가 된다.
　다음 작품의 경우는 작가의 체험이 시로 승화된 좋은 본보기이다.

　　　　성북동산에 번지가 새로 생기면서
　　　　본래 살던 성북동 비둘기만이 번지가 없어졌다.
　　　　새벽부터 돌깨는 산울림에 떨다가
　　　　가슴에 금이 갔다.
　　　　그래도 성북동 비둘기는
　　　　하느님의 광장같은 새파란 아침 하늘에
　　　　성북동 주인에게 축복의 메시지나 전하듯
　　　　성북동 하늘을 한바퀴 휘 돈다.

　　　　성북동 메마른 골짜기에는
　　　　조용히 앉아 콩알하나 찍어 먹을
　　　　널찍한 마당은 커녕 가는 데 마다
　　　　채석장 포성이 메아리쳐서
　　　　피난하듯 지붕에 올라앉아
　　　　아침 구공탄 굴뚝 연기에서 향수를 느끼다가
　　　　산 1번지 채석장례 도로가서
　　　　금방 따낸 돌 온기에 입을 닦는다.

　　　　예전에는 사람을 성자처럼 보고
　　　　사람 가까이서
　　　　사람과 같이 사랑하고
　　　　사람과 같이 평화를 즐기던
　　　　사랑과 평화의 새, 비둘기는
　　　　이제 산도 잃고 사람도 잃고
　　　　사랑과 평화의 사상까지
　　　　낳지 못하는 쫓기는 새가 되었다.

　　　　　　　　　　　　— 김광섭의 「성북동 비둘기」

전문

이 시는 자유와 평화의 상징인 '비둘기'를 소재로 하여 시인의 오랜 세월에 걸친 성북동 생활에서 얻어진 체험을 은근하고 박진감 있게 주제로 형상화 시키고 있다. 즉 여기서의 '비둘기'는 문명의 뒷전으로 밀려난 성북동 사람들을 상징하면서 동시에 물질문명에서 소외된 현대인들 모두를 상징하는 것으로 의미가 확대 되면서 '자연에 대한 현대인의 향수'라는 주제를 자연스럽게 드러내는 것이다.

그런데 젊은 나이에 시를 쓸 경우, 인생의 직접적 체험을 시로 승화시킨다는 것은 참으로 어려운 일이다. 따라서 독서를 통한 간접체험을 쌓아가는 일을 게을리 해서는 안된다. 시·소설·수필 등 다양한 독서 편력은 곧 소재를 풍부하게 하고 깊이 있는 사고력을 배양시켜 주기 때문이다.

그렇다면 어떤 것이 시의 소재로서 알맞은가? 단적으로 우주의 삼라만상이 모두 시의 소재가 될 수 있고 인간사 모두 시의 제재가 될 수 있다. 돌멩이 하나와 같은 보잘 것 없는 무기물에서부터 하루살이와 같은 미물에 이르기까지 모두가 시의 소재가 될 수 있다. 그리고 이것들의 우열은 없다. 다만 시대에 따라 유행이라는 것이 있을 수 있으나 문학일반에서 거론되는 보편성, 객관성, 참신성이 있으면 되는 것이고 이것 또한 시인이 어떻게 시로써 형상화 하느냐에 달려 있는 것이다.

결국 소재는 도시, 농촌, 전통, 민중, 농민, 노동자, 물, 나무, 하늘, 바위, 짐승 등 세계 전체가 될 수 있으나 주제에 적합한 소재를 선택하고 그것을 시적 형식미에 어떻게 조화시켜 감동과 독창성이 있는 새로운 세계를 만드느냐 하는 데 있다고 할 수 있다. 이를테면 '나무'라는 소재가 그대로 책상이나 의자가 될 수 없다. 나무를 자르고 다

듬어 책상이나 의자가 되도록 해야 한다는 이치와 같다. 시의 소재도
주제에 알맞도록 선택해야 하고 그것을 시적으로 구성해야 하는 것이
다.

　　1) 듬직한 순종, 그러므로
　　　산을 그저 산일 수밖에 없고
　　　강 또한 강일 수밖에 없는
　　　그림자 하나 등뒤에 부려두고
　　　응시하는 눈,
　　　속의 흰구름 하나.
　　　　　　　　　　— 손종호의 「소」에서

　　2) 너의 연한 머리로 꼬리로
　　　결코 무너뜨릴 수 없는
　　　견고한 유리벽 속
　　　네게 허락된 자유의 용량
　　　　　　　　　　— 김석환의 「금붕어」에서

　　1)은 얄팍한 인성이나 세태 또는 환경이라도 좋다. 심지나 의지가
곧지 못함을 ‘소’라는 소재를 통해 시적으로 갈고 다듬어 인간의 미
덕인 ‘인내’와 ‘너그러움’으로 주제를 잘 살려낸 작품이다. 2)역시 어
항에 갇힌 ‘금붕어’를 통하여 한정된 삶의 자유와 견고한 유리를 뚫
을 수 없는 연약한 힘의 한계를 암시함으로써 소재와 주제가 적절히
조화된 작품이다. 이처럼 단순한 소재라도 생명력이 있도록 변화를
줄 때 소재가 제 몫을 다하는 것이다. 이 뿐만이 아니라 소재가 사상
이나 관념일 경우도 정서화와 내면화 그리고 사물화 될 때 시적 감동
이 일어나는 것이다.

5. 행과 연 가르기

시의 구성에 있어서 낱말·어절·구·절 등도 세심하게 고려해야 하겠지만 실제 시창작에 있어서는 그보다 행을 어떻게 가르고 몇 행을 모아서 한 연으로 구성할 것인가 하는 점에 더 큰 노력이 요구된다. 시의 행과 연을 나누는 일이 시를 쓰는 사람에게는 큰 고민 거리가 아닐 수 없다. 이를테면 한 행을 한 문장으로 할 것인가, 한 문장을 두 행 또는 세 행으로 끊을 것인가, 한 행을 체언으로 끝나게 할 것인가, 부사형이나 접속형으로 끝나도록 할 것인가 하는 등의 문제에 고심을 하지 않을 수 없다.

일반적으로 시의 행은 그 시의 운율과 밀접한 관련이 있다. 보통 시행을 '운율적으로 짜여 있는 줄'이라고 말하는 것도 시행이 바로 운율과 숙명적으로 관련되어 있기 때문이다. 운율의 규칙을 지켜야 할 정형시에서의 시행은 시 전체 형식을 구성하는 '운율의 한 단위'로 보는 것이 옳을 것이다. 그러나 이미지와 의미에도 관련이 없는 것은 아니다. 특히 우리나라의 자유시와 산문시에 있어서는 시행이 운율과 더불어 이미지나 의미와도 깊은 관련이 있는 것으로 생각된다.

김준오는 행과 연의 가름이 표준언어 또는 일상언어를 파괴하는 '낯설게 하기'의 기교에 해당한다고 말한다. 같은 구문을 행가름 했을 경우와 그렇지 않은 경우 사이에는 의미의 차이가 발생하고 그 의미의 차이는 운율과 산문의 차이가 된다.

1) 땅에 꿇어앉아 두 손 모아 우러르면 하늘도 땅이 되어 폭포로 일어선다

2) 땅에 꿇어앉아
   두 손 모아 으러르면
   하늘도 땅이 되어
   폭포로 일어선다
                — 허형만의 「땅에 꿇어앉아」에서

3) 흩날리는 수천 송이 눈꽃들 다 제자리 찾아 내려앉고 있습니다.

4) 흩날리는 수천 송이 눈꽃들
   다 제자리 찾아
   내려앉고 있습니다
                — 김완하의 「눈꽃」에서

　1)은 땅을 예찬하고 3)은 자연의 섭리를 일깨워 주는 하나의 산문이라 할 수 있다. 그러나 1)을 2)처럼 4행으로, 3)을 4)처럼 3행으로 각각 행가름하면 억양, 강세 등의 차이가 발생하게 되는데 이 경우, 행이 바로 리듬의 단위가 되고 하나의 시구가 된다. 행가름이 내재율을 창조하고 이 내재율이 시를 만든 것이다.

　　이슬
　　방울
　　속의
　　말간
　　세계
　　우산을
　　쓰고
　　들어가
　　봤으면
                — 최하림의 「이슬방울」전문

인용된 시는 시의 음악성이나 리듬감을 의도한 작품이다. 만일 이 시가 의미만을 드러내고자 했다면 주어와 술어를 논리적인 문장으로 나열하여 "이슬방울 속의 말간 세계, 우산을 쓰고 들어가 봤으면"이라고 하나의 행이나 쉼표로 구분하여 두 개의 행으로 만들었을 것이다.

시가 다른 산문과 달리 이렇듯 행과 연을 가르는 가장 큰 이유는 앞에서도 언급했듯이 행과 연의 일정한 반복을 통하여 음악적 리듬감을 고조시키고 이러한 음성적 반복의 효과가 정서적 환기를 산문과 구별되게 조정하는 데 있다.

시행의 일정한 규칙성은 고려속요(3·3·2조, 3음보), 경기체가(3·3·4조, 3음보), 시조(3·4조, 4음보), 가사(3(4)·4조, 4음보) 등과 같은 고대시가나 한시(4언·5언·7언의 고시 또는 율시)나 영시(2, 3, 4, 5, 6, 7, 8보격)에 공통적으로 나타나는 현상이며 이는 시의 리듬감을 드러내기 위한 방식이기도 하다. 이러한 현상은 지금도 민요나 노래를 위한 가사의 경우 필수적인 조건이 되고 있으며 현대시에서도 종종 발견되고 있다.

다음은 우리의 전통적 음보율이 현대시에서 어떻게 이어지고 있는가? 3음보격의 시와 4음보격의 시를 보자.

1) 3음보격의 현대시

어느 머언 곳의 / 그리운 / 소식이기에 //
이 한밤 / 소리없이 / 흩날리느뇨 //

치마 끝에 / 호롱불 / 여위어 가며 //
서글픈 / 옛 자친양 / 흰 눈이 내려 //

하이얀 입김 / 절로 / 가슴이 메어 //
마음 / 허공에 / 등불을 켜고 //
내 홀로 / 밤 깊어 / 뜰을 내리면 //

머언 곳에 / 여인의 / 옷 벗는 소리 //
　　　　　 ― 김광균의 「설야」에서

무릎 꿇자 / 가부좌 / 틀어도 좋다 //
마음 / 깎고 / 다듬어 //
내어던지자 / 저 / 장엄한 //
산 무더기 위로 / 계룡산 / 연천봉 위로 //
　　　　　 ― 이은봉의 「계룡산 폭설」에서

2) 4음보격의 현대시

쓸쓸한 / 뫼앞에 / 후젓이 / 안으면 //
마음은 / 갈앉은 / 양금줄 / 같이 //
무덤의 / 잔디에 / 얼굴을 / 부비면 //
넉시는 / 향맑은 / 구슬손 / 같이 //
산골로 / 가노라 / 산골로 / 가노라 //
무덤이 / 그리워 / 산골로 / 가노라 //
　　　　　 ― 김영랑의 「쓸쓸한 뫼 앞에」전문

쓸쓸한 사람이 / 바라보는 / 유리창도 / 쓸쓸하다 //
쓸쓸한 사람이 / 바라보는 창문 속 하늘도 / 쓸쓸하다 //
쓸쓸한 사람이 / 바라보는 하늘 속 나뭇가지도 / 쓸쓸하다 //
　　　　　 ― 임승빈의 「쓸쓸할 날」에서

위에서 본 바와 같이 현대시는 3음보와 4음보의 전통적 율격에서
다소 낯설게 행과 연이 배열되어 다양하게 변용되고 있음을 알 수 있

다.

여하튼, 현대시에 이르러서는 과거의 시들처럼 일정한 규칙에 따라 행과 연을 가름하지는 않는다. 시인마다 독특한 리듬을 창조하고 오히려 이미지를 통한 감각적 환기를 추구하는 경향에서 시행의 규칙은 사라지게 되었다. 그럼에도 불구하고 시행의 문제는 여전히 시에서 중요한 비중을 차지하고 있다. 그것은 현대시에 있어서 시의 행과 연의 가름은 새로운 의미와 해석이 요구되기 때문이다. 시를 창작하는 데 있어서 시행과 연을 구분하는 일은 그 시의 구성과 특성을 결정하는 절대적인 조건이 된다.

6. 이미지 만들기

이미지 Image는 일상어로서도 광범위하게 통용되고 있다. 예를 들어 우리들은 "A는 이미지가 참 좋다" "그 여자는 청순하고 지적인 이미지가 있다" "너는 종전의 이미지가 아니야" 등의 대화를 나눈다. 뿐만 아니라 현대는 '이미지의 시대'라 할 만큼 우리들이 일상에서 늘 보아오는 상표, 간판, 네온사인, 포스터, 회사나 어떤 집단의 마크, 영화스크린, TV화면 등에도 '이미지'라는 용어를 많이 쓰고 있는 것을 볼 수 있다.

이미지란 흔히 심상(心象)이나 영상을 말하는데 시에 있어서는 일반적으로 구별하지 않고 그대로 '이미지'라고 쓰고 있다. C. D. 루이스는 "과거의 감각상의 혹은 지각상의 체험을 지적으로 재생한 것"이라 했고, S. P. 시드니는 '언어로 그린 마음의 그림'이라고 정의한 것을 보면 경험이 감각적으로 마음 속에 재생되는 그림자라고 할 수 있다.

이미 알려진 바와 같이 이미지는 체험에 의해서 성립된다. 현대시에 있어 체험은 현대시의 출발이 되기 때문에 현대시를 이미지로 규정하는 까닭이 여기에 있다. E. 파운드는 "수많은 시를 쓰는 것보다 일생동안 단 하나의 이미지를 만들어 내는 것이 좋다"고 강조한 것을 보면 현대시에 있어서 이미지가 얼마나 중요한 것인가를 알 수 있다. 경험한 것들은 관념이나 사상으로 기억되기 보다는 감각적 이미지로 더 많이 남는다. 그래서 감동을 주는 시는 이미지로 구성된 시인 것이다.

이미지는 일반적으로 정신적 이미지, 비유적 이미지, 상징적 이미지 등으로 나눈다.

1) 정신적 이미지

정신적 이미지는 지금까지 우리 주변에서 이미지를 논할 때 가장 많이 거론된 것으로 마음속에 떠오른 감각적 이미지를 말한다. 즉 작품을 대할 때 하나의 사상이나 정서는 감각을 통해서 독자의 심리 현상 속에 독특한 인상체계를 형성하게 되는데 이 감각체험과 인상에 바탕을 둔 것이 정신적 이미지인 것이다. 정신적 이미지는 시각, 청각, 후각, 미각, 촉각, 공감각 등으로 나눌 수 있다.

> 날이 저문다.
> 먼 곳에서 빈 뜰이 넘어진다.
> 無限天空 바람 겹겹이
> 사람은 혼자 펄럭이고
> 조금씩 파도치는 거리의 집들
> 끝까지 남아있는 햇빛 하나가
> 어딜까 어딜까 都市를 끌고 간다.
> ― 강은교의 「自轉 1」에서

이 시는 삶의 피곤함이나 흔들림을 묘사하면서 인간 존재나 인간 삶의 근원이 어디에 있는가를 일몰의 정경, 즉 시각적 이미지로 보여 주고 있다.

　　　　보리 피리 피리 불며
　　　　봄 언덕
　　　　고향 그리워
　　　　피-ㄹ 닐리리.

　　　　보리 피리 불며
　　　　꽃 청산(靑山)
　　　　어릴 때 그리워
　　　　피-ㄹ 닐리리.
　　　　　　　　— 한하운의 「보리피리」에서

이 시는 '피-ㄹ 닐리리'라는 보리 피리 소리의 반복을 통한 청각적 이미지로 향수에 젖어들게 하고 있다. 그러나 현대시에서의 청각적 이미지는 소리를 직접 모방하는 방식보다는 음성의 미묘한 분위기를 느낄 수 있도록 하는 것이 더 좋다.

　　　　온 집안에 퀴퀴한 돼지 비린내
　　　　사무실패들이 이장집 사랑방에서
　　　　중톳을 잡아 날궂이를 벌인 덕에
　　　　우리들 한산 인부는 헛간에 죽치고
　　　　개평돼지 비계를 새우젓에 찍는다
　　　　끝발나던 금방시절 요리집 애기끝에
　　　　음담패설로 신바람이 나다가도
　　　　벌써 여니레째 비가 쏟아져
　　　　담배도 전표도 바닥난 주머니

　　작업복과 뼈속까지 스미는 곰팡내
　　　　— 신경림의 「장마」에서

　이 시는 후각적 이미지가 두드러진 시로서 장마철 시골 공사장을 배경으로 한 것으로 '돼지 비린내' '날궂이' '헛간' '작업복' '담배' 등이 퀴퀴한 후각적 감각을 자극하면서 장마철의 지루함과 인부들의 무료함을 고조시키고 있다.

　　(1) 비는 대낮에도 나를 키쓰한다.
　　　　비는 입술이 함씬 딸기물에 젖었다.
　　　　　　— 장만영의 「비」 4연

　　(2) 나는 네 입에 키쓰했다. 요한이여, 쓴 맛이었다. 그것은 피의 맛이었던가.
　　　　　　— O. 와일드의 「살로메」에서

　(1)과 (2)는, '키쓰'를 미각적 이미지로 제시하고 있다. 그러나 같은 키쓰이면서도 (1)은 '딸기물'이며 (2)는 '쓴맛' '피의 맛'이다. 이처럼 같은 이미지이면서도 시인의 상상력에 따라 대상에 대한 감정과 분위기 그리고 주제를 다르게 전달할 수 있다.

　　　유리에 차고 슬픈 것이 아른거린다.
　　　열없이 붙어 서서 입김을 흐리우니
　　　길들은 양 언 날개를 파닥거린다.
　　　지우고 보고 지우고 보아도
　　　새까만 밤이 밀려 나가고 밀려와 무딪치고
　　　물 먹은 별이 반짝 보석처럼 박힌다.
　　　밤에 홀로 유리를 닦는 것은

외로운 황홀한 심사이어니
고운 폐혈관이 찢어진 채로
아아, 너는 산새처럼 날아 갔구나
      — 정지용의 「유리창」전문

　여기에서는 '차고' '입김을 흐리우니' '언 날개' '물 먹은 별' 등이
촉각적 이미지를 형성하고 있다. 특히 따뜻함과 차가움의 피부 감각
이 좋은 대조를 보이고 있다.

갯마을의 봄은 해조냄새에 묻어온다.
갓 뜯은 해조를 목이 아프게 이고 오는 아낙들
미역 다시마 청각 파래 톳 모자반 청태
헝클린 사투리의 머리카락을 치렁치렁 풀어 내리며
바다가 몸을 푸는 시장바닥으로 나가 보면
끈적끈적한 생명이 묻어나는 시원의 숲 냄새
비로소 눈뜨는 맨 처음 목숨이 퍼들거리고
동앗줄보다도 더 질긴 운명과 인연의 끈
야성의 핏발선 아우성으로 처절한 삶의 현장
바다의 푸른 눈빛을 닮은 처녀들도 모두 나와
잉태의 펄럭거리는 치마폭에 비린내를 퍼 담는 날
산비탈 보리밭에도 푸른 불길이 솟는다.
      — 김철규의 「갯바람」전문

　이 시는 삶의 진실 추구를 감각적인 표현에 의존하고 있다. '해조
냄새' '시원의 숲 냄새' 등은 후각적인 이미지를 전해주며, 2, 3, 4, 5,
7, 8행은 시각적 이미지로 표현되어 있다. 그리고 4행과 9행은 공감각
적 이미지이다. 4행의 '헝클린 사투리'는 청각적 이미지이고 '머리카
락을 치렁치렁 풀어내리며'는 시각적 이미지이다. 시각의 청각화이다.
또 9행의 '야성의 핏발선 아우성'은 시각과 청각의 공감각적 이미지

를 보여주고 있다.

두 개 이상의 이질적인 이미지를 복합적으로 결합함으로써 독자의 상상력을 촉발시켜 대상을 보다 새롭고 생생하게 느끼게 하는 공감각적 이미지는 다음과 같은 데에서도 찾아 볼 수가 있다.

- 자욱한 풀벌레소리 발길로 차며(김광균의 「추일서정」에서)
- 술 익는 마을마다 타는 저녁놀(박목월의 「나그네」에서)
- 지조 높은 개는 밤을 새워 어둠을 짖는다(윤동주의 「또 다른 고향」에서)
- 달빛이 배이면 술보다 독한 것(이동주의 「강강술래」에서)
- 금으로 타는 태양의 즐거운 울림(박남수의 「아침 이미지」에서)
- 흔들리는 종소리의 동그라미 속에서(정한모의 「가을에」에서)

이러한 공감각적 이미지, 즉 감각의 전이는 실제의 감각체험에서 보조관념이 상상적으로 촉발되기 때문에 원관념에서 보조관념의 전이라고 할 수 있다. 그런데 공감각에는 감각의 복합만이 아니라 '번쩍이는 평화'(이승훈, 「구름의 테마」에서)와 같이 관념(평화)에서 감각(번쩍이는)으로 옮겨가는 경우도 있다.

2) 비유적 이미지

비유적 이미지는 비유에 의해 만들어지는 이미지를 말한다. 그리고 비유는 언어의 전이 현상을 말한다. 그러니까 시에서 비유라고 하는 것은 어떤 사물이나 의미를 그 자체에 고정시키는 것이 아니라 다른 사물이나 의미로 이미지화하여 표현하는 것이다.

현대의 비평가들 특히 신비평가들은 단순히 감각적이고 축어적인 이미지보다는 직유·은유와 같은 비유적 이미지를 중시하는 경향이 있다. 이미지를 가능하게 하는 비유로는 직유 simile, 은유 metaphor, 환유 metonymy, 제유 synecdoche, 활유 personification 등이 있다.

> (1) 배암같은 비가 내린다.
>   — 이탄의 「도시의 배암」에서

> (2) 분수처럼 흩어지는 푸른 종소리
>   — 김광균의 「외인촌」에서

> (3) 꽃처럼 붉은 울음을 밤새 울었다.
>   — 서정주의 「문둥이」에서

> (4) 구름에 달가듯
>   가는 나그네
>   — 박목월의 「나그네」에서

(1)에서는 '비'가 원관념이고 '배암'은 보조관념이다. 도시에 쏟아져 내리는 비를 배암의 형태로 봄으로써 비정하고 징그러운 감을 주고 있다. 역시 (2)에서도 '종소리'가 원관념이며 '분수'가 보조관념인데 종소리를 분수로 전이시켜 이미지화하고 있다. 이렇게 비유는 새로운 언어를 창조해 내는 작업이라 할 수 있다.

비유적 이미지는 두 사물 사이에서 유사성이 극히 희박할 경우, 이미지로서 성립되기 어려울 수도 있으며 지나치게 유사성이 강조되었을 경우는 이미지로서의 참신성을 잃을 우려도 있다.

시창각에 있어서 유의할 것은 장식적인 비유나 말초적인 감각적 이미지가 만들어 낼 수 없는 참신한 비유적 이미지의 확대와 심화를 깊이있게 고려하여 시적 공감을 창출하는 일이라 하겠다.

3) 상징적 이미지

상징적 이미지는 비유적 이미지가 아니라 보조관념만으로 원관념을 상상하여 알 수 있게 하는 표현이다. 다시 말해 "내 마음은 호수요 / 그대 저어 오오"를 보면 원관념 '내 마음'이 보조관념 '호수'로 은유되어 있다. 그러나 여기에서는 원관념인 '내 마음'은 생략되고 보조관념 '호수'의 이미지만 제시되어 '잔잔한 마음'을 상징하게 된다. 그래서 자칫 혼동되기 쉬운 비유와 상징의 차이를 요약해서 브룩스 C. Brooks와 워렌 A. Warren은 '상징은 원관념이 생략된 은유'라고 말하고 있다. 넓은 의미로 볼 때 모든 언어는 상징이다. 다음 시에서도 상징적 이미지가 보인다.

> 해야 솟아라, 해야 솟아라, 말갛게 씻은 얼굴 고운 해야 솟아라.
> 산 너머 산 넘어서 어둠을 살다 먹고 산 너머서 밤새도록
> 어둠을 살라 먹고 이글이글 애띤 얼굴 고운 해야 솟아라.
> 달밤이 싫여, 달밤이 싫여, 눈물 같은 골짜기에 달밤이 싫여,
> 아무도 없는 뜰에 달밤이 나는 싫여……
> 해야, 고운 해야, 늬가오면, 늬가사 오면, 나는 나는 청산이 좋아라.
> 훨훨훨 깃을 치는 청산이 좋아라. 청산이 있으면 홀로래도 좋아라.
> 사슴을 따라 사슴을 따라 양지로 양지로 사슴을 따라, 사슴을 만나면 사슴과 놀고,
> 칡범을 따라 칡범을 따라, 칡범을 만나면 칡범과 놀고….
> 해야, 고운 해야, 해야 솟아라. 꿈이 아니래도 너를 만나면, 꽃도 새도 짐승도 한 자리 앉아, 워어이 워어이 모두 불러 한자리 앉아, 애띠고 고운 날을 누려 보리라.
> — 박두진의 「해」전문

민족의 웅대하고 평화스런 미래상을 추구하고 있는 이 시의 중심 소재인 '해'는 세계의 모든 인간에게 거의 예외없이 빛과 생명, 기쁨

과 희망, 탄생과 창조의 의미를 지니는 동시에 시대적 상황과 견주어 광복된 조국의 밝고 원대함을 상징적으로 보여 준다. 그리고 이 시는 죽음과 사막 그리고 혼란의 원형적 상징인 '어둠'을 살라먹고 솟아오르는 그 날에 대한 소망을 열정적으로 노래하고 있다. 물론 여기서의 '산'은 역경을 의미하며 민족앞에 가로놓인 험난한 역사의 과제를 표상한다. 한편 '사슴' '노루' '양떼' 등은 천사적 이미지이고 '이리' '여우' '쥠범' '거미' 등은 악마적 이미지이다.

7. 비유 활용하기

우리는 일상생활의 담화 양식에서 알게 모르게 비유를 널리 애용하고 있다. 음식을 재빨리 먹어치우는 것을 보고 게의 움직임에 빗대어 '게눈 감추듯 한다'고 하며 보잘 것 없어서 비교거리가 안되는 것을 가리켜 '도토리 키재기'라고 말한다. 또 외톨로 고립된 신세를 '개밥에 도토리'라고 말한다. 그리고 '고집으로 말하면 황소지요' '바람처럼 잠깐 왔다가 갔어요' '눈에서 번개가 튀는 것 같았어요'라는 말 등도 우리 일상에서 흔히 들을 수 있는 비유다.

이렇게 보면 비유도 언어생활에 있어서 필수불가결한 것으로 보인다. 비유를 사용하지 않고는 새로운 사물과 상황을 제대로 전달하지 못할 정도이다. 언어는 비유를 통하여 전달의 불완전성을 극복하여야 스스로 유지 발전 시킬 수 있는 것이다. 다시 말해 일상의 언어 생활에서건, 시에서건 사실에 가깝도록 적확하게 그리고 효과적으로 표현하고자 하는 욕망에서 비유를 사용한다.

특히, 언어예술이라고 일컬어지고 있는 시는 비유를 중요 요소로 삼는다. 비유라는 말의 **matapor**는 그리스어 **metapherein**에서 연유한다. 이것은 **mata**, 즉 넘어서다, 초월하다의 **over, beyond**와 이동하다, 가져오다의 pherein(bring, carring)의 합성어다. 그러므로 metapor는 사물이나 의미가 다르게 이동, 변화, 변용되는, 즉 전이되는 것을 말한다. 그래서 극단적으로 '시는 비유이다'라고 말하기도 한다. 시의 대부분은 이미지나 상징 등에 의해서 주로 전달되고 해석되며 시인은 일상의 단순한 전달이 아니라 비유를 동원하여 더 깊은 삶의 문제를 다루고 있다. 이렇게 시는 인간의 복잡한 경험과 감정, 내면세계를 예술적이고 정확하게 표현할 것을 요구한다.

> 1) 방안은 사람으로 빼곡히 들어차 있어서 어디 하나 발디딜 틈이 없었다.
> 2) 방안은 사람으로 빼곡히 들어차 있었다. 마치 콩나물 시루 같았다.

1)은 있는 그대로를 그려낸 묘사이고 2)가 비유의 하나인 직유이다. 비유가 성립하려면 전달하려는 어떤 사물을 직접적으로 설명하지 않고 전혀 다른 사물을 빌어 두 사물 사이에 납득할만한 동일성 내지 유사성을 찾아 내야 하는 것이다. 그러면 비유의 성립조건을 두 가지만 보자.

첫째는 원관념(본의)과 보조관념(유의)이 있어야 한다. 표현하고자 하는 본래의 것, 즉 나무이건, 사랑이건, 그리움이건 간에 표현하고자 하는 것이 본의이고 이것을 보다 정확하게 전달하고 효과적으로 표현하기 위하여 그와 성질이 같거나 유사하거나 하는 것들을 끌어들인 것을 유의라고 한다.

> 여자는 몸으로 아기를
> 창조한다
> 없는 혹은 희박한
> 가능성 속에서

    부드러운 손가락들로 신기한 요리를 만들어 내는
    요리사처럼
            — 양애경의 「여자」에서

  위 시에서 볼 수 있듯이 드러내고자 한 '여자'가 본의이고 '요리사'
가 유의인데 이처럼 드러내고자 하는 것을 효과적으로 표현하기 위해
또 다른 이미지, 즉 요리사로 전이시키고 있는 것이다.
  둘째는 본의와 유의가 이질적이어야 한다. 즉 삶과 죽음, 선과 악,
불과 물 같이 서로 상반되는 것을 말한다. 여기에서 긴장이 발생하게
되는데 이 때 단단한 결구력이 형성되고 탄력이 배가된다. 만일 첫째
조건처럼 동일성만 말한다면 '남자같은 남자', '꽃같은 꽃'처럼 죽은
비유 dead metaphor가 되어 효과가 없다.

    파도처럼 일어서는 삼밭
    시위 군중들처럼 서로를 의지하고
    손 흔들며 삼이 삼 아님을
    외치는 거창한 울림소리
            — 이운룡의 「삼밭에서」 일부

  여기에서도 '파도' '시위 군중들'과 '삼밭'은 이질적이고 서로 상충
되는 이질성을 지니고 있으나 긴장감을 성립시킨다. '파도' '시위 군
중들'과 '삼밭'은 사실상 아무런 관계가 없는 상반되고 이질적 상충이
나 형태나 힘의 성질로 보아 '삼밭'을 '파도' 등으로 전이시켰다고 했
을 때는 비유가 성립되어 시적 효과를 내기에 이른다.
  결국 비유는 언어의 전이로 요약할 수 있는데 그것은 참신하고 독
창적이어야 한다. 참신하고 독창적인 비유는 복잡한 유추과정을 필요
로 한다. 그리고 유추를 한다는 것은 그만큼 상상력이 많이 동원된다

는 의미이다. 이런 뜻에서 비유는 시에 살아있는 새로운 의미로 생명력을 불어 넣는 창조의 작업이라 할 수 있다.

　비유에는 직유, 은유, 대유, 활유 등이 있는데 여기서는 대표적인 비유라 할 수 있는 직유와 은유에 대하여 알아보도록 한다.

1) 직유

　직유는 비유의 가장 초보적인 단계로서 하나의 사물을 다른 사물과 직접 비교하는 것으로, 표현하고자 하는 대상 A를 다른 대상인 B를 끌어들여 직접 연결시킨다. 다른 비유보다 선명하고 명확하다 하여 명유(明喩)라고도 한다.

　직유는 두 대상의 유사성을 토대로 하여 직접 연결되기 때문에 보통, ～처럼, ～마냥, ～같이, ～하듯, ～인양 등의 조사에 의해 결합되고 있다.

　직유가 은유보다 분명하고 직접적이고 긴장의 밀도나 응축성의 정도에 있어서 은유보다 열등하다고 보는 견해도 있으나 그러한 우열의 관계는 대체로 무시된다. 우열의 구분은 문법적 형태에 의해서가 아니라 개별 비유가 가져오는 의미변화의 질과 깊이에 좌우되기 때문이다.

> ① 돌아오지 시간처럼
> 　모두는 사라지는가
> 　벼랑에 핀 꽃처럼
> 　흐느적이는 바다 위의
> 　작은 갈매기
>
> 　지금 무너지는 파도처럼
> 　암울한 노을빛을

        나는 정지시킨다
        사진찍듯 쉬지 않고
        긴장의 눈망을 쏘아댄다
                ― 박이도의 「바다 갈매기·5」에서

  ② 우리는 사랑했다 꽃과 같이
    불과 같이
    바람과 같이
    바다와 같이

    우리는 입맞추었다 끈적끈적
    흙탕물 같이
    소낙비 같이
    장마 같이
    천둥 같이

    우리는 서로 할켰다 날카로운
    손톱으로 발톱으로

    채찍 같이
    몽둥이 같이
    칼날 같이

    우리는 서로 안았다 배암같이
    두더지 같이
    지렁이 같이
    아메바 같이
            ― 마광수의 「사랑」에서

 ①②의 시는 평범한 것으로 보이는 직유법을 계속 사용하여 직유

가 장식적 범주가 아니라 창조적 범주로도 수용될 수 있다는 가능성을 시사해 준다.

시에서 직유를 쓸 때 그 직유가 효과적이 되려면 그 사용자에게 어떤 요구가 따르게 된다. 직유는 상이(相異)한 것 가운데서 유사성의 요소를 찾아야 한다. '차가 고양이처럼 으르렁 거린다'에서 차와 고양이는 전혀 닮은 점이 없다. 그러나 거침없이 돌아가는 자동차의 엔진 소리와 으르렁거리는 고양이 소리가 서로 유사점이 있다. 이렇듯 닮지 않은 것에서 서로의 유사성이 있을 때 직유의 참뜻이 있다. 그래서 직유를 효과적으로 나타내려면 그 유사성과 신빙성이 있고 또 뜻이 있어야 한다.

2) 은유

은유의 구조는 직유처럼 ~마냥, ~같이, ~하듯 등의 조사가 생략되고 본의와 유의의 직접 비유를 말한다. 그래서 은유는 일반적으로 "A는 B다"의 형식을 취한다.

이는 먼
해와 달의 속삭임
비밀한 울음

한 번만의 어느 날의
아픈 피홀림

먼 별에서 별에로의
길섶 위로 떨궈진

다시는 못 돌이킬

        엇갈림의 핏방울

        꺼질 듯
        보드라운

        황홀한 한 떨기의
        아름다운 靜寂

        펼치면 일렁이는
        사랑의 湖心아
                    — 박두진의 「꽃」전문

  위 시에서 보듯 본의인 '꽃'과 유의인 '속삭임', '울음', '피홀림' 등
이 연결어미가 없이 곧바로 결합되고 있다. 이같이 본의와 유의가 직
접 연결됨으로써 시적 긴장은 물론 제3의 새로운 의미까지 자아내고
있다. 그래서 '꽃'의 의미는 본래의 모습에서 다양한 모습으로 변신하
여 그 의미를 새롭게 창조해 내고 있는 것이다. 여기에서도 '꽃'과
'속삭임' 등이 각각 이질성을 지니면서도 꽃이 옹기종기 모여 있는
데에 이르면 동질성이 발견된다.

        골목은 강이다
        흐르는 강에 몸을 싣고
        우리는 어디론가 흐른다
        그러나 골목은
        강처럼
        끝내 그가 가야할 모국이 없다
                    — 김동수의 「골목」에서

  여기에서도 본의인 '골목'과 유의인 '강'이 직접 연결되고 있다. 우

리는 흔히 '골목'이라면 사람이 다니는 동네 가운데의 좁은 길을 연상하는데 유의인 '강'이 결합됨으로써 긴장감은 물론 '골목'이 지니고 있는 다양한 의미를 갖게 한다. 또한 '골목'과 '강'은 이질성인데도 끊을 수 없는 영원성을 암시하는 것이라면 동질성이 성립된다.

8. 상 징

일찍부터 우리 주변에서는 버들의 휘늘어진 가지를 지조없는 인간의 작태에 비견하여 왔다. 또한 소나무와 대나무를 높은 절개의 상징으로 써오기도 했다. 이처럼 우리는 자연 속에서 상징을 읽을 뿐 아니라 스스로 상징을 만들어 내기도 한다. 나무 조각을 들고 노는 어린이에게는 그것이 단순한 나무조각이 아니다. 그것이 땅바닥을 지날 때는 전동차가 되고 허공을 날 때는 비행기의 상징으로 바뀐다. 사람들은 스스로 만들어낸 상징 아래서 마음을 합치고 결속을 다지는 수도 있다. 이런 경우, 우리는 국기라든가 십자가 등을 예로 들 수 있다. 태극기는 겨레의 상징이 되고 십자가는 예수의 상징이 되기 때문이다.

상징이라는 말의 Symbol은 희랍어 Symballein으로 동사는 '함께 던지다', '조립한다'를 의미하고 명사는 '표시', '기호', '부호', '징표' 등의 뜻을 지니고 있다. 중국 육조 때 후주가 정사를 소홀히 하자 딸인 낙창공주의 남편인 서덕언은 국운이 다 된 것을 알고 부인을 불러 오랑캐에게 끌려가 서로 헤어지더라도 다음날 만남의 기약을 위해 징표를 지니자며 거울을 깨뜨려 한쪽은 자신이, 다른 한쪽은 아내에게 주었다. 그 후 나라가 망하고 두 사람은 약속대로 거울이 매체가 되어 다시 만나게 되었다. 여기에서 거울이 재회의 의미를 표시하는 부호로서, 본의는 재회인데 이 재회를 부호나 징표인 거울이 대신한 것임을 알 수 있다.

그래서 상징은 징표나 기호로써 다른 그 어떤 것을 대신하게 되는데 문학적으로는 불가시적(不可視的)인 것을 가시적으로 암시하는 것이다. 즉 앞의 예문에서 보듯 '재회'라는 불가시적인 본의를 '거울'이라는 가시적 사물인 보조관념이 대신하여 재회를 암시한 것도 이 범주에 둔다. 상징은 대체적으로 동일성, 암시성, 다의성, 입체성, 문맥성, 초월성 등의 특성을 지니고 있다.

상징의 유형은 그 관점에 따라 여러 유형으로 나눌 수 있다. 여기에서는 개인적 상징, 문화권 상징, 원형적 상징으로 유형화하여 창작의 실제를 살펴 보기로 한다.

1) 개인적 상징

개인적 상징은 특정한 작품 속에서나 한 시인의 시세계에서 특별한 내포적 의미를 갖는 상징을 말한다. 따라서 사람들이 쉽게 짐작할 수 있는 보편적인 의미가 아니라 시 자체의 문맥이나 시인의 독특한 경험에 의해 특별한 의미를 암시하게 된다. 다른 상징과는 달리 암시하는 관념의 세계를 단순하게 드러내지 않고 의미의 초점을 중심으로 애매하면서도 광범위한 관념의 세계를 드러낸다. 휠라이트 P. Wheelwright는 개인적 상징을 한 시인의 상상적 삶과 그의 실제 생활에 대하여 지속적인 활기를 불어 넣고 타당성을 가질뿐만 아니라 시 작품 속에서 다양한 형태를 취하게 수시로 반복해 나타나는 상징이라고 정의한 바 있다.

① 그는 웃고 있다. 개인 하늘에 그의 미소는 잔잔한 물살을 이룬다. 그 물살의 무늬 위에 나를 가만히 띄어본다. 그러나 나는 이미 한 마리의 황나비는 아니다. 물살을 흔들며 바닥으로 바닥으로 나는 가라앉

는다. 한나절, 나는 나의 언덕에서 울고 있는데, 도연히 눈을 감고
그는 다만 웃고 있다.

— 김춘수의 「꽃」에서

② 무엇에 반항하듯
　　불끈 쥔 주먹들이 무섭다
　　그녀의 젖 무덤처럼 익어
　　색만 쓰는 그 음탕함도 무섭다
　　꺾어버릴 수가 없다
　　모르는 척 팽개칠 수도 없다
　　아프다 너무 아프다
　　맞붙어 속삭이는
　　저 노오란 비밀의 이야기가 아프다
　　타오르는 불길 속에
　　마구 벗어던진
　　그녀의 속옷같은 잎들의 눈짓
　　오— 눈짓이 무섭다.
　　저들은 무언가 외칠 것만 같다
　　불끈 쥔 주먹을 휘두르며
　　일어설 것만 같다.
　　무섭다 세상 모든 것이 무섭다.
　　익을대로 익은 내 생각의 빛깔도 무섭다.
— 정의홍의 「참외」전문

①에서 '꽃'은 이 작품의 주도적 이미지 presiding image다. '꽃'은
많은 다른 시인들의 작품에서 두루 쓰이는 상징이지만 이 시에서는
특유한 의미를 상징하고 있다. '꽃'은 세계의 중심적인 그 어떤 의미
를 아름답고 신비스러운 존재로 암시되면서 그 무엇이라고 규정할 수
없는 함축성과 모호성을 지니고 있다. '꽃'은 '나'와의 관계에서 연속

성이나 통일성을 이루지 못하는 초월적인 존재로서 세계와 나와의 부조리한 관계를 극명하게 부각시켜 주고 있다.

②에서 '참외'는 시 전체의 문맥을 통해서 파악되어져야 하는 개인적 상징이다. 이 시는 매우 효과적으로 세계의 급박한 호흡을 격정적 어조로 독자에게 어떤 극한상황의 위기감을 환기시킨다. '불끈 쥔 주먹' '젖무덤' '그녀의 속옷' 등의 보조관념도 '참외'를 단독으로 비유하는 것이 아니라 작품 전체의 문맥 속에서 위기감을 상징하는 데 기여한다.

개인적 상징은 이렇게 시 전체의 문맥을 지배하면서 그 문맥을 타고 파동한다. 즉 하나의 문맥속에서 스스로의 의미를 풍요롭게 발현하여 상징으로서의 역할을 수행하는 동적인 것이다.

2) 문화권 상징

문화권 상징은 어느 개인 보다도 한 집단의 문화적 약속이나 오랜 전통이나 인습으로 형성된 것이다. 즉 아라비아 숫자는 수량을, 한글 자모는 어떤 소리를 대표하며 십자가의 표지 등은 특정 종교인이나 집단에 의미가 통용될 수 있는 것을 말한다.

① 사향 박하의 뒤안길이다.
아름다운 배암……
얼마나 커다란 슬픔으로 태어났기에, 저리도 징그러운 몸둥아리냐

꽃대님 같다.

너의 할아버니가 이브를 꼬여내던 달변의 혓바닥이
소리잃은 채 낼롱거리는 붉은 아가리로
푸른 하늘이다.…… 물어뜯어라. 원통히 물어 뜯어.

달아나거라, 저놈의 대가리!
— 서정주의 「花蛇」에서

② 흥부 부부가 박덩이를 사이하고
가르기 전에 건넨 웃음살을 헤아려 보라
金이 문제리
黃金 벼이삭 문제리
웃음의 물살이 반짝이며 정갈하던
그것이 확실히 문제다.
— 박재삼의 「흥부 夫婦像」에서

③ 요단강에 더러워진 몸둥어리를 씻어
투명한 물빛 가슴으로
푸른 하늘을 하늘하늘 나는
고운 나비떼의 환상을
이밤, 꿈에라도 봤으면
— 이상옥의 「희망사항」에서

①은 전래적 무형의 이야기를 모티브로 한 상징으로 원시유형의 인습이나 전통적 상징이라 할 수 있다. ②는 우리의 문학적 유산인 고전소설 「흥부전」에서 소재를 찾아 상징하고 있다. 이 시는 물신숭배의 인간상과 역사적 가난을 이중으로 상징한 것이다. ③역시 기독교에서 말하는 맑고 투명한 정신적 '요단강'을 통하여 정결성의 희구를 상징한 것이라 할 수 있다.

3) 원형적 상징

원형 archtype은 역사나 문학, 종교, 풍속 등에서 지속적으로 반복되는 어떤 이미지, 동기, 테마 또는 형태를 의미한다. 원형 또는 원형상징에 관한 이론은 비교 인류학과 정신분석학의 양쪽에서 모두 중요시하고 있다. 비교인류학자인 프레이저 J. G. Frazer의 저서『황금의 가지』The Golder Bough는 전혀 상이한 문화권에 속하는 신화나 전설에서 반복적으로 나타나는 공통적이며 기본적인 원형심상을 탐구한다. 또 융 C. G. Jung은 그의 정신분석학의 중요 개념으로 이 용어를 그리스의 문헌에서 가져와 사용하고 있다. 융은 처음에 이를 원시적 이미지 primordial image라고 부르다가『원형과 집단 무의식』에서부터 이를 집단 무의식 collective unconsciousness의 개념으로 설명하고 있다. 그에 의하면 인류 조상들의 생활 속에서 계속 반복적으로 나타나는 경험의 유형이 갖는 원시적 이미지 또는 심리적 잔존물로서 집단 무의식속에 계승되어 문학, 신화, 종교, 꿈 및 개인적 환상 속에 계속 나타난다. 그것은 선험적 결정자 apriori determinarit가 되어 한 집단이나 개인에게 영향을 미치는 것이 원형이다. 특히 원형의 전형적인 틀로서 신화가 있는데 여기에서의 원형적 관념, 예를 들어서 복수, 희생, 배신, 원죄 등은 인간의 사고에 한결같이 되풀이 되는 반복적 모티프가 된다. 이런 점에서 현대문학은 신화의 기본적 틀을 그대로 반복하고 있다고 볼 수 있다. 카시러 Cassier 역시 같은 차원에서 신화를 세계를 전망하는 보편적 의식의 틀이라고 하였다.

여기에서 프로이드의 개인적 상징 혹은 성적 상징을 제시해 본다.

상 징	의 미	비 고
지팡이 · 양산 · 막대기 · 나무 · 모자	남성	형태
나이프 · 단도 · 창 · 칼 · 대포 · 권총	남성	기능
수도꼭지 · 물뿌리개 · 샤프펜슬 · 연필 · 열쇠 · 펜대 ·	남성	기능
매다는 등잔 · 매지않은 넥타이 · 뱀 · 에드벌룬 · 비행기	발기현상	기능
구멍 · 웅덩이 · 동굴 · 항아리 · 병 · 통 · 트렁크 · 상자 · 호주머니 · 배	여성	형태
장롱 · 난로 · 방	자궁	
문 · 입구 · 입	음문	
종이 · 목재 · 책 · 테이블	여성	
달팽이 · 조개	여성	
교회 · 사원	여성	
사과 · 복숭아	유방	
숲	음모	
바위 · 숲 · 물의 풍경	음부	
미식(美食)	성적쾌락	
피아노 연주 · 미끄러지기 · 나무뽑기 · 이빠지기	자위	
춤 · 승마 · 등산 · 자동차에 치기 · 무기에 의한 협박 · 사다리 · 언덕 · 계단오르기	성교	
구두 · 슬리퍼	여성	
산 · 바위	음경	
마당 · 흰 셔츠 · 린넬	여성	
동물	성욕의 고뇌	
꽃	여성	
물	분만	

　전통적으로 내려오는 이러한 원형적 상징들을 시창작에 직접적으로 응용할 수 있는 좋은 소재들이다. 기존의 우리 시에서도 시인의 잠재의식에 의하여 이러한 원형적 상징들이 간접적으로 시에 수용되는 경우가 많았다. 예를 들면, 서정주의 「화사」에서 "이브를 꼬여 내던 달변의 혓바닥이 / 소리를 잃은 채 날름거리는 붉은 아가리"를 하고 가쁜 숨결을 몰아 쉬는 꽃뱀은 여기에서 남성 성기, 즉 원시적 생명력의 상징인 동시에 인간의 원죄를 상징한 것이다.

㉠ 한결같은 빗속에 서서 젖는
  나무를 보며
  黃金色 햇빛과 개인 하늘을
  나는 잊었다.

  누가 날 찾지 않는다.
  또
  기다리지도 않는다.

  한결같은 忘却 속에
  나는 구태여 움직이지 않아도 좋다.
  나는 소리쳐 부르지 않아도 좋다.
  시작도 끝도 없는 나의 침묵은
  아무도 건드리지 못한다.

  무서운 것이 내게는 없다.
  누구에게 感謝 받을 생각도 없이
  나는 나에게 恍惚을 느낄 뿐이다.

  나는 하늘을 찌를 때까지
  자라려고 한다.
  무성한 가지와 그늘을 펴려고 한다.
                  — 김윤성의 「나무」전문

㉡ 빨치산에 겁탈 당한 내 누이다
  소름 돋힌 살갗을 떤다
  모래벌에 혀를 박고 죽은 열아홉이다
  피빛으로 파헤쳐진 밑구멍이다
                  — 강우식의 「해당화」전문

①은 '나무'라는 상승 이미지의 원형 상징을 빌어 천상계(天上界)에 도달하고자 하는 염원을 나타내고 있다. 즉 "한결같은 빗속에 서서 젖는 / 나무를 보며", "나는 하늘을 찌를 때까지 / 자라려고"하는 의지를 지향하고 있으며 ②는 '빨치산' '겁탈' '피빛으로 파헤쳐진 밑구멍' 등이 동원되고 있어 피의 악마적 속성의 상징으로 볼 수 있다.

이렇게 원형을 상징하는 시에서의 화자의 목소리는 그 시인 자신의 목소리 보다 한결 강한 목소리로 독자에게 호소력을 가지게 된다. 시에 있어서 원형적 상징은 개인적 상징보다 확실하고 설득력 있는 상징적 감동의 효과를 발휘하게 된다. 일시적이고 현상적인 세계를 초월하여 보편적 정서를 추구하면서 영원의 세계로 독자들을 안내하기 때문이다.

9. 아이러니

우리는 일상생활이나 문학을 통해서 '아이러니' irory라는 말을 무척 자연스럽게 쓰고 있다. 비꼼이나 말장난 또는 역설과 비슷한 의미로도 쓰이며 비극적, 희극적, 낭만적, 감상적 등의 수식어를 동반하기도 한다. 이는 아이러니의 개념 범위가 너무 광범위하여 간단히 정의할 수 없기 때문이다.

아이러니란 겉으로 말해진 것과 실제로 의도된 것 사이의 대조를 기본으로 한다. 아이러니는 희랍어 Eironeia에서 온 말인데 에이로네이아라는 말은 남을 속이기 위하여 가장 약고 비열한 태도를 의미한 것이다. 이 배경에는 고대 희곡의 인물유형을 대표했던 에이론 Eiron 과 알라존 Alazon이 있다. 에이론은 외형상 약하고 겸손하고 못난 체하지만 영리하고 알라존은 강하고 오만하고 잘난 체하지만 우둔하다. 그래서 에이론은 겉으로는 항상 알라존에게 패배하는 것 같이 보이지만 실상은 관객의 예상을 뒤엎고 알라존을 굴복시키거나 골탕먹인다.

아이러니는 관점에 따라 여러 유형으로 분류할 수 있으나 여기에서는 일반적인 논의대로 상황적 아이러니와 언어적 아이러니로 나누어 살펴본다. 상황적 아이러니 situational irony는 서사작품에 등장하는 인물의 행동이나 그 상황에 관련된다. 그래서 인물의 행동 양상에 관련되는 이 아이러니는 인물이 실제의 상황에 어울리지 않는 행동을 하거나 실현될 운명의 결과와는 반대가 되는 결과를 기대할 때에 일어난다. 또 언어의 아이러니 verbal irony는 희곡이나 소설에서 볼 수 있는 인물의 언동과 관련되기 보다는 언어 그 자체의 겉뜻과 속뜻의 상반성에서 발생한다. 그래서 아이러니는 '의미하는 것에 대한 반대의 말을 하는 것' '어떤 것을 말하면서 다른 것을 의미하는 것' 그리고 '비난하기 위하여 찬양하고 찬양하기 위하여 비난하는 것' 그리고 '조롱하고 비웃는 것'으로 해석할 수 있다.

1) 상황적 아이러니

상황적 아이러니는 어떤 사태나 사건의 상태가 아이러닉하게 보이는 데에서 발생하는 것이다. 즉 표현된 언어 그 자체보다는 그 언어가 지시하는 모든 대상, 이를테면 인물의 행동이나 사건이 안고 있는 부조화, 인간조건에 숙명적으로 깃들어 있는 부조리, 세계 자체의 본질적 모순 등에서 인식되는 아이러니를 말한다.

상황적 아이러니도 몇가지 유형으로 다시 분류될 수 있다. 극적 아이러니, 운명적 아이러니, 낭만적 아이러니 등이 그것이다.

① 극적 아이러니
극적 아이러니는 희곡의 플롯으로 구성되는 아이러니이지만 희곡적, 연극적 플롯을 가진 모든 작품에 내재할 수 있다. 주인공의 행동이나 사건은 사회적, 도덕적, 형이상적인 맥락을 가지기 때문에 이들은 비극적이거나 희극적인 성격을 띠게 된다.

극적 아이러니의 특징은 첫째로 소박하고 우둔한 주인공을 등장시켜야 한다. 그래서 단순하거나 우둔한 주인공은 사태에 대하여 한 가지 해석만을 고집하고 행동하며 그 이면에 숨어 있는 진실을 감지하지 못한다. 둘째로 작자의 아이러닉한 의도는 그 주인공이나 말하는 사람은 모르지만 관객이나 독자는 알고 있다. 관객이나 독자는 소박하고 우둔한 주인공인 퍼소나 persona의 뒤에 숨어 있는 작가의 의도를 알고 있는데 여기서 아이러니의 긴장감이 고조되는 것이다.

> 끝내 함께 미칠 수 없는 마음이 부른 곳
> 그 곳이 정신병원이다.
>
> 미친 놈이라고 욕하지 마라
> 누가 미친 놈인가는 언젠가의 세월이 가늠하리라.
>
> 세상의 지표를 잃고 미칠때
> 함께 미칠 수 있는 사람
> 함께 미칠 수 없는 사람
> 밤을 잃는다.
>
> 진실로 살기를 바라던 사람들은 가고 사월에
> 아무렇게나 살아가는 사람들은 남아 돌아가지만
> 꽃은 살기를 바라던 사람들의 것
> 말할 수 없는 분노와
> 가슴의 피가 뭉쳐 꽃 핀 그 곳-

그러나 지금도 어느 정신병원 환자들은
이웃과
사랑을 위해
잠들지 않고 밤을 앓는다.
　　　　　— 안장현의 「어느 정신 병원」전문

이 시에서는 극적 아이러니를 엿볼 수 있다. 현실은 모든 가치가 전도(顚倒)되어 올바르게 살기를 바라던 사람은 가고 아무렇게나 살아가는 사람은 남아 돌아가는 세상이다. 따라서 이 시의 시적 화자는 오히려 정신병원 밖에 살고 있는 사람들을 정신병자들로 지적한다. 현실에서 정상적인 사람인 체하는 자는 환자이고 환자는 정상인이 되는 것이다.

② 운명적 아이러니

운명적 아이러니는 사물에 있어서 어떤 근본적인 모순, 다시 말해서 인간에게 바로 잡을 수 없는 부조리가 있음을 의미한다.

상황적 아이러니의 극적인 모습이 작가에 의해서 어리석은 알라존의 역할을 하다가 패배하는 일이라면 운명적 아이러니는 그보다 근원적인 성의 문제로 확대된 우주적, 실존적, 형이상적 아이러니를 발견하는 것이다.

해와 하늘 빛이
문둥이는 서러워
보리밭에 달 뜨면
애기 하나 먹고
꽃처럼 붉은 울음을 밤새 울었다.
　　　　　— 서정주의 「문둥이」전문

이 시에서는 인간의 원죄적 고통을 '문둥이'라는 천형(天刑)의 몸부림으로 형상화하고 있다. '해와 하늘 빛' 이라는 천상적 의미는 천상의 천형을 짊어지고 있는 문둥이에게는 '서러움'을 주는 저주의 대상일 뿐이다. 문둥이의 숙명적 고통은 회복 불가능한 것이며 그러므로 그는 밤새 울 수밖에 없다. 우주적 모순과 부조리의 비극성을 육체적 고뇌를 통해 운명적 아이러니로 드러내고 있는 것이다.

③ 낭만적 아이러니

낭만적 아이러니는 겉으로 드러난 것과 실제의 내용 사이의 대조를 통한 세계의 본질, 인간 조건, 언어 자체가 내포하는 문체상의 아이러니가 아니라 하나의 세계관으로서 작가의 태도와 작가의 아이러닉한 존재 양식 자체와 관련되는 의미를 지닌다.

> 이것은 소리 없는 아우성
> 저 푸른 해원을 향하여 흔드는
> 영원한 노스탈자의 손수건
> 순정은 물결같이 바람에 나부끼고
> 오로지 맑고 곧은 이념의 푯대 끝에
> 애수는 백로처럼 날개를 펴다.
> 아! 누구인가?
> 이렇게 슬프고도 애닯은 마음을
> 맨 처음 공중에 달 줄을 안 그는.
>   — 유치환의 「깃발」전문

무한한 것 — 이상세계에 대한 동경은 인간 존재에 내재하는 본질적인 감정이다. 그러나 유한한 인간이 절대적인 신과는 결코 합일되지 않고 현실세계로부터 이상세계로 초월, 승화되지 않는다는 한계의식에서 낭만적 아이러니는 필연적으로 페이소스의 어조를 띠게 된다.

삶은 끝없는 동경의 세계를 추구하며 몸부림치지만 절대의 모습은 영원한 피안의 손짓일 뿐 도달할 수 없는 허무임을 발견하며 절망한다. 이 시의 시적 화자도 저 영원한 노스텔지어의 손짓을 향하여 강한 의욕을 보이지만 마침내는 슬프고도 애닮은 애수를 발견하며 환멸의 비애에 빠진다.

우에서 보듯 양면적 인간 실존의 변증법적 과정에서 낭만적 아이러니의 진실이 있는 것이다.

2) 언어적 아이러니

언어적 아이러니 Verbal irony는 가장 일반적 의미의 아이러니로서 진술되고 있는 의미가 흔히 그것과 대립적인 의미를 의도하는 어법의 형식이다. 따라서 진술된 의미와 의도된 의미가 대립적인 관계에 있다. 그리고 언어적 아이러니는 문맥에 의한 아이러니로서 그 해석의 단서가 암시적이어서 잘 파악되지 않을 수도 있다.

예를 들어 "잘했군 잘했어"라는 진술은 그 진술이 쓰여진 문맥과의 대조에 의해 모순될 경우에만 아이러니가 성립될 수 있으며 그 모습을 인지한 사람만이 아이러니로 이해할 수 있는 것이다. 즉 시적 화자의 진술과 실제의 의도가 작품이나 현실의 문맥에 비추어져서 관찰자가 그 대조를 인식할 때 의미의 긴장은 극대화 된다. 이때 아이러니적 관점의 대조는 관찰자의 논리적, 심리적 판단에 의존한다.

언어적 아이러니에서는 상황적 아이러니와는 달리 순진성의 아이러니는 잘 나타나지 않는다. 대개의 화자는 자기의 행위에 대해서 무지한 인물이 아니며 자의식이 강하거나 지적이다. 극적 성격을 띨수록 주인공은 희생자로서의 아이러니적 인물이 된다. 지성적인 시와 세계에 대한 비판적 문제의식이나 자의식을 가지고 있는 시일수록 언어적 아이러니를 기본으로 한다. 그러면 언어적 아이러니를 대표할 수 있는 풍자, 역설, 패러디에 대해서 살펴보자.

① 풍자

풍자는 라틴어의 **Satura**에서 유래한 골계의 변용으로 인간생활 즉 도덕적 · 윤리적인 결함이나 악폐 등에 관심이 강할 때 이를 지적하여 비꼬고 조소하며 공격하는 무기로서 아이러니를 사용한다. 따라서 풍자는 어떤 대상을 우스꽝스럽게 만들고 그것에 대하여 회심의 미소를 짓거나 경멸과 분노의 감정을 불러 일으켜 대상을 격하시키는 기법이라 할 수 있다.

　　살인 · 강도 · 강간 쯤 그까짓게 문제여. 자식이, 애비애미를 쳐죽이는 판국인데 이웃사촌도 아닌 남쯤 해치는 게 무어 문제여.

　　(중략)

　　옳게 보고, 옳게 말하는 놈이 천치여. 온통 세상이 거꾸로 물구나무 서긴데 바로 보고 바로 말하는 놈이 반편이여.

　　너는 무어냐고? 묻고 따지는 것도 천치짓이여. 똥묻은 개가 재묻은 개보고 짓는 격이여.

　　거꾸로 돌고 돌다 보면 끝장이여. 너도 나도 끝장의 벼랑에 서 있는 거여. 다만 이것만은 거꾸로 볼 일이 아니여, 절망아닌 정말이니께. 정말아닌 종말이니께.
　　　　　　　　　　　　— 박진환의 「세상 이야기」에서

바로 보고, 바로 말하는 사람이 반편이라든지, 똥묻은 개가 재묻은 개보고 짓는 격이라는 것은 윤리가 타락한 세태를 풍자한 고발의 진술이다.

> 야음을 타고
> 살살 파괴하고
> 잽싸게 약탈하고
> 병폐를 마구 살포하고 다니다가
> 이제는 기막힌 번식으로
> 백주에까지 설치고 다니는
> 웬 쥐가
> 이리 많습니까
> — 김광림의 「쥐」에서

여기에서도 쥐를 의인화시켜 우리 사회의 병리적 현상의 온갖 난맥상을 고발하고 있다. 사회적 도덕적 현상을 우의적으로 풍자한 시이다. 풍자시는 이렇게 사회적이고 윤리적인 해석을 주로 담당하면서 시적 화자의 도덕적·지적 표준을 간접적으로 암시해야 한다.

② 역설

역설은 겉으로 보기에는 명백히 모순되고 부조리한 듯하지만 표면적인 진술을 떠나 자세히 들여다 보면 근거가 확실한 진실된 진술을 말한다. 역설은 본래 수사법의 하나로서 청중의 주의력을 환기시키는 방법의 하나였다. 그 어원은 그리스어 'para(넘어선)+doxa(의견)'의 합성어이다.

역설은 비단 문학뿐만 아니라 철학, 종교, 논리학 등과도 밀접한 관련이 있다. "내가 안다는 것은 나의 무지(無知)이다"(소크라테스)든지 "아는 것을 안다고 하고 모르는 것을 모른다고 하는 것이 아는 것"

(공자)이라는 역설은 지식이나 인식의 문제와 관련된다. 또 "만약 너희가 살고자 하면 죽은 것이요, 죽고자 하면 살 것이다"(예수) 혹은 "있는 것이 없는 것이며, 없는 것이 있는 것이다"(석가)와 같은 역설은 종교적 진리와 관련된다.

한편 일상생활에서도 "좋아서 죽겠다" "웃으면서 울고 있다" "늙을수록 젊어진다" 등과 같은 역설적 표현이 많이 사용된다. 그러나 일상적 역설은 대개 말버릇처럼 되어 있어서 신선함과 경이로움이 없다. 따라서 일상적 역설은 시창작에 도움을 주지 못한다.

⑦ 믿을 수가 없구나
　　허리는 지근지근 아파오는데
　　의사는 컴퓨터 촬영 후
　　아무 이상 없다니
　　믿을 수밖에 없지만
　　왠지 시름으로 오는 아픔
　　컴퓨터가 고장인가
　　허리가 고장인가
　　오늘도 침을 꽂고
　　내가 나를 진단해 보지만
　　가늠할 수 없는 상황
　　무슨 음모를 꾸미고 있는지
　　알 수 없구나
　　　　　　— 박명용의 「이율배반」에서

㉯ 삶이 넝마인지
　　넝마가 삶인지
　　옷이 나 때문에 있는지
　　내가 옷 때문에 있는지

　　　　　　— 강남주의 「어느날의 초상

　　　　　화」에서

　㉰ 여전히 강은 강으로 흐르므로
　　심심해서 바라보는 썩은 강
　　아름답습니다
　　　　　　— 신 진의 「강·맑은 강」에서

　여기서 인용한 ㉮의 시에서 필자는 현대의 과학적 진단과 존재론적 인식에 의한 자가진단에서 오는 상반된 결과를 역설로 나타내고자 했다. 과학은 병이 없다고 하고 시적 화자는 병이 있다고 말한 역설은 이 시 전체의 핵심 구조가 된다. ㉯에서는 삶과 넝마 그리고 옷이 나 때문인지, 내가 옷 때문에 있는지 그 위치가 전도되어 있는데 이 경우, 삶의 진실한 모습을 찾는다거나 추구할 때 드러나는 진실의 역설인 것이다. ㉰에서도 심심해서 바라 보는 썩은 강과 이런 강이 아름답다고 상반된 역설을 보여주고 있는데 이 역시 강의 본질이나 그 의미를 추구하고자 하는 염원의 역설이다.

③ 패러디

　패러디는 풍자적 개작이라는 말이 뜻하듯이 특정한 작품의 내용이나 양식 또는 작품의 문체 등을 변용하는 방법이다. 존슨의 정의에 의하면 패러디란 작가의 말버릇이나 사상을 따서 약간을 변경시킴으로써 새로운 목적에 도움이 되도록하는 작법의 일종으로 되어 있으나 이 정의는 폭이 넓다. 옥스포드 사전에는 남의 작품을 우스꽝스럽게 보이도록 특히 골계적으로 부적당한 주제에 적용함으로써 우스꽝스럽게 보이도록 모방하는 한 작가의 어귀 표현과 사고의 특징적 경향의 작법으로 정의되어 있다.

　"태산이 높다 하되 하늘 아래 뫼이로다"의 시조를 가지고 "콧대가 높다 하되 얼굴 속에 콧대로다. 꺽고 또 꺽으면…”식으로 말 장난을 하면 우리나라 사람들을 금방 그 아이러니를 알아차린다. 이렇듯 패러디가 아이러니의 효과를 유발하는 것은 주제나 분위기 등이 원작과 모작 사이의 대조를 통해서 일 수도 있고 모작이 보여주는 현실에 대한 반어적 태도 때문일 수도 있다. 그래서 패러디는 원작을 희화하는 저급한 형식이면서도 대조를 통한 날카로운 비판이 숨어 있다.

박 속에는 또 박씨가 들었응께, 우선 전세 아파트나 여남은 평 집어 넣어서, 뺑뺑 원피스라도 몇벌 더 집어 넣어서, 정부미라도 두어 말 더 집어넣어서, 수입 쇠고기라도 몇 근 더 집어 넣어서, 만원짜리 5 만원짜리 지폐나 듬뿍 집어 넣어서, 시원찮은 우리 꿈이나 하나씩 집어 넣어서 시르롱 시르롱 박을 타네. 시르롱 박을 타네. 시르롱 실— 쿵 박을타네

— 하 일의 「박타령」에서

이 시는 원작 「박타령」이 가지는 환상적 사실성을 허구적으로 희화하면서 한 도시 빈민 가족의 불가능한 꿈을 반어적으로 드어내고 있는 패러디 수법의 시이다. 홍보시대에는 박씨에 대한 믿음이 사회·윤리적으로 환상적이나마 용납되었던 데에 비해서 현실은 그러한 환상의 틈이 전혀 없다. 그러므로 이 시에서는 불가능을 불가능인 줄 알면서 꿈꾸는 시적 화자의 아이러니한 모습을 볼 수 있다.

④ 언어 유희

언어 유희 pun는 같은 소리가 나거나 소리는 유사하지만 뜻이 다른 말, 즉 동음이의어를 해학적으로 사용하는 반어적 비유법이다.

청산리 벽계수야 수이감을 자랑마라

> 일도창해 하면 도라오기 어려오니
> 명월이 만공산하니 쉬어간들 엇더리

　조선조의 명기 황진이의 시조이다. 이 시조는 축자적 의미 그대로 하면 서정시요 숨겨진 함축적 의미를 보면 애정시다. 즉 '벽계수'를 푸른 산골짜기의 흐르는 물로 보느냐, 당시 종실의 한 사람이었다고 하는 '碧溪守'로 보느냐 하는 것이다. 마찬가지로 '명월이'도 단순한 보름달로 보느냐 아니면 황진이 자신의 기명으로 보느냐 하는 것이다. 이렇게 동음이의어를 적절하게 사용한 언어유희로 중의성을 지닌다.

> 　우연히도 지금 大田 어느 다방에서 차를 마신다. 대전의 머릿글자를 알파벳으로 옮기면 DJ다.
>
> 　대전은 한밭이고 한밭은 큼을 의미하니 DJ는 크고, 넓고 광활함을 뜻한다. DJ가 野大로 통했던 所以 또한 이러하다.
>
> 　허나 세태는 野大가 野小로 둔갑을 했으니 水難은 受難일 수밖에.
> 　　　　— 박진환의 「DJ 풀이」에서

　또 위 시에서는 '大田'을 'DJ'로, '대전'을 '한밭'으로 바꾼다거나 '水難'을 '受難'으로 각각 동음이의어로 바꾸어 표현함으로써 해학을 통한 아이러니의 효과를 증대시키고 있다. 그러나 펀은 문맥의 의미를 독자가 알아차릴 수 있는 범위 내로 국한해야 한다. 왜냐하면 단순한 재미나 신기함을 드러내기 위한 말장난에 그칠 우려가 있기 때문이다.

10. 현대시의 여러 기법

현대시의 이론이 그러하듯이 현대시의 기법도 실로 다양하다. 그래서 획일적으로 이것이 현대시의 기법이라고 규정지을 수 없다. 다만 지금까지 시대적 조류를 이루며 동원되었거나 사용된 기법들을 사조별로 집약해 보면 대략 다음과 같다.

· 입체주의 Cubism : 본래 1907년부터 1914년까지 프랑스 파리에서 일어난 미술혁신 운동으로서 시에서는 인상주의의 평면성과 상징주의의 신비한 내면성을 거부하면서 ①시의 조형화 ② 사물의 분석과 재구성 ③ 동시성의 기법 ④ 기하학적 추상 기법 등을 사용하였다. 이것들은 두가지의 방향으로 발전했는데 하나는 시각의 단순화라는 방향이며 다른 하나는 모티프의 실현이다. 전자가 예술가들의 상상력의 법칙에 따라 형태를 재구성하는 것이라면, 후자는 예술가들이 자연의 표면을 모방하는 게 아니라 그 심층의 구조를 형상화하는 것이다.

· 미래주의 Futurism : 1906년부터 1914년까지 이탈리아를 중심으로 일어난 전위적 예술운동으로서 ① 자유연상의 강화 기법 ② 통사구조의 파괴기법 ③ 인쇄효과 기법 ④ 음향효과 기법 등으로 다양하게 연결되면서 많은 기호들을 시에 첨가 시켰다. 이것은 시각시 혹은 회화시로 발전해 나갔다.

· 다다이즘 Dadaism : 1915년부터 1922년까지 스위스, 독일, 프랑스, 미국을 중심으로 일어난 반문명, 반합리적인 예술운동으로서 모든 사회적, 도덕적 속박에서 인간의 정신을 해방시켜 개인의 진정한 근원적 욕구에 충실하고자 했다. 이들이 시에서 사용하는 대표적인 기법은 ① 꼴라쥬의 기법 ② 몽따쥬의 기법 ③ 동시시의 기법 ④ 추상시의 기법 등이 있다. 다다이즘은 엄밀한 의미에서 어떤 '주의'라고

부르는 태도마저 거부했지만 이들은 여러 측면에서 앞시대의 예술적 기법들을 새롭게 수용한 것에 불과했다.

·초현실주의 Surrealism : 다다의 연속선상에 제1차 세계대전이 종결된 이듬해인 1919년부터 약 20년간 프랑스를 중심으로 일어났던 문학을 비롯한 예술 전반의 전위운동으로서 브로통의 「자장(磁場) Les Champs Magnetiques」은 최초의 자동기술법의 텍스트로 즉 최초의 초현실주의적 텍스트로 평가된다.

초현실주의 자들이 주로 사용하는 시의 기법으로는 ① 유머의 기법 ② 신비의 기법 ③ 꿈의 기법 ④ 광란의 기법 ⑤ 초현실주의적 물체의 기법 ⑥ 정묘한 송장의 기법 ⑦ 자동기술법 등이 있다. 구두이건 문자이건 기타 어떤 방법에 의해서건 사람이 표현하고자 할 때 사용하는 심령적 자동주의, 이성의 모든 속박을 배제하거나 미학적, 도덕적인 모든 고려를 무시하고 행하여 지는 사고의 받아쓰기라 할 수 있다. 일종의 형이상학적 착상이고 상상력의 해방이라 볼 수 있다.

·모더니즘 Modernism : 1차 대전 발발이후 근대화는 문화사적 변혁과 더불어 기성의 도덕적 가치와 질서에 대한 반항과 부정을 비롯한 자유와 평등, 도시적인 시민 생활 등 새로운 가치와 질서를 부르짖으면서 생겨난 다양한 형태의 문예운동이다. 낭만주의적 태도, 지성의 중시, 시각적 이미지 중시, 기하학적 실제관, 신고전주의 등을 표방하며 주지주의라고도 칭한다. 주로 시에서 사용하는 기법은 ① 이미지 기법 ② 객관적 상관물 ③ 중층묘사 등의 기법이 있다.

·프스트 모더니즘 Post Modernism : 대체로 1960년대 이후 미국을 중심으로 일어나기 시작하여 후기 구조주의 혹은 해체주의에 의존해서 구라파와 중남미 대륙에까지 확산 전개된 문화현상과 예술운동으로서 1970년대에 들어와서 보편화 되었다. 모더니즘의 논리중심주의와 남성 중심주의, 가부장제적 권위주의와 중심주의에 반발하여 반논

리와 페미니즘, 해체주의와 대중주의라는 탈중심으로 나타나 유희성, 즉흥성, 표피성을 그 특징으로 한다. 기법은 ① 패러디 pasody와 ② 패스티쉬 pastich 등이다.

다음은 현대시의 기법으로서 현재 가장 중요시 하는 객관적 상관물, 중층묘사, 자동기술법에 대하여 살펴 본다.

1) 객관적 상관물

객관적 상관물은 시창작의 한 방법으로서 표현하고자 하는 어떤 정서나 사상을 그대로 나타낼 수 없으므로 그 정서와 사상에 상응하는 사물의 이미지나 장면 등을 찾아내어 표현하는 것이다. 정서의 처방이 되는 대상, 상황, 일련의 사건 등 드러내고자 하는 것이 주어지면 거기에 대응되는 정서를 환기시켜야 하기 때문이다.

문학작품은 일상생활에서 개인의 감정이 그대로 반영되는 것이 아니라 그 감정과 상식적으로는 직접적 관계가 없는 어떤 심상, 상징, 사건에 의하여 구현된 사상, 즉 개인 감정의 예술적 객관화의 사상이 필요한 것이다. 이러한 객관화를 위해 이용된 심상, 사건, 상징 등이 바로 객관적 상관물이다. 따라서 현대시는 존재의 변용이나 치환을 통해 새로운 존재를 창출하는 것인데 이것은 인간 내면세계인 관념이나 감정 또는 의식까지도 그 의미를 사물로 구체화 함으로써 시적 정서가 구체적으로 드러나도록 하는 것을 말한다.

> ① 잠들지 못하는 건
>   파도다. 부서지며 한가지로
>   키워내는 외로움
>   잠들지 못하는 건
>   바람이다. 꺼지면서 한가지로

타오르는 빛
잠들지 못하는 건
별이다. 빛나면서 한가지로
지켜가는 어두움,
잠들지 못하는 건
사랑이다. 끝끝내 목숨을
拒否하는 칼.
　　　　　　— 오세영의 「사랑」에서

② 누가 떨어뜨렸을까.
밟히고 찢겨진 손수건
밤의 길 바닥에 붙어 있다.
지금은 지옥까지 잠든 시간
손수건이 눈을 뜬다.
금시 한 마리 새로 날아갈 듯이
발닥발닥 살아나는 이 슬픔.
　　　　　　— 문덕수의 「손수건」전문

위에서 보듯 ①은 주제가 '사랑'이나 '사랑'에 대한 진술은 "잠들지 못하는 건／사랑이다"에 그친다. 그러나 사랑 때문에 잠들지 못하는 것은 '사랑'이 아니라 '파도' '바람' '별' 등 사랑의 감정과는 먼 온갖 사물들로 제시되고 있다. 파도는 외로움을 계속해서 일구어 내는 역할을 하고 있으며 바람은 타오르는 빛, 다시 말해 빛을 꺼지게 했다가 다시 연소시켜 빛으로 타오르게 하는 구실을 담당하고 있다. 별 역시 사랑의 표상으로 제시되는 등 사물의 이미지를 통해 사랑의 갈등을 애절하게 내보이고 있다.

한편 ②에서는 사물인 '손수건'을 '한 마리 새' '한 마리 벌레'로 전이시켜 새 생명으로의 존재론적 정서를 환기시키고 있다. 길 바닥에 떨어져 밟히고 찢겨진 손수건의 이미지에서 생명과 존재의 진리를 현시케 하고 있다. 그래서 시의 사물성은 존재, 사상, 관념까지 해명하게 하는 것이다.

2) 중층묘사

중층묘사 multiple description는 한 가지 대상이나 사상에 대한 구체적, 감각적 표현과 추상적 사상적 표현을 교차시켜 서술하는 방법이다. 다시 말하면 감각적 레벨에서 묘사하고 다시 그것을 추상적 레벨에서 관념적으로 서술하는 것이다. 이렇게 표현할 때 한 가지 대상이나 사상이 이미지와 관념이 교차되어 입체적으로 드러나게 된다.

> ① 나의 피를 뿌리고
> 　살을 찢던
> 　네 이빨과 네 칼날도
> 　내 마음의 아득한 품 속에서
> 　어린아이와 같이 잠들고 만다.
> 　마치 진흙 속에 묻히는
> 　납덩이와도 같이.
>
> 　내 작은 손바닥처럼
> 　내 조그만 마음은
> 　이 세상 모든 영광을 가리울 수도 있고
> 　누룩을 넣어 빵과 같이
> 　아, 때로는 향기롭게 스스로 부풀기도 한다.
> 　　　　　　── 김현승의 「마음의 집」에서
>
> ② 길가 풀잎 사이에 몸을 틀다.
> 　냄새를 날리다.

　　　풀꽃 마중하며 얼굴 내밀다.
　　　새초롬해지다.

　　　나뭇가지 그늘에 안주하듯 숨다.

　　　햇빛 등지듯
　　　보실한 피부 손길 닿고
　　　　　　　― 조병무의 「쑥을 보며」에서

　여기에 인용된 ①의 시에서 첫 연의 '내 마음의 아늑한 품속'(추상적 이미지)과 '진흙'(감각적 이미지), 둘째 연의 '손바닥'(감각적 이미지)와 '마음'(추상적 이미지)과 '누룩을 넣은 빵'(감각적 이미지)은 중층묘사라고 할 수 있다. 이 시는 관념만이 있는 시도 아니고 그렇다고 감각적 이미지만 있는 시도 아니다. 이 둘을 절충시키고 있는 것이다. 제목은 「마음의 집」이라는 관념적 대상물이지만 이 시는 추상적으로 밖에는 설명될 수 없는 마음의 근원, 마음의 관용성, 지혜, 아름다움, 연민 등을 사물의 이미지로 감각화 시켜 중층묘사에 성공하고 있다. ②에서도 첫 연의 '냄새를 날리다'(감각적 이미지), 둘째 연의 '새초롬 해지다'(추상적 이미지) 등이 중층묘사라 할 수 있는데 마음의 근원이 '쑥'이라는 사물 이미지로 감각화 된 것이다.

　중층묘사는 우리 현대시에 있어서 가장 결여되어 있는 방법중의 하나라는 점에서 그리고 앞으로 우리 현대시의 중요한 방향이 될 수 있다는 점에서 중요시되어야 한다고 문덕수는 지적하고 있다. 지금까지 발전해 온 우리 시는 대체로 '관념시'거나 '물질시'의 두 방향을 취했고 이 둘을 종합한 '감각과 사상이 통합된 시' 곧 '형이상시'의 발전이 없었다고 할 수 있다. 앞으로는 감각과 사상이 통합된 이러한 시가 발전되어야 하겠고 그러자면 자연히 시창작에서 '객관적 상관물’과 더불어 ‘중층묘사’의 기법은 더욱 강조되어야 한다.

3) 자동기술법

자동기술법 automatism은 초현실주의의 가장 중요한 기법으로서 어떤 의식이나 의도없이 무의식의 세계를 무의식적 상태로 대할 때 거기서 솟구쳐 오르는 이미지의 분류(噴流)를 그대로 기록하는 방법이다. 원래 의사였던 브르통 Andre Breton이 프로이드 S. Freud의 정신분석학을 원용하여 임상심리학에서 정신병자가 무의식적으로 내뱉는 내면의 소리를 시에 응용하여 가능한 한 빠른 속도로 지껄이는 독백이나 사고를 비판이나 수정없이 그대로 기록하는 수법이다. 프르스트 Proust와 조이스 Joyce가 ‘의식의 흐름’ ream of consciousness이나 ‘내적 독백’의 방법을 소설에서 즐겨 사용한 것과 같이 이러한 기법을 시에서 활용한 것이 자동기술법이라 할 수 있다.

한마디로 자유로운 연상적용이며 속박이 배제된 사고의 받아쓰기라고 할 수 있다. 자동 기술법은 이렇게 무의식의 자유로운 분출을 통해 의식과 일상의 미망으로부터 인간을 해방시키고 참된 자아의식에 도달하고자 하는 데 그 목적이 있다.

브르통의 「자장 Les Champs Magnetiques」은 최초의 초현실주의 텍스트로 평가되고 있다. 어느날 저녁 브르통은 우연히 그의 의식에 떠오른 ‘창문을 두드렸다’ 라는 구절에 의하여 충격을 받았다. 이 선명한 이미지가 사라진 다음 그는 ‘창문에 의하여 두 쪽으로 나뉘인 한 사나이가 있다’는 낱말들을 회상한다. 다소 기이한 이러한 낱말들의 출현은 시각적 이미지를 동반하였으며 곧장 어떤 의식적 작용도 없는 상태에서 그의 정신 속에 일련의 비슷한 구절들이 뒤따라 오는 것을 시로 옮겼다. 프로이드의 정신분석학적 기법을 터득하고 있던 브르통은 어떤 지적 통제도 배제한 가운데 그러한 이미지들을 제멋대로 흐르게 한 것이다.

> 아프리카의 중앙에는 숯 곤충히 사는 호수가 있으며, 이것들은 夕陽이 되면 죽을 뿐이다.
> 훨씬 멀리 巨木이 있으며, 가까운 山들 위로 드리워 있다. 새 울음 소리는 베일의 빛깔보다 더 陰散하다.
>
> 사막 한가운데서 劇場을 건설하고 있는 抗夫들을, 너는 모르겠지, 그에게 붙어있는 神父들은, 더 이상 그들의 母國語를 말하지 못한다.
> ― 브르통의 「자장」에서

이 시는 무의식적으로 떠오른 말을 어떠한 수정도 거치지 않고 그대로 옮겨 적은 것이다. 이것이 이른바 어떠한 의식적 통제로부터도 벗어난 것이다.

> 천체의 독수리, 안개가 자른 포도원
> 잃어버린 이성, 눈먼 반달 모양의 칼
> 별 박힌 허리띠, 거룩한 빵
> 폭포수 층계, 거대한 눈동자
> 삼각의 내의, 돌의 꽃가루
> 적도의 병대, 돌의 증기
> 최종의 기하학, 돌 책
> 섬광 사이에서 빚어진 북
> 물에 잠긴 시간이 쌓여 된 綠石
> 손가락으로 부드러워진 성벽
> 깃털이 난무하는 지붕
> 거울 더미, 폭포의 기지
> 담장이 덩굴이 쓰러뜨린 왕좌

성난 발톱의 정부
산기슭에 머물고 있는 폭풍
파란 옥의 움직이지 않는 폭포
잠든 이들의 어버이스러운 종소리
정복 당한 눈(雪)의 목에 씌워진 칼
자신이 동상 위에 누운 쇠
꼭 닫힌 채 들어갈 수 없는 계절
푸마의 손, 피투성이 바위
　　　　　— 네루다의 「마추비추의 산정」에서

낡은 아코오딩은 대화를 관뒀읍니다.
-여보세요!
(뿐뿐다리아)
(마주르카)
(디젤엔징이 피는 들국화)
-왜 그러십니까?

모래밭에서
수화기
여인의 허벅지
낙지 까아만 그림자

비둘기와 소년들의 (랑데부우)
그 위에
손을 흔드는 파아란 기폭들
나비는
기중기의
허리에 붙어서
푸른 바다의 층계를 헤아린다
　　　　　— 조 향의 「바다의 층계」전문

　인용된 네루다의 「마추비추의 산정」과 조향의 「바람의 층계」는 문
법적 관계에 의한 연결어 대신 동격을 사용하고 있다. 이질적인 언어
와 이미지를 병치시키며 논리와 합리, 이성 등의 인위적 요소를 초월
한 자유로운 연상 속에서 즉 무의식과 꿈의 세계에서 리얼리티를 찾
고자 한다. 따라서 뚜렷한 주제나 논리의 맥락이 없이 무의식 속에서
떠오른 단상들을 자동기술적으로 자유롭게 서술해 가는 것이다.

Ⅲ. 시조, 어떻게 쓸 것인가

1. 시조란 무엇인가

시조는 고려 후기에 생겨나 조선조 후기에 와서 널리 쓰여진 비교적 정연한 형식을 갖춘 장르로 당시 유행하는 노래곡조를 뜻한다. 시조와 유사한 단형(短形)의 노래는 향가 또는 정읍사(井邑詞)에서 이미 보여진 바 있다. 여기에서 점차 4음보 3행의 정형시를 띠게 되었고 조선조 후기에 사대부를 중심으로 발달하였다. 사대부의 전유물이 되다시피 한 시조는 이황이 "시조를 노래하면 춤추게 되고 그러면 저절로 감발융통(感發融通)케 된다"라고 언급한 데에서도 시조에 대한 사대부의 의식을 알 수 있다.

시조는 보통 평시조, 엇시조, 사설시조로 나뉜다.

평시조는 현재 남아있는 시조작품의 거의 대다수를 차지하고 있다. 대개 3章 6句 45字 내외이다.

3 4 3(4) 4(초장)

        3 4 3(4) 4(중장)
        3 5 4   3(종장)

        이 몸이 죽고 죽어 일백번 고쳐죽어
        백골이 진토되어 넋이라도 잇고 없고
        님 향한 일편단심이야 가실 줄이 이시랴

  이 작품은 멸망한 고려왕조를 사모하는 마음을 여실히 보여준 정
몽주의 시조인데 이와 같이 평시조는 정형시형을 갖추고 있다.
  엇시조는 평시조의 형식에서 약간 벗어난 시조이다. 중장(2행)이 6
음보로 늘어나면 엇시조라 한다. 대체로 조선 후기 작품이 그러한 양
상을 띠고 있고 평민작가와 무명씨의 작품이 주를 이룬다. 이 시조는
흔치 않으며 사설시조로 이행하는 과정에서 생긴 것으로 추정된다.
  이 시조의 특징은

        곳구룽 우는쇼리에 이러보니
        겨근아달 글이르고 며늘아기 벼쓰는디 어린孫子는 곳노리흔다
        마쵸아 지어미슐거로며 맛보라고 흐더라

처럼 중장이 길다.
  사설시조는 평시조의 형식에서 많이 탈피한 시조다. 보통 평시조의
형식에서 8음보로 늘어난 것부터 사설시조로 간주한다. 평시조의 엄
격한 규격을 깨뜨리고 다른 가사, 민요 등을 삽입시킨 형태이다.
  이 시조의 특징은 전통적인 율격을 적절하게 변용시켜 사설시조의
맛을 더해주는 데 있다.

        귓도리 져 귓도리 에엿부다 져 귓도리

어인 귓도리 지는 둘 새는 밤의 긴 소릐 자른 소릐 節節이 슬픈 소
릐 제 혼자 우러네어 紗窓 여윈 줌을 슬드리도 씨오는고나
　두어라 제 비록 微物이나 無人洞房에 내 뜻 알리는 너뿐인가 ᄒ노
라

이처럼 이별한 여인이 슬프게 우는 귀뚜라미를 끌어들여 자신의
마음을 표현함으로써 한시에서 유래한 표현과 결별하고 정감을 나타
내는 새로운 형식으로 된 것이다.

2. 형식

1) 단형(單形)과 연형(連形)

시조는 원래 단형이었다. 그래서 고시조의 초기 작품은 거의 단형
이다. 그러나 점차 생활이 복잡해지고 생각의 폭이 넓어짐에 따라 단
형으로만 시조를 짓기에는 한계가 없지 않았다. 따라서 이런 단형에
서 벗어나 연형시조를 취하게 되었다.

우리가 익히 알고 있는 맹사성의 「강호사시가(江湖四時歌)」와 이황
의 「도산십이곡(陶山十二曲)」 등은 연형시조에 해당하는 작품들이다.

현대시조에서 연형은 육당, 가람, 노산 등이 즐겨 사용하였다.

　　새벽 동쪽 하늘 저녁은 서쪽 하늘
　　피어나는 구름 그 빛과 그 모양을
　　꽃이란 꽃이라 한들 그와 같이 고우리

　　그 구름 나도 되어 허공에 뜨고 싶다
　　바람을 타고 동으로 가다 서으로 가다
　　아무런 자취가 없어 스러져도 좋으리

— 이병기의 「구름」전문

이 작품에서는 구름의 아름다움과 자유로움을 노래하고 있는데 첫 수에서는 구름을 '꽃'에 비유하여 동적이고 어두운 이미지를 정적(靜的)이고 밝은 이미지로 드러내고 있고 둘째 수에서는 현실에서 벗어나 자유를 구가하고 싶은 시적 화자의 욕망을 표출시키고 있다. 이처럼 두 가지 이상을 노래하기 위해서는 연형시조가 불가피하다.

2) 기사형(記寫形)

시조는 원래 줄글로 이어서 쓰여졌던 것이나 「청구영언(靑丘永言)」이나 「해동가요(海東歌謠)」부터 초·중·종장 사이를 약간 띄우기 시작하여 육당에 와서 3행과 6행을 병행함으로써 기사형식이 되었다.

조운에 이르러 6행을 빈번하게 쓰기 시작했고 5행, 7행, 8행, 9행 등으로 약간 벌려 시조를 짓기 시작했다. 이러한 양상은 당시 현대 자유시의 영향이 없지 않았고 또한 독자들에게 읽기 쉽게 하기 위한 의도에 의해 가능했던 것이다.

> 바람은
> 꼭 상냥한
> 여인의 말씨
>
> 날리는
> 옷자락에
>
> 마음도
> 구름을 탄다

봄내
거느려 온

사
연
들
알알이 여물게 하라
— 최승범의 「저음산조(低音散調)」 셋째 수

이처럼 13행으로 나누어 쓴 시조도 있는데 이러한 형식은 자칫 자유시와 혼돈을 낳을 우려도 없지 않다.

3. 창작의 실제

시조를 지을 때 시조의 기본형인 평시조의 자수를 염두에 두어야 한다. 특히 종장의 1구는 3자를 지키고 그 다음에 오는 자수도 대부분 5자 이상으로 하는 것이 무난하다.

다음 작품은 순조로운 서술방법을 택해 지은 시조이다.

차마 고향인데 타향보다 낯설어라
어릴 적 친구들은 추억 속에 이제 없다
꽃이 진 하늘 끝에서 생일마저 잃었어라
— 강인환의 「귀향」전문

이 시조의 화자는 유년시절의 추억을 간직하면서 살아가고 있다. 그러나 고향에는 이미 추억 속에 친구들이 성장해 어른이 되어 있었고 고향 정경도 많이 바뀌어 이젠 옛 고향이 아니었다. 이런 광경을 본 화자는 행여 정겨움이 물씬 풍기는 옛 추억마저 송두리 째 빼앗길까 하는 노심초사의 마음을 보여준다. 마지막 종장구절은 이 작품의 클라이막스라고 볼 수 있다. 여기에서 '꽃이 진 하늘'은 유년시절의 추억이 아로새겨진 공간으로 인식된다.

촉촉히 소문 없이
스며드는 나의 고향

팔 다릴 걷어 올려
그대로 맞고 싶네……

새 움이
터지는 소리
엄마 엄마 울엄마
— 이복숙의 「봄비」전문

이 시조 역시 앞의 작품과 유사성을 갖는다. 두 작품 모두 '고향'을 노래하고 있다. 앞 작품이 옛 고향과 지금의 고향과의 차이를 통해 추억속의 새겨진 고향을 꿈꾸고 있다면, 이 「봄비」는 대기오염이 심한 도시의 산성비가 아닌 만물을 소생시키는 고향의 봄비를 그려내고 있다. 종장의 '엄마 엄마 울엄마'하는 구절은 화자가 여성임을 밝혀주는 동시에 정겨운 이미지를 자아낸다.

시조를 창작하는 데에 필수적인 것이 수사법이다.

먼저 점층법을 들 수 있다. 이는 첫 구보다 둘째 구가 그리고 초장보다 중장이 더 강하게 표출된 것을 일컫는다. 종장에서는 초, 중장보다 사상과 내용을 한층 더 강한 톤으로 결론짓는다.

깃발 너는 힘이었다, 일체를 밀고 앞장 섰다
오직 승리의 믿음에 항시 넌 높이만 날렸다
이날도 너 싸우는 자랑 앞에 지구는 떨고 있다
　　　　　— 이호우의 「깃발」 첫수

　이 작품은 깃발을 점점 강하게 표현하고 있다. 초, 중장에서 깃발의 모습은 자유 또는 독립을 위해 민족의 선봉에 서는 대상으로, 우리의 승리를 위해 언제나 높이 날리는 대상으로 각각 그려지고 있으며 종장에서는 깃발의 힘이 무한함을 상징적으로 형상화하고 있다. 이와 같은 기법은 시조에서 종종 사용된다.

　다음에는 환서법(換序法), 즉 도치법으로 이는 첫 구와 둘째 구 또는 초장과 중장의 순서가 뒤바뀐 수사법이다.

몇 날로 남기리라 글을 새겨 쇠비 돌비
비바람 친다한들 제대로 서 있는가
오늘의 내 이 글을 쓴 뜻 아는 이는 알리라

　여기에서 초장의 첫 구와 둘째 구가 서로 뒤바뀐 것을 알 수 있다. 이는 그 부분을 강조하기 위해 사용한 것이다.

시방도 남아 떠는 저 속의 능청을 보게
동천(冬天) 은전(銀錢) 몇 량 온통 휘저어 발기던 놈
살아서 다시 떨어져 이 내계(內界)를 기웃댄다
　　　　　— 김종윤의 「설일(雪日)」 첫수

　위 시조는 초장과 중장이 서로 바꾸어 좀더 강하게 어필되고 있다. 어떤 작품에서는 초장과 종장의 뜻을 바꾸기도 한다.

　다음에는 다른 장르에서도 많이 사용되는 비유법이다. 이 수사법은

직유, 환유, 은유, 대유, 풍유 등을 포함하고 있다. 어느 장르를 막론하고 비유법은 중요한데 그것은 작자가 말하고자 하는 진실을 포장하고 꾸미는 장치가 필요하기 때문이다. 자신이 의도하는 바를 얼마나 상징적으로 드러내고 적절한 의장을 통해 보여주고 있는가 하는 것은 문학성과도 아주 밀접하게 관련된다. 이러한 수사법은 문학적으로 자유가 보장되지 않은 식민지 시대에서 더 빛을 발하였다. 시에서는 식민지 시대에 이상화의 「빼앗긴 들에도 봄은 오는가」를 비롯하여 60년대에 신동엽의 「금강」이라든가 70년대 김지하의 「오적」 등이 대표적이라 할 수 있다.

구름이 무심탄 말이 아마도 허랑하다
중천에 떠 있어 임의로 다니면서
구태여 광명한 날빛을 좇아가며 덮나니

이 작품은 고려말에 지어진 이존오의 시조다. 당대에 신돈이 임금을 무시하고 마음대로 권력을 휘두르는 광경을 은유적으로 풍자한 것이다.

다음에는 몇 가지 사실을 들어 서로 비교·대조하는 데 쓰이는 대비법이 있다.

옛벗은 반가운데 산천은 서러워라
산천이 서럽길래 옛벗이 더 반가워
반가운 옛벗 데리고 서러운 산천 이야기
— 이은상의 「서울시첩」 첫수

여기에서는 '옛벗'과 '산천', '반가움'과 '서러움'을 서로 대비시켜 시적 분위기를 한층 더 북돋아 준다.

문답법은 고시조에서도 빈번하게 사용되던 수사법으로 초장과 중장이 문답식으로 되기도 하고 초·중장에 종장이 대답하기도 한다.

> 하룻밤 이야기로 풀릴 길이 있겠느냐
> 청춘도 흘렀거니 가슴에 묻어두자
> 오늘도 네가 준 염주 헤여 보며 늙나보다

신석정이 조중현에게 준 작품인데 초장에서 묻고 중장과 종장에서 대답하는 형식을 취하고 있다.

반복법은 같은 말을 반복하여 그 뜻을 강하게 전달하는데 효과적이다.

> 푸른 섬이 섬을 안고
> 안은 섬이 섬을 안아
>
> 섬 섬이
> 섬을 낳고
> 낳은 섬이
> 섬을 지어
>
> 오오래 재롱부리며
> 사랑이라 이르리

이 작품은 허연이 지은 「다도해(多島海)」의 첫 수인데, 여기에서 '섬'이라는 시어가 여러 차례 반복되고 있음을 볼 수 있다. 작자는 다도해의 풍경을 좀더 리얼하게 묘사하기 위해 이러한 기교적인 방법을 도입한 것이다.

상징법은 어떤 대상을 비유법 등을 써서 암시하는 것이다. 현대시

에서 상징은 기본이라 할 정도로 보편적인 양식이 되고 있는데, 현대
시조에도 또한 이런 상징화가 일반화되어 있다.

바람은 이제
문으로 드나들지 않는다

동대문 남대문
저만큼 밀어 놓고

허공서 막바로 닥쳐
종로에서 말을 몬다
— 장순하의 「동짓달 바람」 첫수

이처럼 바람소리를 말을 모는 소리로 비유하여 상징화하고 있다.

Ⅳ 소설, 어떻게 쓸 것인가

1. 소설이란 무엇인가

1) 소설의 어원과 해석

현대문학의 여러 장르 가운데서, 소설이 시와 더불어 선두주자로서의 지위를 누리고 있다는 것은 이제 새삼스러운 얘기가 아니다. 우리가 매일 받아 보는 신문은 말할 것도 없고 TV 소설, 라디오 소설, 심지어는 PC 통신에서도 많은 소설이 독자들의 눈길을 끌고 있다. 국어사전이 없는 가정은 있을 수 있어도 소설책 한 권 없는 가정은 정말 찾아보기 힘든 현실이 되었다.

이와 같이 남녀노소 모든 사람의 곁에 가까이 있는, 소설이란 도대체 무엇일까. 사전을 펴 보면 소설이란 "상상력과 사실의 통일적 표현으로써 인생과 미를 산문체로 나타낸 예술"이라고 쓰여져 있다. 이 뜻만으로 본다면 제법 스케일이 큰 듯도 싶은데 왜 하필이면, 작은 이야기라는 뜻의 소설(小說)이란 이름을 붙였을까.

동양에서 함께 쓰고 있는 소설이라는 말이 처음으로 나타난 것은 『莊子』의 「外物篇」에서였다. 이 글 속에 나타난 소설의 뜻은 '상대방의 환심을 살 목적으로 꾸며진 재담' 정도였는데, 기원전 약 300년전 사람인 장자 이후 근세까지도 소설은 그저 거리에 떠돌아다니는 흥미 있는 이야기의 수준으로 대접을 받아 온 것이 아닌가 생각된다.

소설의 형식은 동양보다도 서양 쪽에서 더 활발하게 발전돼 나오는 양상을 보였다. 소설을 가리키는 여러 호칭 가운데 대표적인 것으로 novel과 fiction을 들 수가 있는데, 이 중에서도 novel이 소설의 어원과 일치하는 점이 많다. 원래 novel은 중세기말 이태리에서 유행했던 이야기 형식인 novella에서 유래된 말인데, 이 말의 원래 뜻은 '새로운 이야기', '진기한 이야기'라고 한다. fiction은 문자 그대로, 상상에 의하여 꾸며진 이야기라는 뜻이다.

이렇게 유래를 살펴보면, 새롭고 진기한 이야기를 뜻하는 novel과 상상에 의해 꾸며낸 허구의 이야기라는 뜻의 fiction이, 오늘날 우리가 생각하는 현대적 소설의 개념과 가장 부합되는 용어임을 알게 된다. 결국 소설이란, '허구이기는 하되 사실에 바탕을 두고 인생의 깊은 뜻과 아름다움을 문자로 표현한 새로운 이야기'라고 할 수 있을 것이다.

2) 상상력과 소설

위에서 살펴본 바와 같이, 소설은 있음직한 사실에 상상력을 가미하여 가공되어진 이야기라는 뜻이다. 그리고 그 이야기 가운데서 독자로 하여금 인생의 깊은 뜻이나 아름다움을 느끼도록 해준다는 것이다. 참고로 다음 작품을 살펴보기로 하자.

한밤중이었다. 허름한 사내 하나가 부촌(富村)으로 소문난 H동 골목길을 두리번대고 있다. 그 사내는 도둑이었다. 이리저리 주위를 살피던 그는 이윽고 행동을 개시했다. 드높은 돌 축대를 동작도 날렵하게 기어올라 소리없이 정원 안으로 사뿐 뛰어내렸다. 그러나 그는 막연해졌다. 이층집은 컸고, 구조도 복잡해 보였다. 도대체 어디로 침입할 것인지 엄두가 나지 않았다.

그때다. 어디서 나타났는지 큰 셰퍼트 한 마리가 그의 앞에 버티고 서서 이 쪽을 잔뜩 노려 보고 있었다. 곧 덤벼들어 물어뜯을 것만 같았다.

"용서해 주게나!"

순간, 도둑은 개 앞에 두 무릎을 꿇고, 두 손을 맞잡아 쥐며 신음하듯 중얼댔다.

그러나 개는 꼬리를 살래살래 흔들더니, 오히려 그의 앞에 납죽 엎드리며 이처럼 친절한 음성으로 대꾸하는 것이었다.

"아니죠. 진짜 도둑은 바로 우리 주인이랍니다. 다만 허가 있는 도둑이랄 뿐이지요. 값진 물건들이 잔뜩 쌓인 방으로 당신을 안내할 테니 가만 내 뒤를 따라와요. 아시겠어요?"

　　　　　　　— 김용운의 「에이프릴 풀 4(도둑과 개)」에서

위의 작품은 아마도 국내에서 발표된 작품 가운데 가장 짧은 콩트 가운데의 하나일 것이다. 이 작품에는 독자를 위하여 장치한 두 개의 사다리가 있는데, 그 하나는 도둑이 개 앞에 무릎을 꿇고 애원하는 장면이고 다른 하나는 개가 도둑에게 의인화법으로 얘기를 하는 장면이다.

상식적으로 풀어 본다면, 사람이 개에게 (그것도 도둑이…) 무릎을 꿇을 리도 없고, 개가 도둑에게 말을 건다는 것도 더더욱 어불성설이다. 그러나 이러한 얘기에 놓여진 허구의 두 사다리를 타고 건너면 독자들은 단순한 이야기 이상의 신랄한 사회 풍자와 만나게 된다. 즉 인간이 구차한 체면을 버리고 진심으로 호소한다면 능히 개같은 짐승도 감화시킬 수 있으며, 인간이 인간다운 짓을 하지 못하면 개와 같은 짐승조차도 인간을 형편없이 깔볼 수 있다는 점이다.

바로 여기서의 개는 상상력의 분신이다. 실제의 일상생활에서 개가 인간과 대등한 수준의 대화를 주고받을 수 없다는 것을 우리는 잘 알고 있다. 그러나 이것은 현실의 이야기일 뿐, 소설 속으로 무대가 옮겨지면 그러한 사실보다 더욱 중요한 것이, 그 이야기가 우리에게 무엇을 느끼게 해주고 있는가 라는 점이 된다. 작가의 상상력은, 오직 주인에게만 충실할 뿐이라는 개에 대한 통념을 뛰어넘어, 개가 주인의 옳고 그름까지 분별할 수도 있다는 가상의 세계를 독자들에게 설득력 있게 보여주는 것이다.

원작 소설보다도 영화로 더 세계에 잘 알려진 마이클 클라이턴 M. Crichtcn의 「쥬라기공원」은 황당무계할 정도의 엉뚱한 발상에서 시작된다. 수백만 년 전에 멸종된 공룡의 피가 모기 속에 스민 채 나뭇가지에서 흘러내린 수액에 갇히고, 그것이 다시 호박속에 잘 보관되어 있다가 베네쥬엘라의 한 광산에서 발견이 되고, 한 과학자가 이것을 가지고 DNA를 추출 합성하고 배양하여 수백만 년 전에 멸종된 공룡들을 되살리고, 이로 인하여 인간이 재앙을 겪는다는 이야기를 실감나게 브여준다.

그렇다면 과연 무엇이, 수백만 년 전에 멸종된 공룡을 현대의 우리 앞에 살려 놓았을까? 답부터 먼저 말하자면, 그것은 과학이 아니라 작가의 상상력이다. 작가의 상상력이 먼저 수백만년 전의 모기를 떠올리고 그 모기가 살아 있는 공룡의 피를 빨아먹고 그 피가 수액에 갇혀 호박 속에 잘 보관이 되고……이렇게 핵 반응처럼 이야기가 뻗어나간 출발점이야말로 상상력이었으며 종착점도 상상력이었던 것이다.

한 편의 소설을 탄생케 하는 작가의 상상력은 창조적인 상상력인 동시에 차별화 된 상상력이어야만 한다. 창조적인 상상력이란 지금까지 존재하지 않았던 상상력을 말하며, 차별화된 상상력이란 비슷한 것들을 뿌리친 새로운 것을 말한다.

결국 상상력의 뿌리는 '남과 다르게 생각하기'에서 시작된다. 평소부터 남과 다르게 생각하기의 훈련이 잘 되어 있는 작가의 이야기라면, 틀림없이 다른 작가의 글과는 차별화가 이루어져 있을 것이고 계속해서 창조적인 글을 써나간다면 그 작가의 상상력은 독자의 열광적인 환호를 받게 될 것이다.

3) 소설과 인생

처음으로 소설을 쓰거나 습작기에 있는 이들의 가장 큰 특징은, 대부분 자기 주변의 흔해빠진 이야기를 소설의 제재로 삼는다는 점이다. 자기 주변의 이야기라고 해서 소설의 어원인 novella처럼 새롭고 진기한 이야기가 되지 말라는 법은 없지만, 깊이 생각해 보면 대수로울 것도 없는 일상적인 이야기를 가지고 소설을 쓰기 시작하노라면 곧, 이런 이야기가 과연 소설거리가 되는 것일까 하는 의문에 빠져 미완성으로 끝나 버리게 된다.

소설에 관한 이론 서적 대부분은 소설을 가리켜 '인생의 표현' 또는 '인생의 해석'이라고 지적하며 긴 해석을 붙여 놓고 있다. 그리고 근대소설을 전후한 작품이 대부분 스토리 중심이었던 것에 비해, 현대 소설은 인물 중심으로 바뀌어 살아 있는 인간의 내면을 섬세하게 묘사해 나가는 데 중점을 두고 있다.

따라서 한 작품을 쓰다가 중단한다는 것은, 그 작품 속에 그려지고 있는 이야기가 새로운 것이 아닌 흔해 빠진 이야기거나, 인생을 표현하거나 해석하는 데 실패했거나, 등장 인물의 개성을 생생하게 살리지 못하였다는 얘기와 같다.

　바로 이런 점 때문에 프랑스 작가 모리악 F. Mauriac은 "소설가는 모든 인간 속에서 가장 신(神)을 닮았다. 그는 신을 모방하려는 자다. 그는 산 인간을 창조하고 운명을 밝히고 사건과 재앙을 직조하고 그 것을 뒤섞고 결말로 이끌어 간다."고 이야기하며, 삶을 통한 인간탐구의 작가적 사명을 강조하였다.

　결국 소설을 쓸 때 가장 중요한 것 중의 하나는, 쓰고자 하는 이야기감을 잘 고르는 일이다. 재미있는 이야기를 하려고 잔뜩 준비를 했건만 정작 그 이야기를 들은 사람으로부터 "뭐 시시한 얘기, 뻔한 얘기잖아?", "그런 얘기라면 어디선가 여러 번 들은 것 같은데……", "그것 말고 뭐 좀 색다른 얘기 없을까?"라는 반응이 나왔을 때의 기분을 짐작해 보면, 제재가 얼마나 중요한지를 잘 알 수 있을 것이다.

　그러나 제재가 준비 되었다고 해서 그것만으로 소설의 성공이 보장되는 것은 물론 아니다. 제재 즉 기본이 되는 이야기에 작자의 혼이 살아 있어 그것이 독자에게 '새로움'으로 전달되어야 한다.

　미국의 작가 헤밍웨이 E. Hemingway에게 노벨문학상을 안겨준 「노인과 바다 The old man and the sea」는 어떻게 보면 단조롭기 그지없는 해양 소설이라는 생각이 들 수도 있다. 84일간이나 고기를 못 잡은 늙은 어부 샌티아고는 드디어 사흘 밤낮의 고생 끝에 18척이나 되는 대형 물고기를 낚는 데 성공한다.

　그러나 항구로 돌아오는 도중에 상어떼를 만나 물고기의 살을 모두 떼어 먹히고 뼈만 앙상하게 남는데, 집에 돌아온 늙은 어부 샌티아고는 잠든 사이에도 사자의 꿈을 꾼다. 즉 이 작품의 작가 헤밍웨이는 샌티아고라는 늙고 소박한 어부를 주인공으로 등장시켜 망망대해 속에서 84일간의 기다림과 사흘 밤낮의 투쟁 그리고 상어떼와의 대결을 통해서, 패배를 두려워하지 않는 불굴의 새로운 인간정신을 형상화시켰던 것이다.

이와 같이 소설을 쓰는 작자는 자신이 쓰고자 하는 이야기가 인생 즉 인간의 삶의 모습을 어떻게 새로운 의미로 해석할 수 있겠는가 하는 점을 깊이 염두에 둘 필요가 있다.

2. 창작의 준비

1) 소설 창작의 흐름

소설 쓰기에 있어서 제재 즉 이야기감이 준비되고 또 그것을 통하여 인생의 무엇을 말하겠다는 작가 의도가 마련되었다고 해서, 소설이 쉽게 풀려나가 주는 것은 아니다. 소설의 흐름을 치밀하게 염두에 두고, 어떻게 써나가는 것이 가장 효과적일까 하고 궁리하면서 계속 습작을 거듭해야만 비로소 전문적인 작가의 길로 들어설 수가 있는 것이다.

반짝이는 재기에 힘입어 서너 편의 습작을 거친 후 문단에 데뷔한 젊은 작가보다 10여 년의 습작기를 충실히 보낸 작가들이 등단 이후에, 오히려 더 원숙하고 노련한 작품을 계속 발표하는 것은 사필귀정의 결과라고 보아야 한다.

소설 창작의 초심자들을 위하여 소설의 창작과정을 도식화해 보면 다음과 같다.

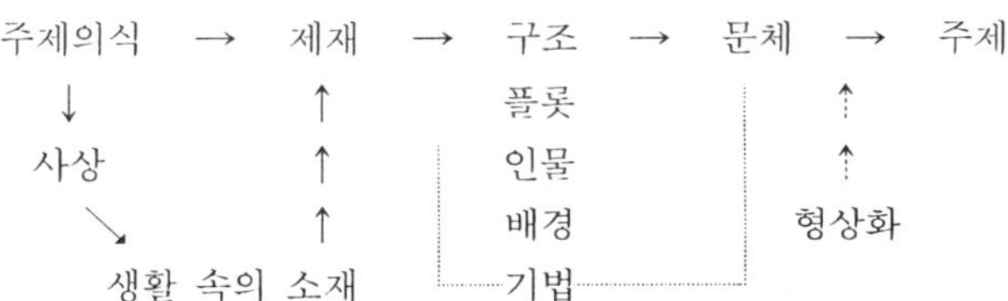

위의 도표에서 보는 바와 같이 작가는 자신의 사상과 주제의식에 적합한 제재를 생활 속의 소재에서 선택하여, 앞으로 써나갈 이야기의 윤곽을 먼저 짜게 된다. 그리고 이 이야기의 윤곽을 소설의 기법 즉, 소설의 주요 구조인 플롯 인물 그리고 배경의 그물망에 잘 배치시킨 다음 자신만의 독특한 문체로 주제를 형상화시켜야 한편의 소설이 만들어지는 것이다.

소설의 창작 단계에서 특히 염두에 두어야 할 점은 다음과 같다.

㉮ 삶의 현장 즉, 현실을 통한 인생의 투시와 주제의식의 심화.
㉯ 미리 설정한 주제의식에 부합하는 제재의 선택.
㉰ 플롯, 인물, 배경 등 소설 구조에 스토리를 적절히 배치하고 엮을 것.
㉱ 개성적인 문체와 예술적인 표현.
㉲ 작품의 반복 검토와 수정, 퇴고 작업.

여기에서의 ㉮는 작가가 자신이 쓰는 작품의 구호와도 같은 메시지 즉 사상적 심화를 염두에 두어야 한다는 의미이고 ㉯는 이러한 주제의식을 형상화시키기에 가장 알맞은 스토리를 준비해야 한다는 뜻이며 ㉰는 집필의 전 단계에서 꼭 유념하지 않으면 안 될 사항인데, 여기서 주의할 점은, 한편의 소설을 이루는 구조적 요소들이 자연스럽게 마치 물 흐르듯이 서로 어울려져 있어야지 그것이 눈에 뜨이도록 드러나면 소설이 거칠어질 우려가 있다는 것이다. 이른바 추사 김정희가 말한 유명한 명제처럼 "난초를 그림에 있어서 법이 있어서도 안되지만 법이 없어서도 역시 안된다.(寫蘭有法不可 無法亦不可)"는 자세로 은밀하게 써나가야 한다. ㉱는 특히 작가의 능력을 결정짓는 중요한 요소가 되기도 하는데, 문장이 곧 그 사람을 뜻한다는 말처럼 문체의 으뜸은 개성적이어야만 한다는 점이다. 그리고 여기에 더 보태어 예술적인 표현을 한다면 이야말로 금상첨화라고 할 수 있을 것이다.

한 편의 소설은 대략 이와 같은 창작과정을 거쳐야만 비로소 완성되는데 습작이란 바로 이러한 단계와 과정의 계속적인 반복훈련이라고 보아야 한다.

2) 메모와 노트의 활용

동서고금의 모든 작가들을 망라해 볼 때 한 편의 소설을 쓰겠다고 결심한 그 순간 책상에 앉아 즉시 시작하여 마지막 문장의 마침표를 찍는 순간에 일어나는 천재는 없다. 가령 그와 같은 작가가 있다고 할지라도, 집필을 결심하는 순간 주제와 더불어 제재의 이야기들이 뭉게구름처럼 피어 오르고 그것들이 적절한 문장으로 서술되어, 써 놓고 본즉 글자 한 자 더하고 덜할 필요도 없는 완벽한 소설이 되었다는 이야기는 더더욱 성립되지 않는다.

「보봐리 부인」을 쓴 프랑스 작가 플로베르 G. Flaubert는 “천재란 곧 인내다”라고 말했는데 이는 곧 소설에 있어서 천재가 되기 위해서는 끝없는 인내심을 가지고 온 세상의 일들을 직접 경험과 간접 경험을 통하여 작가의식 속에 축적시켜야만 천재적인 작품을 써낼 수가 있다는 뜻이다.

그래서 대부분의 작가들은 한 작품을 구상하고 완성시키는 단계에서 메모와 작가노트를 아주 소중하게 활용했다. 그들은 보고 느낀 것, 생각한 것 또는 머리속에 떠오르는 것을 붙잡아 두고 그것을 핵으로 삼아 계속 상상의 더듬이를 뻗어나갔던 것이다.

다음은 러시아의 문호 톨스토이 L. N. Tolstoy가 한 편의 소설을 준비하기 위하여 자신의 뇌리속에서 순간적으로 스쳐간 소설적 이미지를 메모해 놓은 것이다.

> ㉮ 산 허리에 매의 그림자
> ㉯ 모래 위의 말, 짐승, 사람의 발자국
> ㉰ 말을 타고 숲에 들어가니 말이 크게 울부짖다
> ㉱ 나무들 사이에서 염소 한 마리가 놀라 뛰어 나오다

이상은 얼핏 보기에 그저 평범한 풍경의 스케치인 듯이 보이지만 평소 달을 즐겨 타던 톨스토이로서는 자연과 말과 인간이 한데 어우러지는 정경의 한 장면에서 자신만의 중요한 소설적 모티브를 느꼈으며, 이 한 장의 메모로 해서 그는 시간이 흐른 뒤에도 다시금 생생하게 이 장면으로 되돌아와 작가적 사색을 새롭게 시작할 수 있었던 것이다.

다음도 역시 러시아의 작가인 체호프 **A. P. Chekhovd**의 노트인데 앞서 인용한 톨스토이에 비하면 훨씬 그 내용이 구체적이다.

> ― 이반은 연애철학을 늘어놓을 줄만 알았지 정작 연애는 하지 못하였다.
> ― 침실. 달빛이 창으로 기어 들어와 내복의 작은 단추까지 보이게 했다.
> ― 무서우리만치 가난한 어머니의 후처살이. 그 딸은 아주 밉게 생겼다. 어머니는 마침내 짐승같은 마음을 일으켜 딸에게 '거리의 여자'가 되어 몸을 팔라고 권한다. 실은 그 어머니도 언젠가 젊었을 때 옷값을 벌기 위해 남편 몰래 거리로 나선 적이 있었다. 어머니는 딸에게 그 때의 경험을 살려 요령을 가르쳐 준다. 딸은 거리에 나가 보았으나 자기를 선택하는 남자를 만나지 못한다. 이틀 뒤 난봉꾼 세명이 지나가다가 그 여자를 샀다. 그들에게 시달리고 난 후 집으로 돌아와 지폐를 확인해 보니 그것은 이미 시효가 지난 복권이었다.

국내 작가로는 「소시민」을 쓴 이호철의 다음 이야기가 메모와 작가노트의 중요성을 한결 더 강렬하게 느끼게 해 준다.

> 1950년 겨울 18세 때 제가 월남해서 부두 노동을 하다가 부산 초장동의 제면소에 들어갔어요. 국수 공장에서 제일 밑의 직공 노릇을 했지요. 그러면서도 일기를 썼어요. 몽당연필 하나 주워 가지고 초등학교 아이들 산수 공책에다가 몇 월 며칠 흐림, 개임 써 놓고 오늘 밀가루 몇 포대분을 했다, 그 다음에 그날그날 무슨 일이 있었다, 어떤 때는 새벽 두 시쯤 작업장 유리문을 드르륵 열고 저 아래 큰길을 내려다보면, 충무동 로터리가 저쪽에 있고 저 밑의 부두에서 울리는 웅웅하는 소리, 섬칫하게 무서운 때가 있었어요. 그런 느낌도 적고…… 언젠가는 함께 일하던 사람이 문지방을 베고 담배를 손에 든 채 잠이 들어 있더라구요. 그 모습도 자상히 일기에 썼어요. 이를테면 자는 모습을 묘사했지요. 그러다가 1964년 어느 잡지에 연재를 하게 되는데, 13년전의 제면소 얘기를 쓰려고 뒤져보니까 그 때의 일기장이 산수 공책으로 네댓권이 나오고, 읽어보니까 그 당시가 생생하게 되살아나더군요, 그 때의 그 분위기까지도. 그러니까 「소시민」이라는 제 대표작은 그 일기를 옆에 놓고 그 일기에 나오는 사람들을 모델로 쓴 거예요.
>
> — 이호철의 「문학을 꿈꾸는 이들에게」에서

3) 모방과 창조

천하의 희극 배우였던 채플린 C. S. Chaplin은, 당대의 유명인사들은 말할 것도 없고 자신의 운전기사 하인 비서에 이르기까지 그들의 음성을 거의 완벽하게 흉내내어 갈채를 받았다고 한다. 어느 자리에서 그는 여흥으로 이러한 흉내내기의 끝에, 마지막으로 이태리 가극 아리아를 멋지게 불렀다. 일동은 박수를 치며 환호했다. "그렇게까지 훌륭한 노래 솜씨인 줄은 정말 몰랐습니다." 그러자 채플린은 천연덕

스럽게 대꾸했다는 것이다. "원 별 말씀을. 실은 저는 음치랍니다. 지금 것은 그저 원래 그 노래를 부른 카루소의 흉내일 뿐이지요."

예술 전반에 해당되는 이야기지만, '모방이 끝나는 곳에서 창조가 시작된다'는 말은 소설 창작의 경우는 한 치의 빈틈도 없이 들어맞는 경구이다. 소설 창작에 관한 조언 중 으뜸을 차지하는 3다(多), 즉 많이 읽고 많이 쓰고 많이 생각하라는 금언 가운데 첫 머리가 늘 많이 읽으라는 충고임을 특히 유념할 필요가 있다.

많이 읽는다는 것은 남의 소설을 많이 본다는 말이며, 이는 곧 남의 소설에 영향을 받는다는 뜻이다. 특히 소설창작을 시작하는 습작기에 특정 작가의 작품을 따라 읽는 것은, 득보다 실이 많을 경우도 있다. 왼손잡이를 흉내낸 끝에 자신도 왼손잡이가 된다든지, 말 더듬는 친구를 흉내내다가 자신도 말더듬이가 되는 것처럼, 한 작가를 지나치게 사숙한 나머지 그 작가의 아류로 전락하여 '자기 자신'을 잃어버리는 어리석음에 빠질 수도 있기 때문이다.

그러므로 이를 피하는 첫 번째 방법은 독서의 대상물을 확장하는 것이다. 동서양의 고전을 골고루 읽어나가면서 그들의 장단점을 나름대로 분석하고 자신의 의견이나 취향과 대조하다 보면 자연스럽게 나 자신의 스타일이 만들어지는 것이다.

둘째로는, 일단 호감을 느꼈으면 빨리 그것을 덮어두거나 잊어서, 그 대상으로부터 느낀 호감의 디테일은 저절로 가라앉게 큰 경개만 남겨 두라는 것이다. 만약 어떤 소설에 지나치게 심취한 나머지 장면 장면의 세밀한 부분까지 남겨 둔다면, 정작 열심히 소설을 써도 앞서 예로 든 채플린의 경우처럼 모조품 같다는 인상에서 쉽게 벗어나지 못하게 된다. 뿐만 아니라 후일 독창적인 작품을 발표한다 하여도 마치 전과자처럼 의심을 받을 여지가 있다.

마지막으로, 좋은 작품의 주제 구성 인물 배경 또는 문체 등을 접

했을 경우, 의식적으로라도 ‘그렇다면 나는 어떻게 달라져야 하는가’를 생각하며 피해나가기를 권한다. 그것이야말로 그러한 작품들의 장점을 자양으로 삼아 나의 길을 열어나가는 왕도일 것이기 때문이다.

4) 착상과 연결

어느 날 강의 시간에 있었던 일이다. 그 날은 미리 지정된 두 학생의 작품을 검토하기로 되어 있었다. 그런데 그 중의 한 학생이 나와서 한다는 소리가 “정말 죄송합니다. 며칠 동안 소설 생각만 하면서 열심히 썼는데 중도에 손을 들고 말았습니다. 쓰면 쓸수록 주인공들이 제 말을 듣지 않으니 어떻게 하면 좋겠습니까?”라는 것이었다. 물론 강의실은 웃음바다가 되었지만, 모두가 공감하지 않을 수 없는 소설 쓰기의 새로운 화두로 떠올랐다. 왜 소설 속의 주인공들은 주인격인 작자의 지시에 따르지 않는 것일까. 왜 작자는 자기가 쓰고 있는 소설의 등장 인물들을 뜻대로 통제하지 못하게 되는 것일까.

그 이유는 간단하다. 그것은 작자가 쓰는 데에만 열중했을 뿐 미리 그 등장 인물들의 과거와 현재 그리고 미래에 대해서 세심한 배려를 해두지 않았기 때문이다. 이효석의 「메밀꽃 필 무렵」을 보자. 이 작품의 핵심은 함께 밤길을 가고 있는 동이가, 언젠가 물방앗간에서 정분을 맺은 성서방네 처녀의 아들 즉, 허생의 아들이라는 것이다. 그러나 작자는 등장 인물과 사건을 교묘히 조율하여 ‘드러내 놓고 밝히지는 않되 느껴서 알게 하는’ 소설 작법상의 묘미를 십이분 발휘하고 있다. 그리고 마지막 부분에 이르러 허생원은 동이가 자신처럼 왼손잡이인 것을 발견하면서 소설은 끝난다.

만약 작가가 이 소설을 쓰면서 그들이 부자 관계임을 노골적으로 밝혔더라면 이야기의 감칠 맛은 반감되었을 것이다. 이효석은 이러한 소설 효과의 고조와 멋진 결말을 위해서 처음부터 마지막 순간까지 등장 인물들을 통제하여 '말을 잘 듣도록' 만들었다. 마치 능숙한 운전자가 먼 거리와 가까운 거리의 상황을 동시에 살피면서 유연하게 차를 몰듯이, 작가는 자신의 의도대로 등장 인물과 사건을 치밀하게 조종하였던 것이다.

소설을 쓸 때 최초의 착상이 떠올랐다면 반드시 이런 점들을 유념하여야 한다. 그러나 그것은 작가의 머리 속을 떠다니는 하나의 관념일 뿐 그것 자체가 정돈된 소설의 한 모습이 아니라는 데 문제가 있다. 따라서 작가는 그 관념을 끌어모아 자신이 쓸 소설 속에 연결하는 역할을 기꺼이 수행해야만 한다. 한 작품의 착상에서부터 그것이 실제의 작품으로 연결되어 나가는 전개과정을, 「장길산」의 작가 황석영의 그백을 중심으로 살펴보기로 하자.

㉮ 작품을 쓰기 전에 먼저 얘깃거리를 찾게 된다. 작가는 우선 '훌륭한 이야기꾼'이 그 출발점이기 때문이다. 얘기가 떠올라 생생하게 장면이 그려질 때까지 그 연상들을 끌어모은다.

㉯ 연상을 끌어모은 뒤에, 아직도 희미하면 현장감을 갖기 위해서 실제로 기간을 잡아 그럴 듯한 장소와 인물들을 접해보기도 한다. 장소는 지방이나, 도시 변두리나, 빈민가나 공장이나, 환락가나, 부두, 선창가, 어느 곳이고 가리지 않는다. 그 계층에 알맞은 복장과 말씨와 태도를 가지고서 뚫고 들어가 자기 체질 속에서 공통점을 찾으려 노력해 본다. 작가는 언제나 자기가 다루려는 현실의 한복판, 그 현장에 있는 자라야 한다고 믿기 때문이다.

㉰ 나는 기술(記述)방법에 있어서 객관성과 구체성을 가장 중요하게 생각하고 있다. 이른바 '카메라의 눈'이라는 서술인데, 내게는 '그리움'을 그대로 쓰느니보다는 그러한 상황을 장면으로 보여주기를 원한다. 역·철길·기차·접혀진 우산·비 그리고 처마 끝에 서 있는 사람 등등으로 그 소설의 전체적인 구성에 걸맞는 이미지들을 주워 모아 그

림을 그리듯 써내려 간다.
— 황석영의 「열애」 작가의 말에서

위의 내용 중 ㉮와 ㉯는 소설창작에 뜻을 둔 이들에게는 금방 공감을 살 수 있는 내용이 될 것이다. 특히 ㉮의 경우에는 기성·신인을 불문하고 항상 겪게 되는 소설창작에 있어서의 초기 단계에 해당한다. 그러나 ㉯의 경우에는 더러 개인차가 있는 것이 사실이다.

소설을 쓰는 작가에게는 직접체험이 최선이고 간접체험은 차선이라고 말하는 것은 성급한 재단이 될지도 모른다. 예컨대 남자인 작가가 여주인공을 중심으로 풀어나간 소설이 얼마든지 성공을 거두고 있고, 여류작가가 쓴 소설의 주인공이 남자인 경우도 그와 마찬가지인 것을 우리는 안다.

문제는 상상력이다. 작품 속의 어떤 장면을 떠올리는 영상력이 풍부한 작가라면 굳이 ㉯와 같은 적극적인 자세를 갖지 않더라도 책상에 앉아서 소기의 뜻을 이룰 수도 있는 것이다. 그러나 상상력에는 어떤 한계가 있으므로 현장 또는 그와 비슷한 장소를 작가가 직접 찾아가 보는 것은 참으로 권장할 만한 작가정신의 발로라고 아니할 수 없다.

㉰의 경우에도 개인적인 지론에 의하여 얼마든지 달라질 수가 있다. 서술의 방법이나 시점에는 1인칭 주관적 시점, 1인칭 관찰자 시점, 작가 관찰자 시점, 전지적 작가 시점 등이 있으며 상황에 따라서 각각 장단점이 있으므로 어떤 서술방법, 어떤 시점이 가장 좋다고 잘라 말하기는 힘들다.

그러나 소설의 착상이 순조로운 연결로 이어진다고 하여 독자의 시선을 계속 확보하고 있는 것은 아니다. 작품의 첫 줄을 읽기 시작한 독자의 시선을 마지막 문장의 마침표까지 잡아 두기 위해서는 다음과 같은 준비와 노력이 필요하다.

    ㉠ 작가가 그 작품의 대상으로 생각하는 독자층을 정하여 그에 알맞은 어휘, 문장, 구성, 시작과 결말 등을 미리 준비한다.

    ㉡ 적어도 첫 페이지나 다음 페이지 안에서 독자의 시선을 잡아끌 수 있는 인상적인 장면이나 사건을 전개시킨다.

    ㉢ 이야기가 각 토막으로서의 현재적 기능과 더불어 과거와 현재 속에 함께 살아 있을 수 있도록 매끄러운 이음새를 유지한다. 이렇게 되면 앞으로 극적이고도 중대한 사건 또는 흥미있는 장면이 나타날 것이라는 기대감에 젖어, 독자가 더욱 소설 속으로 몰두하게 된다.

    ㉣ 스토리의 중간 중간에 의도적으로 복선을 감춰 두었다가 독자로 하여금 읽어나가면서 스스로 그 사실을 깨닫고 캐내게 해준다.

    ㉤ 일방차선을 달리는 자동차처럼 이야기를 끌고 가지 않는다. 한껏 고조된 장면이나 사건을 독자의 뇌리 속에 남겨 놓은 채 과감히 이야기의 방향을 급전환시켜 궁금증을 유발한다.

    ㉥ 독자가 쉽게 접하기 어려운, 전문적이되 흥미있는 지식이나 에피소드 생활 정보 등등을 적재적소에 배치한다.

    ㉦ 적절한 지점에서 감수성이 탁월한 문장이나 비유 또는 장면 서술을 뽐내어, 독자로 하여금 밑줄을 치거나 외우고 싶도록 만든다.

    ㉧ 작중인물의 성격을 살아 움직이듯 개성화시켜, 독자로 하여금 감정이입의 상태에 이르도록 유도한다.

    ㉨ 스토리를 읽으면 읽을수록 작가가 작품 속에서 의도하는 메시지의 부피가 커지도록 사건 진행을 기술적으로 조정한다.

    ㉩ 읽고난 뒤에 주변의 아는 이들에게 작품을 적극적으로 권하고 싶은 여운이 남도록 한다.

5) 무엇을 쓸 것인가(주제)

대학에 들어와서는 그런 일이 없어졌겠지만, 초·중·고 시절에는 더러 '위문편지 쓰기의 고통'에 빠져본 경험이 있을 것이다. 이럴 때 가장 당황하게 되는 것은, 그 글을 쓰고야 말겠다는 절실한 충동이 우러나오지 않는다는 점이다. 그래서 대부분은 TV의 기상 캐스터처럼 날씨 얘기, 학교 얘기 등등을 적어 내려가다 그나마도 할 말이 모자라 불과 대여섯 줄만에 마침표를 찍어 버리게 되고 만다.

소설 쓰기도 이와 마찬가지다. 이 글을 반드시 완성시키고야 말겠다는 의욕에 넘쳐 있어도 쓰다가 보면 막히고 그래서 기권하고 싶어지는데, 처음부터 무엇을 쓰겠다는 계획이나 목적이 없으면 글이 잘 되지도 않을 뿐더러 쓰는 도중에 의욕이 떨어져서 그만두게 되고 만다.

위문편지와는 반대의 경우가 되겠지만, 도스토예프스키 F. M. Dostoevski는 항상 돈 때문에 어려움을 겪으면서 살았으므로 지인(知人)들에게 늘 도움을 청하는 편지를 써야만 했던 작가이다. 그는 친지들에게는 돈을 빌리기 위해 편지를 썼고, 한편으로는 그 돈을 갚기 위해 소설을 써야만 했다. 다시 말해서 도스토예프스키에게는 당장의 어려움을 면하기 위해 편지를 계속 쓰는 것이 글을 쓰는 동기가 되었고 — 그로 인해서 인간은 자기 자신이 처한 곤경으로부터 벗어날 수 있는 존재인가, 만약 그것이 가능하다면 어떤 방법이 있을 것인가가 늘 그의 의식 속에 플래카드처럼 걸려 있는 주제가 되었던 것이다.

이렇게 주제의 표현은 동기 motive를 구체화하는 것으로 실현된다. 주제란 소설의 핵심으로서 작품을 통하여 작가가 독자에게 전하고자 하는 메시지이므로, 결국 작자에게는 '무엇을 쓸 것인가'라는 물음으로 나타나게 된다.

또 주제는 동기를 살리기 위한 목적으로 존재하게 된다. 카프카 F. Kafka의 「변신」을 읽기 시작하면 독자들은 큰 혼란에 빠지게 된다. 성실한 외판원인 주인공이 어느날 잠에서 깨어나자마자 흉물스러운 벌레로 변신해버린 것이다. 그러나 독자들은 소설을 읽어 가면서 주인공인 그레고르 잠자가 왜 벌레로 변신해버리고 말았는가를 조금씩 짐작하게 된다. 내근직보다 영업 사원의 스트레스, 출장 여행, 조악하고 불규칙한 식사, 낯선 고객과의 불안한 만남에 넌더리가 났던 것이다. 그러나 이런 내면적인 번민과는 달리, 그는 주인에게 근면 성실하다는 인상을 부단히 심어 주면서 실적을 올리고 그 대가로 가족을 부양해야 한다는 중압감에 시달리지 않을 수 없었다.

이렇듯 주인공이 벌레로 변신하자, 가족들의 환경은 급변한다. 기력이 쇠진한 아버지는 은행 용원직을, 어머니는 삯바느질을, 17세의 여동생은 가게 점원으로 나가고 그것으로도 모자라 하숙까지 친다. 그리고 이런저런 우여곡절 끝에 벌레가 된 주인공은 굶고 지친 나머지 숨을 거두고 만다.

이 작품에서의 동기는, 어느날 갑자기 주인공이 벌레가 되어 버렸다는 사실이다. 그러나 잊지 말아야 할 것은, 주인공이 벌레가 된 것은 작품의 동기일 뿐 주제가 아니라는 점이다. 이 작품의 주제는 차츰 비인간화되어 가고 있는 세계에 대한 두려움과 그에 대한 경고인데, 바로 이 주제를 효과적으로 형상화 시키기 위해서 주인공인 그레고르 잠자를 벌레로 변신시킨 것이다.

우리는 흔히 글을 쓰기 위해 원고지를 펼치거나 컴퓨터 앞에 앉는 순간, 조금 전까지만 해도 그렇게 간절했던 이야기들이 사라져 버리고 말아 아무 것도 쓰지 못하는 경험을 하곤 한다. 그것은 그 글을 쓰려는 주제와 동기가 조화를 이루지 못하였기 때문이다.

다시 「변신」으로 돌아가 보자. 만약 카프카가 '차츰 비인간화되어 가고 있는 이 세계에 대해 강력한 경고의 메시지'를 보내야겠다는 생각만으로 책상 앞에 앉았더라면 그는 「변신」을 완성시키지 못했을 것이다. 그가 작품을 써내려갈 수 있도록 힘을 가져다 준 것은, 어느날 갑자기 주인공이 벌레로 변하도록 한다는 '착상'이었고 그것이 동기가 되면서 이야기들이 연결되었으며 그것들이 마침내는 자연스럽게 주제를 형상화시켜 주었던 것이다.

이와 같이 '무엇을 쓸 것인가' 는 반드시 '어떻게 쓸 것인가'와 동시화면으로 떠오르는 자막처럼 긴밀한 관계에 있다. 무엇을 어떻게 쓸 것인가에 대한 윤곽이 잡힌다면 이미 그 소설의 완성은 보장받은 것이나 다름 없다고 하겠다.

3. 창작의 실제

1) 시점과 거리

이제 써 나갈 소설의 주제도 정해지고 그것을 형상화시킬 모티브도 확보가 되었다면, 그 다음으로 직면하는 서술상의 문제가 '시점과 거리'에 대한 결정이다. 즉, 작자는 어떤 입장, 어떤 위치에서 이야기를 독자에게 전달할 것인가의 방법을 선택해야만 한다는 것이다.

이미 이에 대하여서는 ㉮ 1인칭 주관적 시점 ㉯ 1인칭 관찰자 시점 ㉰ 3인칭 작가관찰자 시점 ㉱ 3인칭 전지적 작가 시점 등의 분류가 알려져 있다. 먼저 1인칭 주관적 시점을 살펴 보자.

> 스물 세 살이요 ―3월이요― 각혈이다. 여섯 달 잘 기른 수염을 하루 면도칼로 다듬어 코 밑에 다만 나비만큼 남겨 가지고 약 한제 지어들고 B라는 신개지 한적한 온천으로 갔다. 게서 나는 죽어도 좋았다. 그러나 이내 아직 기를 펴지 못한 청춘이 약탕관을 붙들고 늘어져서는 날 살리라고 보채는 것은 어찌하는 수가 없다.
>
> 여관 한등(寒燈) 아래 밤이면 나는 늘 억울해 했다. 사흘을 못 참고 기어이 나는 여관 주인영감을 앞장 세워 밤에 장고(長鼓)소리 나는 집으로 찾아갔다. 게서 만난 것이 금홍(錦紅)이다.

　　"몇 살인구?"

　　체대가 비록 풋고추만 하나 깡그러진 계집이 제법 맛이 맵다. 열여섯 살? 많아야 열 아홉이지 하고 있자니까,

　　"스물 한 살이에요."

　　"그럼 내 나인 몇 살이나 돼 뵈지?"

　　"글세 마흔? 서른 아홉?"

　　나는 그저 홍! 그래 버렸다. 그리고 팔짱을 떡 끼고 앉아서는 더더욱 점잖은 체했다. 그냥 그날은 무사히 헤어졌건만……

— 이상의 『봉별기』에서

　이와 같이 1인칭 주관적 시점이란 작가 자신이 주인공처럼 되어 '나'의 이야기를 직접 전달하는 시점을 말한다. 즉 1인칭 주관적 시점의 서술은 작자가 이야기속의 주인공 '나'로 직접 등장하는 형식을 취하여 '나는 이렇게 보았다', '나는 이렇게 저렇게 하였다', '나는 이렇게 저렇게 느꼈다'는 입장에서 풀어나간다.

　물론 독자들은 1인칭 서술자인 '나'가 실제의 인물이 아닌 허구의 인물이라는 것을 잘 알면서도 '나'라는 주인공이 실제의 사실을 말하는 것처럼 듣고 따라간다. 이러한 형식은 자칫 신변의 일상사를 소재로 다루어 이야기의 스케일이 작아지거나 객관성이 결여될 위험성이 높지만, 소설을 처음 쓰는 초심자들에게는 가장 실패할 가능성이 적은, 안전한 방법이 되기도 한다.

　같은 1인칭 시점이면서도 1인칭 관찰자 시점은 작자와 독자간의 거리가 다르다. 1인칭 관찰자 시점에서는 '나'라는 작중의 존재가 주인공으로 참여하는 것이 아니라 관찰자의 입장으로 떨어진 거리에서 존재한다. 다시 말해서 1인칭 관찰자 시점이란 소설을 진행하는 화자가 직접 주연으로 활동하는 것이 아니라 그 이야기의 구경꾼같은 '나'의 관점에서 다른 주인공을 서술해 나가는 기법이다.

그러므로 소설 속의 '나'의 역할은 되도록이면 '침착한 전달자'의 입장에 머물게 되고 모든 것은 주요인물에게 조명이 맞춰진다. 아래의 예문을 보면 쉽게 이해가 될 수 있을 것이다.

> 그 여름의 역사는 바로 그날 저녁으로부터 시작된다. 그때 나는 톰 뷰캐넌 부부와 함께 저녁을 먹으려고 그곳으로 차를 타고 갔었다. 데이지는 나의 6촌 여동생이었으며 그녀의 남편인 톰과는 이미 대학시절부터 가까운 사이였다. 그래서 나는 전쟁 직후 시카고에서 이들 내외와 이틀이나 함께 지낸 적도 있었다. 톰은 왕년에 여러 가지 운동을 했지만 특히 뉴 헤이븐 축구선수치고는 일찍이 보기드문 전위(前衛)였다. 어떤 의미에서는 그 당시 국가적으로 유명한 스타이기도 했다. 나이 21세에 일찍 출세의 절정에 도달하는 바람에 그 이후부터의 모든 일은 그저 내리막길인 셈인, 그런 사내가 되어버리고 말았다. 그의 집안은 어마어마하게 부유했다. 돈을 물 쓰듯해도 상관없는 그의 신분은 대학 시절부터 남의 빈축을 샀다.
>
> — 피츠제럴드 F. Fitzerald의 「위대한 개츠비」에서

위의 인용문만을 보면 이 소설의 주연은 일단 '나'가 아닌 것은 분명하고, 톰 뷰캐넌 부부, '나'의 6촌 여동생인 데이지와 그녀의 남편인 톰이 주연인 듯이 보인다. 그러나 정작 소설을 읽어보면 이 이야기의 진짜 주인공은, 데이지를 연모하던 개츠비임을 알게 된다. 그러면서 소설의 초점은, 허영심 많은 데이지가 가난한 개츠비를 멀리한 채 톰 뷰캐넌의 아내가 된 과정보다도, 실연의 슬픔을 딛고 개츠비가 엄청난 부자가 되어 데이지의 앞에 나타나는 성공담과 다시금 흔들리는 데이지의 모습에 맞춰진다.

즉 '나'는 이야기를 진행하는 사람이기는 하지만 긴 분량의 이 장편소설에서 차지하는 역할은 엑스트라와 다를 바가 없으며, 오직 주·조연의 이야기를 전하는 데만 전심전력하고 있다. 바로 이와 같은

특징 때문에 1인칭 관찰자 시점을 통한 ‘나’의 이야기는 주관적이면
서도 객관적인 면까지도 끌어안는 상승효과를 느끼게 해주기도 한다.
  앞서 설명한 1인칭 주관적 시점의 서술이 소설을 처음쓰는 이들에
게 권할 수 있는 가장 안전한 방법이라면, 1인칭 관찰자 시점은 그
다음 단계의 소설적 테크닉을 욕심내어 볼만한 방법이라고 하겠다.
  흔히 3인칭 시점이라고도 불리는 작가 관찰자 시점은 작가가 ‘나’
의 입장에서 완전히 벗어나, 외부적인 관찰자의 위치에서 서술해 나
가는 방법이다. 서술자는 작품의 밖에 있는 작가이며 자신의 주관적
인 견해가 개입되지 않도록 냉정한 입장을 견지하며 끝까지 객관적인
태도로 외부적인 사실만을 관찰하고 묘사해 나간다. 이러한 방법은
특히 인생의 한 단면이나 상황을 예리하게 그려내는 단편소설에 적합
한 시점으로 알려져 있다. 아래의 예문을 참고해 보기로 하자.

> 교사는 자기를 향해 올라오고 있는 두 사람을 보았다. 두 사람은
> 산 중턱에 세워진 학교를 향해 험한 언덕길로 접어들고 있었다. 인적
> 없는 높은 고원, 광막한 들판에서 두텁게 쌓인 눈을 헤치며 오느라 고
> 생하고 있었다. 이따금 발이 무겁게 휘청거리는 것이 보였다. 아직 말
> 발굽소리는 들려오지 않았지만 말의 콧구멍으로 수증기처럼 내뿜는
> 길이 보였다. 적어도 그 중 한 사람은 이 고장을 잘 아는 듯 보였다.
> 그들은 어느새 오래된 눈더미에 가려진 길을 따라 다가오고 있었다.
> 교사는 그들이 언덕 위로 올라설 때까지는 아직도 반 시간이 더 걸릴
> 것이라고 생각했다. 몹시 추운 날이었다. 그는 자켓을 가지러 숙직실
> 로 들어갔다.
>
> — 알베르 카뮈 A. Camus의 「손님」에서

  위의 예문에서 보는 바와 같이 작가는 주인공의 행동이나 언어, 모
습과 같은 외면적인 상황을 단지 사진 찍듯 묘사할 뿐으로, 주인공의
감정이나 심리를 직접적으로 표현하거나 설명하지 않고 있다. 오직

작가는 객관적인 위치에 서서 아무런 해설이나 비평 따위를 붙이지 않고 단지 외적 사건만을 독자 앞에 그려서 보여주며, 모든 것은 독자들이 직접 추측·판단하도록 뒤로 물러선다. 1인칭 주관적 시점이나 1인칭 관찰자 시점을 실습한 이들이 시도해 볼만한 서술방식이다.

이에 비하여 3인칭 전지적 작가 시점은 전지적(全知的)이라는 말이 뜻하듯 제2의 신과 같은 무제한적인 서술상의 자유를 누린다. 화자인 작가는 작중 모든 인물의 의식 속을 마음대로 출입하면서, 작중인물이 지금 무슨 생각을 하고 있으며 앞으로 어떤 행동을 하려고 하는가까지도 독자에게 알려준다. 이렇게 작가는 작품속에 등장하는 전 인물들의 내면의식과 외부행동을 모두 관찰함은 물론 그들의 심리적인 내부세계까지도 설명하고 해석할 수 있는 준비가 되어 있어, 작품 진행에 관한한 신과 같은 전지전능을 구사하는 것이다. 전지적 작가 시점의 예문으로, 우리나라 대하소설의 한 획을 그었으며 노벨문학상 후보로도 추천된 바 있었던 「土地」의 한 대목을 살펴보기로 하자.

길상을 몹시 닮은 환국의 얼굴에서 눈을 떼지 않고 얘기하며 상현은 쓸쓸하게 웃는다. 양반? 뭐 말라 죽은 게 양반이냐! 지금 눈 앞에는 그 옛날 하인이었던 사내의 자식이 어느 귀공자 못지 않게 슬기를 가득 채운 눈망울을 빛내며 앉아 있는 것이다. 아비에 대한 숭배감, 절대적인 존재로서의 아비, 한 치의 의혹도 없는 강하고 또 강한 핏줄의 연결, 저 슬기로운 눈망울이 자신을 겨냥하고 있질 않는가. 세월도 많이 흘렀지만 세월보다 더 빠르게 더 많이 변한 것이 인사(人事)로구나. 그런 생각을 하는데 길상의 얼굴과 안방에 앉아 있을 명희의 얼굴이 번갈아 눈 앞을 어지럽힌다. 그리고 또 환국이 아비를 못 보는 형편과 하동서 아비를 못 보는 아들 형제의 형편이 같지 않음을, 그것은 깊은 패배, 비애를 몰고 온다.

— 박경리의 「토지」에서

특히 이 3인칭 전지적작가 시점은, 작가가 자신의 사상이나 지적 관념을 적당히 배합시켜 스토리를 엮어 가고 화자의 위치와 거리를 자유롭게 이동시켜서 인생의 총체적인 모습을 다채롭게 그려간다. 장편소설의 기법으로 많이 활용되고 있는 이 전지적 작가 시점은, 1인칭 주관적 시점과 1인칭 관찰자 시점 그리고 3인칭 작가 관찰자 시점을 두루 거친 이들이 도전해봄직한 마지막의 난코스라고 하겠다.

2) 표현과 문장

㉮ 개성적인 글과 감수성

사실주의 문학의 완성자로 일컬어지는 프랑스의 플로베르 G. Flaubert는 일찍이 그 유명한 '일물일어설(一物一語說)'을 강조했다. 그 주장을 요약하면 다음과 같다.

> 우리들이 표현하려는 모든 것에는 그것을 가장 적절하게 나타내는 오직 하나의 명사, 그 동작을 나타내는 오직 하나의 동사, 그 특질을 나타내는 오직 하나의 형용사가 있을 뿐이다. 우리들은 오직 하나의 명사와 오직 하나의 동사, 그리고 오직 하나의 형용사를 발견하기까지 그것을 탐구하지 않으면 안된다. 그것과 비슷한 정도의 언어로서 만족해서는 안된다. 자기만의 언어를 구하기 어렵다고 해서 우물우물 넘겨서는 안된다. 세상에는 아주 똑같은 두 알의 모래, 두 마리의 파리, 두 개의 손, 두 개의 코는 있을 수 없다. 하나의 타오르는 불이나 한 그루의 나무를 묘사하는 데도 우리들은 그 불과 그 나무를 우리 눈으로 정밀하게 감지해서 다른 불이나 다른 나무와 전혀 다른 점을 발견하고 그것을 묘사하지 않으면 안된다.

궁극적으로 이 글은 정확한 문장을 쓸 것과 작자 자신의 문장을 길러 나갈 것을 권하고 있다. 우리는 흔히 '글은 곧 그 사람이다'라는 말을 들어왔다. 이 말을 바꾸면, '글은 곧 그사람의 개성이다'라는 뜻이 된다. 그리고 개성 있는 문장이라는 의미를 한번 더 환언하면, '이것은 그 사람만의 문장이다'라는 얘기로 정리된다.

소설의 문장 형태는 일단 문법의 테두리 안에서 논리정연한 스타일이 있고 다음으로는 그 논리정연함으로부터 살짝 벗어나와 멋을 부리는 감각적인 스타일의 문장이 있다. 논리정연한 문장이란, 정장차림의 신사 숙녀의 모습과 똑같다. 이와 같은 문장의 실례를 살펴보기로 하자.

㉠ 아내를 데려다 주고 혼자 돌아오면서 나는 또 그 길 옆을 지나왔다. 구부러진 그 길을 보며, 지난 봄으로 되돌아간다면 모든 것을 돌이킬 수 있을까 라는 생각을 했지만 아주 잠깐 동안이었다. 나는 앞차가 서면 서고 출발하면 따라서 출발했다.

그날 밤 나는 아직 마감뉴스를 보지 못해서 침대로 들어가지 못하고 있었다. 채널을 이리저리 돌려보다가 생각보다 시간이 훨씬 천천히 흐르고 있음을 깨달았다. 리모컨을 탁자 위에 내려놓았다. 텔레비젼 화면에 '세계는 지금'이라는 제목이 나타나더니 얼마 후에 내레이터의 음성이 들려 왔다.

㉡ ― 지난 발렌타인 데이에 미국 캘리포니아의 한 연구실에서는 수컷 초파리와 암컷 초파리 사이에 치열한 싸움이 벌어졌습니다. 짝짓기를 하려고 날갯짓을 하며 암컷에게 달려드는 수컷을 암컷이 계속해서 머리로 들이받았습니다. 나중에는 다리로 수컷의 머리를 걸어차 버리기까지 했습니다. 이 암컷은 수컷이 정액을 뿌려도 알을 낳지 않았다고 합니다.

㉢ 아내나 좋아했을 얘기였다. 나는 물끄러미 화면을 쳐다보았다.

㉣ ― 그 이유는 돌연변이 유전자 때문으로 밝혀졌습니다. 연구팀은 이 실험으로 돌연변이 유전자가 신경계통에 영향을 끼친다는 것을 확인했습니다. 그 유전자에는 '불만'이라는 이름이 붙여졌습니다.

㉤ 나는 불타버린 결혼 사진과 아내의 화상을 떠올렸다.

― 은희경의 「아내의 상자」에서

여러분도 그렇게 짐작했겠지만 원작소설에는 ㉠에서 ㉤까지 구분 번호가 붙어 있질 않고 그대로 계속 연결되어 나가고 있는 문장일 따름이다. 이 문장은 특별히 작자가 마음먹고 준비한 미사여구가 들어 있는 것이 아니고 또 밑줄을 치고 싶을 만큼 인상적인 비유가 숨어있는 명문도 아닌데, 이 문장은 그것을 읽고 있는 독자의 심정을 작자가 마치 능숙한 운전솜씨를 발휘하듯 자연스럽게 리드해나가고 있음을 알 수 있다.

㉠과 ㉡은 전혀 상관없는 이야기인 것으로 문장은 시작되고 있다. 그런데 ㉢에 이르면 독자는 왜 ㉡의 이야기가 굳이 서술되었는지를 눈치챈다. 그리고 다시 ㉣이 이어지는데, ㉣의 핵심은 '불만'이라는 이름이 붙여진 유전자이다. 그리고 이 '불만'이라는 단어와 오버랩되듯이 ㉤이 떠올라오며 '불타버린 결혼 사진'과 '아내'가 그 뒤를 장식한다.

이렇게 ㉠에서부터 ㉤을 거치는 사이에 독자들은 왜 작자가 굳이 '세계는 지금'의 초파리 이야기를 문장속에 도입했는지 그 이유를 깨닫기에 이른다. 초파리의 수컷과 암컷은 소설 속의 주인공의 다른 대역이었던 것이다. 초파리 수컷이 열심히 다가가도 '불만'을 극복하지 못한 암컷은 수컷을 받아들여주지 않듯 주인공 부부도 그와 같은 사연으로 해서 '불타버린 결혼 사진'처럼 비정상적인 관계가 되었음을 알게 된다.

만약 위의 인용문이 이와 같이 B를 통하여 A를 말하는 방식을 취하지 않고, 마치 직진 차량처럼 대뜸 주인공 부부의 비정상적인 관계를 설명하였더라면 독자들은 금방 식상해지고 말았을 것이다. 그러나 작가는 초파리를 등장시킴으로 해서 주인공 부부의 비정상적인 관계에 대한 설명에 객관성을 부여하는 효과를 얻었다.

다음은 감각적인 문장, 예컨대 멋스러운 문장을 살펴 보기로 하자.

바야흐로 저녁 무렵인데 해가 거의 지고 있다. 주인공은 지금 산골 어느 외딴집 근처에서 주변을 둘러보고 있다. 만약 이런 광경을 소설 속에 담는다면 어떻게 서술을 하겠는가. 아니, 그냥 서술만 할 것이 아니라, 기왕이면 감칠 맛 나는 문장 솜씨를 어떻게 뽐내어 볼 것인가.

먼저 염두에 두어야 할 것은 차별화다. 이미 독자들이 알고 있음직한 설명이나 비유는 일단 접어두어야 한다. '해가 뉘엿뉘엿 지고 있었다'라고 썼을 때의 '뉘엿뉘엿'은 이미 잘 알려져 있으므로 '나의 것, 나의 글'이 아니다. '산골에는 일찍 해가 진다'고 해도 마찬가지다. 산골에 일찍 해가 진다는 것을 모를 독자들이 어디에 있겠는가. 그리고 산골의 외딴집이므로 적막하기가 그지 없을텐데, 이런 장면을 어떻게 글로 옮기면 감각적이면서 한 폭의 그림이나 영상미 넘치는 영화의 한 장면처럼 표현할 수가 있을 것인가. 이에 대한 답의 하나로 국내 작가의 단편 가운데 한 단락을 소개한다.

> 태양은 어제 지났던 하늘길을 따라 천천히 기울어져갔다. 계곡의 나무들 역시 어제만큼의 그림자를 땅 위에 늘어뜨린 채 침묵했다. 가지와 가지 사이를 오가는 새들도 날갯짓만을 계속할 뿐 소리내어 울지는 않았다. 마당 가장자리에 서 있는 갈참나무의 노란 낙엽 몇 개가 파문을 그으며 허공을 맴돌았다.
>
> — 구효서의 「나무남자의 아내」에서

윗 글의 첫 머리를 보면, 태양은 천천히 기울어져 갔는데 그 가운데에 '어제 지났던 하늘길을 따라'라는 수식이 자리잡으면서 글의 묘미에 엑센트를 주고 있다. 태양이 오늘 새롭게 떠오른 것이 아니라 어제도 떠올랐었으며 오늘 가고 있는 길이 어제도 갔던 길임을 암시하듯, 작자는 다음 문장에서도 나무의 그림자가 어제만큼의 그림자임을 묘사하고 새들조차 울음소리를 삼간 채 날갯짓만 계속하고 — 이런 정적 속을 갈참나무의 노란 낙엽 몇 개가 파문을 그으며 허공을 맴돌게 하여 그야말로 적막강산의 침묵을 투명할 정도로 섬세하게 그리고 있다.

이와 같은 문장을 통하여 우리가 느낄 수 있는 작자의 태도는, 대상에 대한 남다른 감수성이다. 하늘을 그냥 하늘로 보는 것이 아니라 지상의 차선처럼 태양의 길이 있다고 보고, 나무의 그림자도 그냥 나무의 그림자만으로 보는 것이 아니라 '어제만큼의' 그림자로 바라보는 데서 '이것은 그 사람만의 문장이다'라는 차별화를 이루게 되는 것이다.

㉯ 문장의 힘과 스토리

말을 재미있게 하는 사람들의 특징은, 듣는 이의 심리를 이미 파악하고 있다는 점이다. 그래서 그들은 듣는 이에게 말하기 전에 이미 시나리오를 완성해 놓고 있다. 듣는 이를 조바심 치게 만들기도 하고, 궁금하게 하기도 하고, 놀라게 하기도 하고, 혀를 차게 만들기도 한다. 그리고 더 나아가 말의 속도나 엑센트를 조정하면서, 폭소가 터질 얘기를 한 다음에는 시침을 떼는 능청마저 부려 '역시 저 친구는 달라. 프로야, 프로'라는 기분이 들게 하는 것이다.

소설 쓰기 또는 소설의 문장도 이것과 똑 같다고 보면 틀림없다. 소설 문장의 중요성은, 결과적으로 독자를 본인이 의도한대로 매끄럽게 리드해야 된다는 점이다. 문장의 힘이라고 하면 좀 이상하게 들릴 수도 있겠지만, 자세히 생각해 보면 소설문장에는 독자를 끌어당기는 힘이 있다. 만약 여러분들을 꼼짝 못하게 하는 소설 한 편을 만났다고 치자. 그 순간만은 일상생활의 모든 기능이 잠시 중단된다. 밥을 먹는 시간도 아깝고 전화걸 틈도 없고 심지어는 잠 자는 것도 잊은 채 밤 새워 그 소설 속으로 빨려 들어간다.

이것이 바로 소설의 힘, 즉 문장의 힘이다. 읽으면 읽을수록 빨려 들어간다는 것은 당장 읽고 있는 이야기 뿐만이 아니라 그 다음의 이야기까지 궁금해지도록 자극하고 있다는 의미이다. 바로 이와 같이 힘 있는 문장의 흡인력을 보이기 위해서 작가는 말을 재미있게 하는 사람이 듣는 이의 심리를 꿰고 있듯이, 독자들의 감정을 자신이 원하는 방향으로 능숙하게 리드해 가야 한다. 다음 문장을 통하여 독자를 리드하는 문장의 힘을 느껴보기로 하자.

나는 아무 말도 하지 않았다. 그러나 영화를 보는 동안 나는 묘하게 흥분되었다. 우리의 몸이 따뜻해지기 시작하자 그녀의 몸에서 열대의 습한 꽃잎 냄새가 났다. 그녀의 몸이 자꾸 나에게로 기울어지고 커다란 보자기처럼 펼쳐져 나를 휘감는 것 같았다. 그리고 내 몸의 기류도 내 의사와 상관없이 차츰 그녀에게로 흘러나갔다.

다리에 잔뜩 힘을 주고 있었고 실제로 어떤 뒤채임도 없었음에도 불구하고 나는 그녀와 몸을 뒤섞는 느낌에 빠져 들었다. 극장에서 나오니 여전히 조용한 비가 내리고 있었다. 아까보다는 조금 더 촘촘하고 정다운 비였다. 우리는 다시 어두운 일방통행로를 나란히 걸었다. 그녀가 서두는 기색이 없었기 때문에 나도 천천히 걸었다. 그러다가 어느 순간 그녀가 살며시 팔짱을 끼고 몸의 체중을 나에게 기대왔다.

따뜻하고 깊숙하게 파고드는, 아무런 경계심도 없는 순진무구한 몸. 어쩐지 가슴이 뭉클했다. 우리는 얼굴과 머리가 축축하게 젖었다. 속옷부터 적셔드는 눅눅한 비였다. 나는 차고로 가서 차를 빼내고 그녀를 태웠다. 그녀는 차 속에서 손바닥으로 자신의 얼굴과 머리카락에 묻은 빗물을 쓸어내리더니, 그 축축한 손으로 이번에는 나의 얼굴과 머리카락을 쓸어내렸다.

— 전경린의 「구름모자 벗기 게임」에서

위의 내용은 사실 따지고 보면 아주 흔해 빠진 사랑 이야기이다.

수많은 소설에 등장한 남녀 주인공들은 그동안 수도 없이 이와 같이 데이트를 해왔었다. 그러나 새삼스러울 것도 없는 장면 묘사인데도 왜 위의 글에서는 읽는 이의 시선을 잡아 끄는 힘이 느껴질까. 특별한 서술 어휘나 비유가 있는 것도 아니고 남녀 사이에 기대되는 어떤 격렬한 마주침이 있는 것도 아닐 뿐더러, 주인공들은 영화관의 어둠 속에서 손조차 잡지 않은 것으로 되어 있다.

그러나 남자인 주인공 '나'는 오히려 여자의 적극성을 체감하는 수동적 입장이었음에도 불구하고 '그녀와 몸을 뒤섞는' 느낌에 빠져드는데, 작자는 이렇듯 환상적인 느낌을 소설속의 '나' 뿐만이 아니라 그 작품을 읽고 있는 '나(독자)'에게도 전달되도록 교묘하게 문장의 힘을 구사하고 있다. 특히 인용의 마지막 부분에 이르면 작자의 의도는 분명하게 드러난다.

차 속으로 들어온 여자는 손바닥으로 자신의 얼굴과 머리카락에 묻은 빗물을 쓸어내고 난 뒤 그 손으로 남자의 얼굴과 머리카락도 쓸어내려준다. 가히 도발적이다. 그런데 이와 같이 후덥지근한 장면에서 작자는 오히려 냉정함을 보이면서 독자의 호기심까지도 끌어당겨 감정이입의 상태로 끌어당기기를 시도하는 듯한 모습을 보인다.

대개의 경우 남녀관계의 열정적인 장면을 묘사하는 글을 읽어 보면 어딘가 낯 뜨겁거나, 정서적으로 '싫다'는 생각이 드는 경우가 있다. 왜 아름다울 수도 있는 이야기를 마치 포르노그래피처럼 끈끈하게 풀어가는 것일까. 그러나 그 대답은 간단하다. 그것은 그 글의 작가가, 작가의 의식이, 자기 작품의 주인공들과 함께 움직이고 있기 때문이다.

바로 위의 예문도 결국은 남녀 사이의 '알만한 내용'을 앞서거니 뒤서거니 묘사해 내려가고 있다. '그녀의 몸이 자꾸 나에게로 기울어지고 커다란 보자기처럼 펼쳐져 나를 휘감는 것 같았다'로 시작하여

‘그 축축한 손으로 이번에는 나의 얼굴과 머리카락을 쓸어내렸다’라는 마지막 구절에 이르렀다면, 이 두 남녀의 다음 상황이야 짐작할 만한 일이 아닌가.

그럼에도 불구하고 위의 문장이 한 점의 역겨움도 없이 독자에게 신선한 모습으로 전달되고 있는 것은, 작가 자신이 아주 냉정한 자세로 자기가 쓰는 이야기에 스스로 빠져들어 중심을 잃지 않고, 주인공들은 물론 글을 읽고 있는 독자들까지도 성공적으로 리드해 나가고 있기 때문이다. 바로 이러한 것을, 스토리를 끌고 가는 문장의 힘, 곧 작자의 능청스러움이면서 능력이라고 할 수 있을 것이다.

㉲ 문장의 아름다움

우리 소설에 문장의 아름다움을 돋보이게 한 작가로는 단연 김승옥이 꼽힌다. 한글세대인 김승옥은 다소 투박해 보이기까지 하던 당시의 소설문장을 순식간에 뒤엎는 업적을 기록했다. 1960년대 초 어지러운 시기에 대학생의 몸으로 혜성같이 문단에 나타난 그는 그때까지의 기성작가들이 감히 시도할 수조차 없었던 ‘아름다운 모국어’를 소설 속에서 선보였다.

우리는 논 곁을 지나가고 있었다. 언젠가 여름 밤, 멀고 가까운 논에서 들려오는 개구리들의 울음소리를, 마치 수많은 비단조개 껍질을 한꺼번에 맞부빌 때 나는 듯한 소리를 듣고 있을 때 나는 그 개구리 울음소리들이 나의 감각 속에서 반짝이고 있는 수없이 많은 별들로 바뀌어져 있는 것을 느끼곤 했었다. 청각의 이미지가 시각의 이미지로 바뀌어지는 이상한 현상이 나의 감각 속에서 일어나곤 했었던 것이다. 개구리 울음소리가 반짝이는 별들이라고 느낀 나의 감각은 왜 그렇게 뒤죽박죽이었을까. 그렇지만 밤하늘에서 쏟아질 듯이 반짝이고 있는 별들을 보고 개구리의 울음소리가 귀에 들려오는 듯했었던 것은 아니다. 별들을 보고 있으면 나는 나와 어느 별과 그리고 그 별과 또 다른 별들 사이의 안타까운 거리가, 과학 책에서 배운 바로써가 아니라, 마치 나의 눈이 점점 정확해져 가고 있는 듯이 나의 시력에 뚜렷이 보여오는 것이었다. 나는 그 도달할 길 없는 거리를 보는 데 홀려서 멍하니 서 있다가 그 순간 속에서 그대로 가슴이 터져버리는 것 같았었다. 왜 그렇게 못 견디어 했을까. 별이 무수히 반짝이는 밤하늘을 보고 있던 옛날 나는 왜 그렇게 분해서 못 견디어 했을까. "무얼 생각하고 계세요?" 여자가 물어왔다. "개구리 울음소리" 대답하며 나는 밤하늘을 올려다 봤다.

— 김승옥의 「무진기행」에서

그 이전의 문장이 흑백화면의 영화 같았다고 한다면 그의 소설에 나타난 문장은 칼러화면 같은 입체감을 독자들에게 보여주고 있다. 단순히 논에서 들려오는 개구리 울음소리가 수많은 비단조개 껍질을 맞부빌 때 나는 듯한 소리와 같다는 절묘한 비유만을 얘기하려는 것이 아니다. 그는 일찍이 우리나라 소설에 등장하지 않았던 서술기법, 예컨대 청각의 이미지들이 시각의 이미지들로 바뀌면서 그것이 다시 인간의 심층의식 속에 숨어 있던 감정들까지 끄집어 내어 어떤 '홀림'의 상태로 독자를 유혹하는 문장을 선보였던 것이다.

그로부터 무려 30여년이 흐른 최근의 우리 소설에도 이와 같은 영향은 면면히 살아서, 단순히 문장이 문장만인 것이 아니라 그 문장 속에 인간이 오관을 통하여 느낄 수 있는 모든 것을 아름답게 담으려는 노력이 계속되고 있다.

건너편 야산에는 희디흰 아카시아꽃이 만개해 가을강으로 번져나가는 잔물결처럼 느리게 흐느적거리고 있었다. 그때 호르르륵, 하는 소리를 내며 검은 새 한 마리가 마당을 가로질러 맞은편 야산쪽으로 빨랫줄 같은 선을 그으며 날아 갔다. 그제서야 작지만 수다한 새소리가 저물녘의 숲속에서 밀려나와 남기가 배어드는 허공에다 자수처럼 현란한 성문을 아로새기고 있다는 걸 알 수 있었다. 이 세상의 모든 저녁 풍경은 얼마나 다르고 또한 각별한가.

그렇게 소리 없이 날이 저물고, 어스름이 사물의 경계를 지워나가는 걸 나는 소파에 몸을 묻은 채 묵묵히 지켜보았다. 하늘이 잉크빛일 때 주변의 숲은 먹보랏빛으로 가라앉고, 하늘이 먹보랏빛일 때 주변의 나무들은 이미 온전한 먹빛을 담뿍 머금고 있었다. 세상의 여백이 지워져 나가는 광경은 참혹하리만큼 적막했지만, 내가 어둠의 일부가 되어 함께 침잠하고 있다는 자각은 의외로 마음을 편안하게 만들었다. 은결든 가슴, 어느 한 구석에 어둠에 대한 두려움이 남아 있으랴.

날이 완전히 저물자 더 이상 밖은 내다보이지 않았다. 이렇게 온전한 어둠을 경험한 게 언제였던가, 기억의 암층에서도 비견할 만한 어둠은 선뜻 떠오르지 않았다. 하지만 먹물바다와 같은 어둠 속에서도 나는 무수한 생명감을 느낄 수 있었는데, 낮은 수런거림이나 은밀한 속삭임으로 감지되는 그것들에게서 이질감이 아니라 친근감이 전해지는 게 외려 이상하게 느껴질 정도였다.

느낌이 소리로 변하고, 소리가 감촉으로 변하는 낯선 시간 속에서 나는 참으로 오랜만에 오감이 만개하는 걸 느낄 수 있었다. 그리하여 숲에서 전해져 오는 낮은 수런거림, 무논에서 밀려오는 아련한 개구리 울음소리, 잊을 만하면 한 번씩 허공으로 솟아오르는 밤새의 울음소리를 나는 청각이 아니라 온몸으로 듣기 시작했다.

— 박상우의 「말무리 반도」에서

위에 인용한 「말무리 반도」의 문장과 그 앞의 「무진기행」의 문장은 다르면서도 같고, 같으면서도 다름을 느끼게 한다. 그러나 이 두 인용문을 통하여 우리가 확인할 수 있는 것은, 쓰기에 따라서 우리말도 얼마든지 아름다운 문장으로 바뀔 수 있다는 점이다. 가령 소설을 처음 시작하는 이들에게 위의 인용문에 버금가는 문장들로 한편의 소설을 완성시키라고 주문한다면 그것은 어린아이에게 100m를 11초대에 끊으라는 것과 다를 바가 없으리라. 그러나 어린이가 100m를 18초에 뛸 수 있다면 중학교에 들어가면 14초, 고등학생이 되면 12초대에 뛸 수 있을 것이고, 그 뒤의 노력여하에 따라서는 10초대에로도 진입할 수 있을 것이다.

아름다운 문장쓰기도 이와 같다.

만약 어떤 사람이 담배를 피우고 있고, 그가 담배를 피우고 있는 모습과 담배연기를 동시에 묘사하는 문장을 만든다고 가정을 해보자. 누구나 쉽게 만들 수 있는 문장은 예컨대 다음의 ㉠과 같은 문장이기가 쉬울 것이다.

㉠ 그는 담배를 한 대 꺼내어 불을 붙이고 담배연기를 내뿜었다.

그러나 이와 같은 문장을, 아름다운 문장이라고 말할 수는 없다. 평범한 문장이라기 보다도 오히려 흔해 빠진 문장 쪽에 가깝다. ㉠을 뼈대로 해서 글의 분위기를 바꿔 보자.

㉡ 그의 담배연기는 푸른 빛을 보이면서 허공으로 퍼져나갔다.

이렇게 ㉠의 문장을 ㉡으로 바꾸면 결과적으로 ㉠의 분위기가 바탕에 깔려 있으면서도 조금은 운치가 있어보이는 듯한 끽연의 모습이 된다. 그러나 이런 정도의 문장을 가지고 개성적인 글, 또는 차별화가 이루어진 글, 더 나아가 아름다운 글이라고 이름할 수는 없다. 그런 글이 되기 위해서는 ㉠도 ㉡도 아닌, 그 이상의 수준으로 문장을 끌어올리지 않으면 안된다.

㉢그가 피우는 담배연기는 부드럽게 그의 코를 빠져나와서는 때 맞

쳐 불어오는 바람과 빠르게 뒤섞였다.

위에서 예로든 ㉠과 ㉡의 내용이나 ㉢의 내용이 근본적으로 다른 것은 없다. 그러나 세 문장은 그 서술의 등위에 있어서 모두 같지 않다. ㉢은 ㉠과 ㉡의 아쉬운 점을 보완하면서, 말하자면 차별화를 시도하고 있기 때문이다. 물론 ㉢의 문장으로, 더 이상의 그럴 듯한 표현이 있을 수 없다는 뜻은 아니다. 부연 설명을 한다면, 이와 같이 문장은 그 글을 쓰는 이가 신경을 쓰면 쓸수록 달라져 간다는 것이다.

문장력 특히 아름다운 글을 쓰는 능력은 하루 아침에 길러지지는 않는다. 선배작가들의 작품을 부단히 읽으면서 장단점을 분석하고 명문을 익히며, 문장실습을 끊임없이 계속하는 것만이 빼어난 글을 쓸 수 있는 지름길이다.

㉺ 문장 실습

지금까지 검토해 온 것은 개성적인 글과 감수성, 문장의 힘과 스토리, 문장의 아름다움에 대해서였다. 그러나 이를 위해서 참고로 제시된 문장은, 오랜 기간을 두고 갈고 닦아 이미 자기의 문장을 확보한 기성문인들의 글이었다. 그랬으므로 당연히 빼어났고 아름다운 글들이었다. 그러나 이보다 더 중요한 것은, 이제 막 소설의 길에 입문한 초심자가 도대체 어떤 방법으로 자신의 글을 진단하고 보완·수정해 나가야만 하는가 라는 점일 것이다. 참고로, 과제물로 제출받았던 학생들 작품 가운데 한 문장을 텍스트로 삼아 분석해 보기로 한다.

경기도 곤지암에 도착했을 때 시간은 오후 한 시가 다 되었다. 금방이라도 기울어진 듯한 간이건물이 두 채가 아슬아슬히 서 있었고 간이건물 그림자에 묻힌 수돗가에는 작은 아버지가 세수를 하고 있었다. 차문을 닫는 소리에 돌아본 것인지 작은 아버지가 이쪽을 보더니

이가 모두 드러나도록 반가운 웃음을 지었다. 어깨에 둘렀던 수건으로 대충 물기를 닦고 수도 꼭지 위에 수건을 걸친 후 내가 있는 쪽으로 걸어왔다.

— 학생의 습작품에서

위의 글은 학생이 과제물로 제출했었던 작품 가운데 시작부분의 한 단락이다. 얼핏 보자면 이 글은 무난한 듯이 보인다. 그러나 꼼꼼히 들여다 보면 몇 가지의 문제점을 발견하게 된다. 이러한 문제점은 소설쓰기를 처음 시작하거나 또는 습작기에 있는 이들이라면 누구나 갖고 있는 것들이므로, 보다 완전하고 아름다운 문장을 지향한다는 전제 아래 함께 짚어보는 시간을 갖기로 한다.

먼저, 윗글이 묘사하고 있는 장면이 너무 평이한 데 문제가 있다. 나는 일부러 차를 끌고 작은 아버지를 찾아 갔는데 작은 아버지는 이가 드러나도록 반가운 웃음을 짓고 있다. 이 글의 앞 뒤 부분을 보면, 조카의 갑작스런 방문을 숙부는 모르는 것으로 되어 있다. 조카가 예정에도 없이, 예고도 없이 불쑥 찾아온다는 것은 숙부로서는 의외의 일이다. 그렇다면 조카의 느닷없는 출현에 숙부는 최소한도 의아해 하거나 어리둥절 하여서 뒤에 따라올 이야기에 연결고리쇠를 거는 예비동작쯤으로 처리했어야 하지 않을까.

다음으로는 문장이다. "경기도 곤지암에 도착했을 때 시간은 오후 한 시가 다 되었다." 라는 귀절에서의 문제는, 경기도 곤지암이 목적지가 아니라는 점이다. 특히 이 귀절에서는 주어조차 생략되어 있으므로, "작은 아버지를 만나기 위해 경기도 곤지암에……"라고 하거나 또는 "내가 작은 아버지를 만나기 위해 곤지암에……"라고 짚어 주었더라면 독자는 더 이해하기 쉬웠을 것이다.

그리고 "시간은 오후 한시가 다 되었다"는 '시간'이 아니라 '시각'

이어야 옳다. 왜냐하면 '시간'은 어떤 시각과 시각의 사이를 일컫는 말이고 '시각'은 그 시간 가운데 특정한 한 점을 이르는 말이기 때문이다. "금방이라도 기울어질 듯한 간이건물이 두 채가 아슬아슬히 서 있었고……"를 읽어 보면 문법적으로 조사활용에 문제가 있음을 금방 알 수 있게 된다. "간이건물 두 채가 아슬아슬히……"는 마땅히 "간이건물 두 채가 아슬아슬하게……"로 수정되어야 한다. 그리고 "금방이라도 기울어질 듯한……"도 문제가 있다. 이미 기울어져 있는 상태이므로 그 다음은 무너지거나 쓰러져버리는 단계일진대 "금방이라도 무너져버릴 듯한……" 또는 "금방이라고 쓰러져 버릴 듯한……"으로 바꿔야 옳을 것이다. "차문을 닫는 소리에 돌아본 것인지 작은 아버지가 이쪽을 보더니……" 한 문장 속에 '돌아본'과 '보더니'가 자리잡고 있어서 한 문장 안에서 단어의 중복사용을 되도록 피하는 원칙에도 어긋날 뿐 아니라, 작자의 신중치 못한 어휘구사력을 엿보게도 해준다. 이 글을 "차문을 닫는 소리에 돌아본 것인지 이쪽을 향하더니……"로 바꾸거나 또는 "차문을 닫고 고개를 돌리니 작은 아버지가 이를 모두 드러내며 나를 향해 반가운 웃음을 짓고 있었다." 라고 하면 보다 더 선명한 문장이 될 것이다.

마지막 구절을 보자. 이 문장에서의 주어는 '나'가 아니라 작은 어버지이다. 그런데 앞 문장과의 접속이 매끄럽지 않아서 어설픔을 면할 수가 없다. 만약 '그리고는'이 앞에 들어가서 "그리고는 어깨에 둘렀던 수건으로……"라고 이어졌으면 훨씬 매끄러운 흐름이 되었을 것이다. 다음으로는 한 문장안에 특별한 이유도 없이 '수건'이라는 명사가 두 번 사용되고 있다. "그리고는 어깨에 들렀던 수건으로 대충 물기를 걸어낸 다음 내가 있는 쪽을 향하여……"라고 이어져도 아무런 문제가 없다. '수건으로 물기를 닦고 수도꼭지 위에 수건을 걸친'다고까지 구태여 중복 설명을 할 필요가 과연 있었을까.

위의 예문을 다른 감각으로 바꿔본다면 다음과 같은 문장이 될 수 있을 것이다.

내가 문득 작은 아버지를 만나기 위해 곤지암으로 찾아갔을 때는 오후 한시가 다 되어가는 시각이었다. 바람도 한 점 없는, 그야말로 뜨겁고 매운 한낮이었다. 혹은 기억을 더듬고 또는 물어물어 작은 아버지의 거처에 이르니 금방이라도 무너져내릴 듯한 낡은 건물 두 채가 마당 사이에 마주보며 서 있었다. 그 마당 한구석에서 몸을 씻고 있던 작은 아버지는 내가 차문을 힘껏 닫고 얼굴을 돌리자 비로소 오래간만에 찾아온 조카를 알아본 모양이었다. 그리고는 어깨에 둘렀던 수건으로 대충 물기를 걷어낸 다음 내가 있는 쪽을 향하여 걸어오면서 이가 모두 드러날 정도로 반가운 웃음을 지었다. 예의 그 '끝없이 사람을 좋아 보이게 하는' 소문난 웃음이었다.

소설을 써본 경험이 많지 않은 작자의 글을 이런 식으로 첨삭한다면 누구나 좋은 기분이 되기는 어려울 것이다. 경우에 따라서는 자신이 쓴 글의 '고쳐야 할 점'은 접어둔 채 칭찬만을 기다리고 있었는지도 모른다. 그러나 계속 써보고 고치고 하는 일련의 작업을 거듭하는 것 이상의 왕도는 없다. 특히 문장수련에 있어서는 가혹할 정도로 이 원칙이 들어 맞는다. 문장수련이 제대로 된 사람, 예컨대 치열한 수련을 거친 사람과 거치지 않은 사람의 차이는 실로 엄청나다. 대수롭지도 않은 얘기를 줄줄 써내려가고 읽히도록 만드는 비결이 문장력의 힘이라면 아주 훌륭한 얘기를 도저히 읽을 수 없는 수준으로 망쳐버리는 것도 다름아닌 문장력 때문임을 알아야 한다.

그러기에 아무리 투철한 주제의식으로 선택된 제재를 긴밀한 구성으로 써 놓았다고 해도 그것을 수용해 낼 수 있는 문장, 문체로 서술하지 않으면 소설이 될 수 없다. 따라서 문장, 문체는 소설을 소설답게 하는 표현의 유일무이한 기법이다.

　이러한 표현의 기법을 향상시키기 위한 요령에는 다음 몇 가지의 힌트가 도움이 될 수 있을 것이다.

　　㉠ 우리 말의 구사력을 익히기 위해 어휘를 익힌다.
　　　(예, '검다'와 관계되는 비슷한 표현을 10개 이상 떠올려 본다. 새카맣다. 까무잡잡하다. 검푸르다 ……)
　　㉡ 형용사나 부사등을 활용하여, 기성작가의 문장을 자기나름으로 고쳐 본다.(예, 그는 걸어갔다.
　　　→ 그는 묵묵히 생각에 잠겨서 자기가 걸어왔던 길로 쓸쓸히 되돌아 갔다.)
　　㉢ 아름다운 표현, 매력적인 문장을 노트에 옮겨 적고 이를 자기의 문장 으로 바꿔서 '자기화'시켜 본다.
　　㉣ 언어의 정확성을 기하기 위해 국어사전을 늘 곁에 가까이 둔다.

4. 기법

1) 이야기의 전개

　여러분들은 소설에 있어서의 구성이 플롯이고 그 3요소가 인물, 사건, 배경임을 익히 배웠을 것이다. 그러나 이러한 것들은 문학이론에 관한 필기고사에서는 힘을 발휘할지 모르지만 막상 소설쓰기의 실제 상황에 들어오면 별 도움이 되지 않는 것을 경험했을 것이다. 이론과 실제가 일치하지 않는 것이 한 두 가지가 아니겠지만 특히 소설창작에 있어서의 이론과 실제는 엄청난 거리가 있는 경우가 많다.

　이와 연관되는 비유로 여러분들은 소설쓰기의 준비 단계에서 배운 '난초를 그림에 있어서 법이 있어서도 안되지만 법이 없어서도 안된 다(寫蘭有法不可　無法亦有不可)'는 추사 김정희의 지적을 기억할 수 있을 것이다. 소설의 전개, 즉 구성도 이와 같다. 인물과 사건 그리고 그것들의 배경이 아주 자연스럽고 능청스럽게 이야기 속에 무르녹아서 설득력을 얻어야 한다.

만약 여러분들이 한 우직한 경찰관을 그리고자 생각했다고 치자. 그리고 그의 정의감과 그런 정의감만이 이 혼탁한 사회를 지켜주는 횃불이라는 메시지를 주제로 정했다고 하자. 그렇다면 이를 형상화시키기 위하여 소설의 핵심이 되는 스토리는 어떤 방향으로 흘러가야 좋을 것인가. 바로 이런 경우에, 소설 구성의 3요소로 알려진 인물, 사건, 배경을 얽어 짜 놓으면 뜻밖에도 사건이 머리 속에서 쉽게 풀려나가는 것을 느낄 수가 있다.

⑦ 인물 = 한 경찰관이 있다. 그는 우직하며 불의를 보면 참지 못하는 성격이다. 이 점 때문에 관할구역에서는 물론 동료들 간에도 트러불이 자주 발생한다.

⑭ 사건 = 어느 날 순찰을 돌다가 불량배들이 행인을 괴롭히는 장면을 목격, 연행하던 중 격투가 벌어지고 그 과정에서 경찰관은 과실치사로 사람을 죽였다.

⑮ 배경 = 그런데 그 현장을 목격한 인근 업소의 주인들은 그 경찰관에게 유리한 증언을 하려하지 않는다. 그 우직한 경찰관 때문에 평소 영업에 지장이 많았다고 생각해 온 그들은 이번 기회에 그가 영원히 경찰복을 벗는 것이 더 좋겠다고 생각하고 있기 때문이다.

물론 이런 정도의 줄거리라면 비디오 세대인 여러분들은 얼마든지 만들어 내고 또 생각해 낼 수 있을 것이다. 그런데 이 이야기를 들여다 보면 <그래서?>라는 질문과 결정적으로 마주치게 된다. 위의 ⑦⑭ ⑮ 즉 인물, 사건, 배경으로 이야기의 모티브는 만들었지만 정작 중요한 것은 그 다음부터의 '이어지는 이야기'일 것이기 때문이다.

이럴 경우의 한 방편으로 우선 그 경찰관의 개인적인 이력을 만들 수 있을 것이다.

군에서 제대한 뒤 그는 애인과 앞날을 설계하며 밤길을 걷고 있었다. 그러다가 그는 일단의 불량배들을 만났고, 실신이 되도록 두들겨 맞았으며 애인은 그들에게 끌려가 폭행을 당한 뒤 수치심에 못이겨 자살했다. 그리고 현장을 목격한 사람조차 그들에 관해 누구도 증언해 주지 않았다. 그는 진로를 바꿔 경찰관이 되었고 격투기를 익혔다. 자신만이라도 정의를 지키겠다는 사명감 아래……

그러나 이런 정도의 이야기로는 소설의 반열에 오르기가 부족한 내용이다. 좀 더 공감이 갈 내면적인 갈등을 이끌어내야 한다. 그러기 위해서는 경찰관의 개성에 엑센트를 줄 필요가 있다.

경찰관은 자진해서 우범지구를 담당하고, 청소년이나 부녀자의 출입을 적극적으로 통제한다. 업소들의 영업은 자연히 활기를 잃고 그 경찰관에 대한 원성이 차츰 고조되어 가던 중에 이와 같은 사건이 일어났던 것이다. 업소의 주인들은 그 불량배의 죽음보다도, 그로 인해서 책임추궁을 받게 될 경찰관에 대해서 더 관심이 많다. 자연히 그 경찰관에게 유리한 증언이 나올 분위기는 아니다.

그러나 이 지점까지 얘기를 만들어왔다고 하더라도, 아직 작품의 주제로 설정한 '한 개인의 정의감과 그런 정의감만이 이 혼탁한 사회를 지켜주는 횃불'의 메시지는 나타나지 않고 있는 것이다. 만약 위의 스토리를 한 편의 진짜 소설로 완성시키고자 한다면, 그리고 그 주제를 변함없이 '정의감의 구현'에 맞추기로 한다면, 이 이야기에는 그 정의감의 실체 곧 주인공의 입장을 설명해 줄 다른 인물이 필요하다는 것을 깨닫게 된다. 즉 주인공 자신이 자신의 입장을 밝히기보다는, 주인공에 공감하는 제3의 인물을 등장시키고 그가 주인공의 바톤을 이어받아 갈등을 겪어나가는 과정에서 비로소 '정의감'의 깃발을 세우는 실마리가 찾아질 수 있을 것이다.

바로 이와 같은 이야기의 전개 능력을 우리는 곧 작가의 능력이라고 보아야 한다. 상식적인 이야기를 가지고 비상식적인 차원으로 끌어올린다든지 더 이상 출구가 보이지 않는 듯한 이야기를 순식간에 엉뚱한 방향으로 회전시키는 것이야말로 유능한 작가의 필수요건일 것이기 때문이다.

참고로, 세계명작의 하나로 널리 읽혀지고 있는 러시아의 문호 도스토예프스키의 『죄와 벌』을 통하여 소설의 구성, 즉 이야기의 전개를 살펴보기로 하자.

㉠ 대학생 라스콜리니코프는 초인주의 사상에 빠져서, 선택된 사람은 인류의 행복을 위해 죄를 범해도 무방하다는 생각을 갖게 되었다. 또한 그는 이 세상에서 별반 쓸모도 없는 사람들이 돈을 많이 갖고 있거나 악착같이 버는 데 무한한 증오심을 갖고 있었다. 그러다가 그는, 자신이 종종 이용하는 전당포 노파가 비열한 방법으로 돈을 모으고 있으며, 그 노파야말로 쓰레기와 같다는 생각을 하게 된다.

㉡ 라스콜리니코프는 우연한 기회에 그 전당포 노파가 일곱시에는 혼자 있게 된다는 것을 알게 되고 이 챤스에 초인주의 사상을 실천에 옮길 것을 계획하고, 노파를 살해한다. 그는 거기서 한걸음 더 나아가 노파의 여동생인 노처녀 리자베타가 돌아오자 그녀마저 도끼로 내리쳐 죽인다. 언니인 노파로부터 온갖 구박을 받으면서도 선량하게만 살아온 불쌍한 여인까지 살해했던 것이다.

㉢ 그러나 그가 굳게 신봉했던 초인주의 사상에도 불구하고 그의 내부에는 이미 자신은 초인이 될 수 없다는 회의가 싹 터 올랐고 어쩔 수 없이 불안과 고독의 수렁으로 빠진다. 마침내 몸은 비록 창녀이지만 정신만큼은 순결한 소녀에게 감화를 받고 자수하여 시베리아로 유형을

떠난다.

도스토예프스키는 이 소설을 통하여, 사랑에 바탕을 두지 않는 인간의 의지는 오류를 범하기 쉬우며 삶의 밑바닥에 내던져진 인간이라 할지라도 죄를 뉘우치고 회개하면 구원받을 수 있다는 기독교적 사랑과 인종의 사상을, 당시의 어지러운 러시아 사회에 메시지로 던지기 위해서 이와 같은 이야기를 전개시켰던 것이다.

이상과 같이 우리는 두 편의 이야기를 소설로 전개시키는 방식을 알아 보았다. 경찰관 이야기는 소설을 막 시작하는 초심자들이 흔히 구상하게 되는 이야기의 흐름이며 「죄와 벌」은 세계명작을 핵심 줄거리로 요약해 본 것이다. 이 두 이야기 사이에는 엄청난 거리가 있는 듯이 보이지만 실은 그렇게 두려워 할 정도로 먼 거리가 있는 것도 아니다.

소설쓰기 또는 이야기의 전개는 마치 자전거 타기나 자동차의 운전과 다를 바가 없다. 처음에는 서툴고 어색하지만 그것을 거듭하는 사이에 요령이 생기고 수준이 높아지고 나아가서는 행복감을 느낄 수 있는 단계에 도달하게 된다.

2) 발단과 결말

'시작이 좋으면 끝도 좋다'라는 말처럼, 좋은 시작을 할 수만 있다면 좋은 결말을 절반 이상을 보장받은 것이나 다름없다. 단편소설의 고전이라고 일컬어지는 모파상의 「목걸이」첫 부분과 마지막 부분을 참고해 보자.

㉮ 가난한 월급장이 가정에 운명의 신이 과오를 일으켜 태어났다고밖에 할 수 없는 세련되고 아름다운 아가씨가 간혹 있는데, 그녀도

그런 사람 중의 한 명이었다. 지참금도 없거니와 유산을 물려받을 기대도 없었다. 더군다나 돈 많고 훌륭한 남성들과 가까워져서 사랑을 하고 청혼을 받을만한 그런 연줄이 있는 것도 아니었다. 그래서 결국에는 문교부에 근무하는 말단 공무원과 결혼하고 말았다. 그녀는 몸치장을 할 여유도 없이 소박한 차림새로 살아가고는 있었으나, 마음속으로는 궁색하기 짝이 없는 자신의 처지가 가엾어서 견딜 수가 없었다.

  ㉯ 친구는 소리를 질렀다. "아니…… 어머 가엾어라, 마필드…… 어쩌다가 이렇게 변했니?"

  "응, 참 고생을 많이 했어. 우리가 마지막 만났던 후로…… 그 심한 고생살이가 다…… 너 때문이었단 말이야!"

  "나 때문이었다고? 아니 왜?"

  "내가 장관댁 무도회에 가려고 너에게 빌렸던 그 다이아몬드 목걸이가 생각 안 나? 그것을 그 때 내가 잃어 버렸던 거야."

  "뭐라고, 그것은 나한테 돌려줬지 않아?"

  "내가 돌려준 목걸이는 똑같지만 사실은 같은 게 아니었어. 그 빚을 갚느라고 이렇게 10년이 걸렸지. 빈털털이였던 우리에게 그게 어떤 시련이었으리라는 것은 정말 아무도 모를거야. 그러나 결국 다 해결 되었어. 지금의 기분은 날아갈 것처럼 후련해."

  "그럼 내 것 대신에 다른 다이아몬드 목걸이를 사 왔단 말이야?"

  "그럼 아직까지 그걸 몰랐군. 하긴 아주 모양이 똑같았으니까."

  그녀는 순박하고 자랑스럽게 기쁜 미소를 지었다. 그러자 포레스띠어 부인은 매우 감동이 되어 친구의 두 손을 붙잡았다.

  "아, 가엾은 마필드! 내 것은 가짜였는데. 기껏해야 오백프랑밖에 안 나가는……"

 앞 인용문 중 ㉮는 서두, 즉 발단부분이고 ㉯는 결말부분이다. 그런데 유심히 살펴보면 이 작품의 내용을 잘 모르는 사람이라 할지라도

㉮와 ㉯만으로도 이 이야기의 흐름을 짐작할 수 있도록 쓰여졌다. 이와같이 한 작품의 발단과 결말은 상호 유기적이다. 소설을 쓸 경우 대부분의 사람들이 첫 구절, 첫 문장, 첫 단락을 여러번 고쳐 쓰게 되는 것도 바로 이 때문이다.

그러므로 소설의 서두 부분이 훌륭하게 떠올랐으면 이미 '시작이 반'이라는 말처럼 절반은 성공한 것이고 절묘한 마지막 장면이 준비되어 있으면 그 나머지의 반도 이미 성공한 것이나 다름 없다고 하겠다. 성공한 작품들의 공통적인 특징은 발단과 결말 부분이 잘 짜여진 카페트처럼 정교하게 연결되어 있음을 알 수 있다.*

V. 희곡, 어떻게 쓸 것인가

1. 희곡이란 무엇인가

1) 희곡의 어원과 해석

희곡(戱曲 : Drama)은 우리가 알고 있는 바와 같이 시나 소설처럼 문학을 구성하고 있는 한 장르이다. 그러나 희곡은 다른 문학의 장르가 직접 독자를 상대하는 것과는 달리 무대상연을 전제로 한다는 특수성과 제약성을 가지고 있기 때문에, 순수한 문학 장르의 하나로 수용되는 것이 아니라 문학성과 연극성이라는 이원론적인 입장에서 이해되는 경향이 있다.

희곡이란 말의 어원을 찾아들어가 보면 영어로 'play' 혹은 'drama'라고 불리는데, 'drama'는 고대 그리스어의 '행동한다'라는 뜻을 가진 'dran'에서 유래하였고 고대 영어인 'play'는 '유희한다'는 뜻을 가진 말로써, 희곡이란 말 자체가 연극성을 내포하고 있으므로 근본적으로 희곡이란 연극을 위한 대본으로서의 문학이라고 하겠다. 이런 점과 연관하여 연극에서도 희곡을, 배우나 극장·관객등과 더불—— 연극의 기본적인 구성요소의 하나로 받아들여지고 있다.

이러한 특징에서 보는 바와 같이, 희곡은 무대상연을 전제로 한다는 조건 때문에 다른 문학 장르들과 비교해서 근본적인 차이점을 지니게 된다. 희곡은 연극의 공연과 마찬가지로 동작을 중심으로 발전한 것이지만, 희곡 속에 나타난 행동은 시각에 의존한 육체적 표현이기 때문에 희곡을 읽을 때 소설을 읽듯이 그렇게 물 흐르듯이 읽어나갈 수는 없다. 어디까지나 머리 속에서 무대를 상정하면서 극적인 상상력을 동반해야만 작품 감상이 제대로 이루어질 수 있는 것이다.

2) 희곡의 본질과 특성

희곡은 연극으로 공연되어지기 위해 쓰여진 장르라는 점을 제외하고는 소설과 몇가지 점에서 공통점을 지닌다. 우선 소설처럼 스토리가 중심이 되며 여러 사람들이 등장하고 등장 인물들끼리 성격적 대결을 벌이는 갈등구조를 띠고 있으며 전개방식 역시 <발단> <전개> <위기> <결말> 또는 <발단> <전개> <위기> <절정> <결말>의 단계를 거치고 문체마저 산문적이라는 점이 그것이다.

그러나 연극으로 공연하기 위한 장르라는 전제 때문에 협의의 희곡인 경우, 소설과는 여러가지 다른 특징을 지닌다. 우선 스토리의 전개 방향을 보자. 소설은 근본적으로 과거가 현재의 상태에서 그려지지만 희곡은 현재에서 미래를 지향하며, 과거는 현재의 대사 속에 포함시킨다. 그리고 이런 차이 때문에 스토리의 하위 단위인 각 장면에 대한 시간 배분 역시 달라진다. 소설의 경우에는 작품 속에 설정된 '허구의 시간'을 정지시켜서 무한히 묘사하거나 분석할 수 있으므로 대부분의 작품들은 허구의 시간과 독서의 시간이 당연히 어긋나기 마련이다. 그러나 희곡은 행동과 대사를 반드시 거쳐야 하는 제약 때문에 특별한 경우가 아니면 허구의 시간과 관객의 시간을 일치시키는 것이 원칙이다.

희곡은 소설에 비하여 전개의 방식에서도 많은 차이를 지닌다. 소설과 마찬가지로 4단계 내지 5단계로 구성해서 전개해 나간다는 점은 비슷하지만, 스토리를 전개하기 위해서 시간적 공간적 배경을 임의로 바꿀 수 없다는 점이 다르다. 소설 속에서는 수십 년 수백 년 동안이라는 시간이 흐르고 또 공간을 무수히 이동해도 그 스토리의 전개는 주인공의 행위가 지니고 있는 의미 단위로 구성되지만 희곡에서는 이와 같이 시간과 공간의 이동을 마음대로 처리할 수가 없다.

이와 같은 차이는 문체면에서도 발견된다. 희곡의 문체는 크게 보아 배우가 직접 이야기 하는 대사와, 연극 밖에서 전지적 작가의 시점에서 작중상황을 설명하는 해설과, 배우의 연기나 무대설치를 지시하기 위한 지문으로 나눌 수 있다. 그리고 이와 같은 것들은 산문으로 쓰여지며, 작가와 작중인물의 것으로 나뉘어진다는 점에서는 소설과 같다고 할 수 있다.

그러나 소설에서 작중 인물이 주고 받는 대사와 희곡에서 작중 인물이 주고 받는 대사는 분명히 다르다. 모두가 인간이 일상생활에서 주고 받는 대화를 모방한다는 점에서는 같겠지만, 전자는 음성의 강약·장단·고저·음색을 비롯하여 화자의 표정 등의 도움을 대부분 받을 수 없기 때문에 이러한 요소에 특별한 의미를 두지는 않는다. 그러나 희곡의 대화는 음성의 강약·장단·고저·음색을 특별히 중시하는 구어적 문체를 중시하지 않을 수 없다.

인물이 처한 상황이나 그의 내면에서 진행되는 심리 상태를 설명하는 해설 역시 마찬가지이다. 그와 같은 해설은 극의 진행을 중단한 상태에서만 제시할 수 있기 때문에 막과 막 사이에서만 사용되고 나머지는 모두 배우의 연기와 무대 장치에 의지하지 않으면 안된다. 이런 이유 때문에 작중 인물의 심리 상태나 그가 취한 행동이 지니는 의미를 설명하는 작가적 해설은 개입할 여지가 없다. 그래서 다른 문학작품들처럼 인물·장소·소리·냄새등의 감각적인 내용을 설명하는 직접적 묘사를 할 수 없을 뿐만이 아니라 — 등장인물이 처한 상황과 심리 상태에도 직접적인 언급을 가할 수 없다고 말한 것도 이와 같은 이유 때문인 것이다. 이와 같은 어쩔 수 없는 한계와 제약성 때문에 희곡은 차츰 세력을 잃고 현대문학의 주도적 위치를 소설에게 양보하고, 영상 쪽의 영화나 TV드라마에게도 밀리는 듯한 인상을 보여주게 되었다.

3) 희곡과 연극·시나리오와의 관계

① 희곡과 연극의 관계

희곡은 문학 장르로서 존재하나, 연극은 문학이 아니다. 희곡이 문자를 매개로 표현되어진 문학의 형태로 존재를 드러낼 때 연극은 그것을 무대 위에서 상연함으로써 비로소 존재의의를 갖게 되는 것이다. 이렇게 희곡이나 연극은 그 자체로서의 장르적 의미를 지니기보다는 상호연관되는 측면에서 서로의 양식에 그 특질을 부여하고 가치를 지닐 수 있는 협력관계에 놓여진다.

따라서 희곡이 없는 연극은 존재할 수가 없다. 그러므로 희곡이 문학작품으로 창작될 때부터 이미 희곡은, 연극에서 요청하고 있는 형태적인 면이나 내용적인 면에 영향을 받을 수밖에 없는 것이다. 장편 대하소설과 달리 상연과 관계되는 분량의 제한이 따르고 그 분량조차도 무대 조건에 의하여 분산배치되어야 하며, 궁극적으로 관중을 상대로 하는 극적효과를 염두에 두어야만 희곡작품으로서의 가치를 인정받게 된다는 얘기이다.

이와 같이 희곡은 무대예술을 창조하기 위해 선행적으로 제공되는 문학작품, 즉 연극의 한 중요한 구성요소로서 연극 안에서 위치를 점유하고 있다. 연극에 있어서 희곡은 대본으로서, 연출가와 연기자에 의해 창조되는 작품의 한 요소에 지나지 않는 듯 보이기도 하지만, 희곡에 의하여 재구성 되는 무대예술의 근본이 된다는 점에서 희곡은 실제의 인생을 가장 생생하게 전달할 수 있는 문학적 생명력을 가지고 있다고 보아야 할 것이다.

② 희곡과 시나리오와의 관계

희곡이 연극의 상연을 전제로 씌어지는 것이라면, 시나리오는 영화를 전제로 창작되어진다는 점에서 각각 공통점을 지닌다. 즉, 연극이나 영화에서 요청하는 조건을 수용한 전제 아래서 두 양식은 존재하며 종합예술의 한 부분으로서의 의미를 지니는 것이 된다. 또한 두 양식이 극적 구성을 본질로 하는 점이나 대화를 중시하고 대화에 의하여 이야기를 이끌고 가는 점 등에서 서로 유사한 공통점을 나타내고 있다.

그러나 기본적으로 확인해야만 할 문제는, 희곡이 엄연한 하나의 문학장르로서 인정받고 있는 반면 시나리오는 일반적으로 문학 장르의 카테고리 속에 포함되지 못하고 있다는 점이다. 그 이유는 희곡이 연극에 대해 지니는 주체적이고도 독립적인 성격을 갖고 있는데 비하여, 시나리오는 영화에 주체적으로 독립되어 있지 못하고 영화 전체 가운데 한 부속적인 성격으로 강하게 인식되어 왔기 때문이다. 또한 희곡이나 시나리오가 모두 문자로 표현된 것임에도 불구하고, 희곡이 문장에 의해서 이야기를 전달코자 하는 문학적 성격이 강한데 반하여 시나리오는 그 문장이 시각적인 면에 편중되어 있음으로해서 문학작품으로서의 균형감각을 잃고있는 것도 한가지 원인이 될 것이다.

　그러나 한편으로는 희곡이 문학의 한 장르이며 희곡을 통한 연극과의 관계를 인정받고 있듯이, 시나리오도 그것을 통한 영화예술과의 관계를 고려할 때 문학 장르의 하나로 인정하지 않을 수 없다는 주장도 널리 퍼지고 있다. 왜냐하면 시나리오가 언어와 문자를 매개로 하여 궁극적으로는 예술성을 추구해나가고 있음이 이미 분명해졌기 때문이다. 그러므로 시나리오가 희곡처럼 문학의 장르에 포함될 수 있는가에 대한 견해는 — 그와 유사한 장르인 희곡의 특성과 비교해 볼 때 장차 시나리오가 어떤 노력을 기울여야만 군더더기 없이 문학의 한 장르로 대접받을 것인가에 대한 답이 될 수 있을 것이다.

4) 희곡의 갈래

　희곡은 그 성격에 따라서 비극 tragedy, 희극 comedy, 비희극 tragicomedy로 나눌 수 있고, 형태에 따라서 보통극과 음악극으로 나눌 수 있고, 길이에 따라서는 장막극 중막극 단막극으로 나눌 수도 있다. 공연장소를 전제로 한 희곡일 경우에는 옥내극, 옥외극, 반옥외극, 가두극, 이동극 등으로 나눌 수도 있으며 이 이외에도 여러가지 방법으로 분류할 수가 있다. 그러나 여기서는 가장 보편적인 분류방식에 따라 비극과 희극 그리고 비희극으로 나누어 살펴 보기로 한다.

① **비극**

　비극의 개념은, 삶의 주체인 인간이 변화무쌍한 인생의 흐름이나 또는 개인의 능력으로는 어찌할 수 없는 장벽 앞에서 본인의 의지대로 행동할 수 없다는 명제에서부터 출발한다. 예컨대 소포클레스 Sophocles 걸작 비극인 「오이디푸스 왕 Oidipous Tyrannos」를 보면, 과

연 인간이라는 존재가 자기 앞에 회오리처럼 닥쳐오는 운명의 갈퀴질을 피할 수 있는가에 대하여 심각한 회의를 머금지 않을 수 없게 된다. 잠시 그 줄거리를 살펴보자.

오이디푸스의 부모인 라이오스 왕과 왕비인 이오카스테는 오이디푸스를 낳자마자, 그가 아버지를 죽이고 어머니를 아내로 삼을 저주받은 운명이라는 예언에 놀라 갓난아기인 오이디푸스를 내다버림으로써 그 비극에서 벗어나고자 한다. 그러나 오이디푸스는 어느 목자의 손에 구출되어 코린토스 왕가에서 자란다. 세월이 흘러 장성한 오이디푸스는 어느 장소에서 라이오스 왕을 만나 그가 생부인 줄 모르고 죽인 뒤 테바이로 들어와 스핑크스의 수수께끼를 풀고 왕위에 올라 생모인 이오카스테를 아내로 맞는다. 이들이 자녀를 낳고 편안한 생활을 하고 있을 때 갑자기 테바이에는 전염병이 창궐하게 된다. 오이디푸스는 마침내 아버지를 죽인 범인이 자기 자신이며 자기의 아내가 친어머니였음을 알게 되자 스스로 장님이 되고 방랑의 길을 떠난다는 ― 엄청난 내용의 줄거리이다.

이와 같이 비극은, 우리의 삶을 만들어 가거나 파괴하는 힘이 인간의 이성이나 정의 또는 도덕심 안에 있는 것이 아니라 그것들의 밖에 있다는 ― 부조리의 깨달음을 보여주는 것이며 이러한 삶에 대한 비극적 인식이 희극의 내용이 된다. 즉 「오이디푸스 왕」에서의 경우처럼, 누구라도 인간이라면 갓난아이가 장차 자라서 살부혼모(殺父婚母)하리라는 확신이 섰을 때 버리지 않을 수 없을 것이다. 그리고 오이디푸스가 세상에 나와 만난 라이오스가 자기 아버지인 줄 알았더라면 결코 죽이지는 않았을 것이다. 또 라이오스의 죽음으로 혼자 나라를 다스리기가 벅찬 여왕이 스핑크스를 물리친 사람과 결혼하겠다는 조건을 내세우는 것도 이해가 된다. 스핑크스를 물리칠 수 있는 사람이라면 훌륭한 남자일 것이고 그런 남자라면 능히 왕위에 올라 나라를 다스릴 수 있고, 왕자가 아닌 사람이 왕위에 오르려면 여왕과 결혼하는 것 이외에는 선택의 여지가 없었기 때문이다.

이와 같은 비극의 유형은 크게 '운명' '성격' '상황'으로 나눌 수가 있다. 앞의 「오이디푸스 왕」은 인간의 힘으로는 어쩔 수 없는 운명에 의해 파멸되었기 때문에 첫째 유형에 해당되고, 셰익스피어 W. Shakespeare의 「햄릿」은 성격 때문에 가져온 파멸이므로 둘째 유형인 '성격'에 해당되고, 입센 H. J. Ibsen의 「인형의 집」에서의 여주인공 노라는, 결혼 전에는 여성을 보모의 인형으로 그리고 결혼 후에는 남편의 인형으로 취급하는 사회적 환경 즉 상황 때문에 싹 튼 비극이므로 세번째 유형에 해당된다.

그러나 운명비극에 등장한 인물이라고 해서 다른 유형의 비극으로 고쳐쓸 수 없는 것은 아니다. 주역이 파멸의 길로 접어든 원인을 그의 성격이나 유전에 초점을 맞추면 성격비극이 되고 그를 둘러싼 사회적 환경에 초점을 맞추면 상황비극이 된다. 이와 같이 작가가 선택하는 그와 같은 초점은 그 시대 또는 그 작가의 가치관이나 인생관 또는 세계관의 반영이라고 할 수 있다.

② 희극

희극 즉 'comedy'는 그리스어 'komoidia' 에서 유래되었는데 기원전 456년 아테네에서는 민중의 전통적인 제례행렬을 국가적인 행사로 받아들였고, 그 행렬을 'komos'라고 했으며 그 행렬이 행진하면서 부르는 노래를 'komoidia'라고 불렀다. 그런데 당시의 행렬은 대개 만물의 생성을 상징한다는 뜻에서 남근 모양의 심벌들을 높이 들고 나와 노래나 야유·농담을 주고 받으며 왁자지껄하게 시내를 행진했다는데, 바로 이와 같이 기괴하고 우스운 어원에서 comedy가 나왔다는 것이다.

　이런 유래에서 짐작되듯이 희극은 웃고 즐길 수 있는 희곡으로부터 비롯된다. 경쾌하고도 흥미있는 인간성의 문제점이나 사회의 병폐를 드러내어 웃음 속에서 그 갈등을 해소시킴으로해서 그 가치를 얻게 되는 극을 희극이라고 부른다. 이와 같은 희극은 비극에 비해 보다 광범위하게 삶의 구석구석과 연결되어 있어서, 그 성격상 풍자나 기지가 탁월한 고급희극 high comedy과 상대적인 저급희극 low comedy으로 구분하거나, 인물의 성격적 특징을 강조한 성격희극 comedy of character, 유머를 중시한 유머희극 comedy of humour, 계략희극 intrigue comedy, 풍습희극 comedy of manners 등으로 나누기도 한다.

　예를 들어, 셰익스피어의 「베니스의 상인」을 살펴보면 그것이 'high comedy'임을 금방 알 수 있다. 유태인 고리대금업자인 샤일록은 안토니오에게 돈을 빌려 주면서 만약 제 때 빚을 못갚으면 심장 부근의 살 한 파운드를 도려내겠다는 약정을 맺는다. 돈을 못 갚게 되자 샤일록은 약속대로 안토니오에게 인육 1파운드를 요청하게 되고 법률가로 변장한 친구의 아내 포샤는 ― 약정대로 집행하되 피는 계약에 들어 있지 않으니 정확하게 피 한방울 흘리지 말고 살만 도려내어 가져가라는 판결을 내려 유태인 고리대금업자를 진퇴양란에 빠뜨린다. 만일 이이야기를 사랑에 눈이 먼 주인공의 우둔함을 드러내기 위하여 상인의 주장대로 가슴 살을 도려내도록 만든다든지 고리대금업자를 벌하는 쪽으로 결말을 냈다면 이 작품은 비극으로 바뀌거나 희극적 효과도 사라지고 말았을 것이다. 이런 점에서 희극은 비극 못지 않은 문학적 가능성을 그 특징 속에 내포하고 있음을 알 수 있다.

③ 비희극

이제까지 알아본 것은 희곡에 있어서 비극과 희극이 대표적인 원형이라는 것이었다. 그러나 우리들 인생과 마찬가지로 희곡에도 비극이나 희극 두 종류만 존재하는 것은 아니다. 행복이 불행으로 연결되는 비극과 행복이 행복으로 뻗어가는 희극 이외에, 불행이 행복으로도 매듭지어질 수 있는 비희극이 자연스럽게 나타나게 되었다. 결론적으로 비희극은 비극과 희극사이에서 파생된 새로운 희극의 갈래라고 하겠다.

이런 비희극을 한편으로는 멜로드라마 melodrama라고 부르기도 한다. 흔히들 멜로드라마란 통속적인 주제를 택한 사건의 기복이 심한 극을 떠올리지만, 실은 어려움에 빠진 주인공이 마침내 행복해지는 구조의 희곡을 일컫는 것이 그 어원이었다. 이처럼 비희극의 특징은 무엇보다도 권선징악의 테두리안에서 감상적인 주제를 택한다는 점을 들 수 있다.

다음으로는, 비극이나 희극에서는 극단적인 인물을 그리는 반면에 비희극에서는 이들의 중간형인 평범한 인물을 내세운다는 점을 들 수 있다. 다시 말해 비희극의 주인공은 우리 주변에서 손쉽게 볼 수 있는 인물들로서 우리에게 친근감을 느낄 수 있게 해주며 단지 다른 점이 있다면 우리보다 좀 더 진지하게 노력하는 사람으로 그려진다는 점 뿐이다. 일반 대중들이 감상성에 빠지기 쉬운 비희극을 사랑하는 것도 이런 이유들 때문이라고 보여진다.

세째로, 비희극은 불행에서 행복으로 옮겨가는 상승구조를 취한다. 다시 말해서 '불행한 처지→새로운 도발→고통의 가중→도발에 대한 응전과 외부의 도움→행복한 결말'로 이어진다. 비희극이 권선징악적 성격을 띠는 것은 누구나 이와같이 노력하면 모두 성공할 수 있다는 보편적인 구조의 스토리이기 때문이다.

넷째로, 일상적인 어법과 표현을 꼽을 수 있다. 비극에서는 주인공이 영웅이거나 특별한 사람이기 때문에 화려하고 장중한 어법을 택해

야만 하고, 희극에서는 열등한 인물을 주인공으로 삼기 때문에 우스
꽝스럽고도 보잘 것 없는 어법과, 주인공의 신분에 어울리지 않는 무
대장치, 즉 주인공보다 지나치거나 모자라는 무대와 의상이어야 효과
적이다. 그러나 이에 비해서 일상인이 등장하는 비희극의 어법은 우
리가 흔히 구사하는 어법이며, 그 무대나 의상 또는 마찬가지이다. 예
컨대 판소리의 「춘향가」, 「심청가」 또는 「홍부전」까지도 여기에 포함
될 것인데, 이는 낙천적인 우리의 민족성 때문이 아닌가 생각된다.

2. 희곡의 구성

아리스토텔레스는 비극의 구성 요소를 플롯·성격·조사(措辭)·사
상·장경(場景)·가요로 꼽고 희극에 대해서는 별도의 언급을 하지는
않았으되 이에 포함시켜 다루고 있다. 따라서 그는 위의 여섯 가지를
희곡의 구성 요소로 보았던 것이다. 그러나 현대의 관점에서 이런 희
곡의 구성요소를 살펴보면 몇 가지 재고 해야만 할 부분들이 눈에 띈
다. 그가 '가요'를 꼽은 것은 고대 그리스 연극이 합창 중심으로 전개
되었다는 점을 고려하면 금방 이해가 된다. 그러나 그가 시학에서
'플롯 없는 비극은 불가능 하지만 성격 없는 비극은 가능하다'면서
플롯보다 인물을 하위 요소로 간주한 것은 의문의 여지가 많다. 왜냐
하면 모든 문학과 마찬가지로 희곡 역시 그 구성에서 세부조직까지
가장 중심이 되는 것은 인물일 것이기 때문이다.

1) 인 물

인물의 개념은 누구 person라는 뜻과 성격 character이라는 뜻의 동
의어이다. 흔히 문학에서는 인물이라고 하면, 그가 어떤 사람인가 라

는 성격의 뜻과 같이 쓰인다.

그러나 희곡의 인물표현 방법을 소설과 비교할 경우 희곡은 공연을 전제로하기 때문에 여러 제약과 더불어 작가가 작중인물의 성격을 묘사하거나 분석할 수 없다는 문제가 따르며 인물의 표현 방법 또한 달라질 수밖에 없다.

첫째로, 공연시간과 무대의 제한을 받음으로해서 유사한 성격의 소유자는 통합시켜서 등장시켜야 한다는 점이다. 따라서 희곡은 소설보다도 훨씬 강렬하게 인물의 성격을 설명해야만 한다.

둘째로, 더욱 응축된 행동과 대사로 표현해야 한다. 초점을 맞춘 주역이나 대역의 경우도 모든 행동을 다 표현하는 것이 아니라 그의 개성과 욕망을 드러내고, 스토리 전개와 갈등의 축적에 기여하는 행동과 대사 이외는 모두 생략해야만 한다.

세째로, 인물의 성격은 대사와 행동으로만 표현해야 한다. 왜냐하면 소설과 달리 희곡에서는 작가가 직접 개입해서 작중인물을 분석하거나 묘사할 수 없기 때문이다.

2) 플 롯

플롯 plot이란 용어는 어떤 목적을 달성하기 위한 설계나 의장을 뜻하는 말이었으나 이것이 문학으로 넘어와 스토리의 전개계획이란 뜻으로 바뀌면서, 인과관계에 의한 사건의 전개를 의미하게 되었다. 하지만 플롯이 단지 인과 관계에 의해서만 재조직되는 것은 아니다. 그것은 갈등의 연속적인 구조로서, 상승과 하강의 패턴을 지니고 있다.

독일의 비평가 프라이타크 G. Fretag의 설명에 의하면, 모든 5막극은 피라미드 꼴을 취하면서 ‘5부 3점’의 형식으로 전개된다. 그가 이

'5부 3점'설을 주장하게 된 것은 영국의 셰익스피어, 독일의 괴테나 쉴러 등의 작품을 분석한 결과 아래와 같이 5부분으로 나뉘고 극의 흐름을 변화시키는 3개의 지점을 발견할 수 있었기 때문이다.

   a. 제1막: 도입부 ― 자극요인(제1요인) ― 단서
   b. 제2막: 상승부
   c. 제3막: 정점부 ― 비극적 요인(제2요인) ― 반전
   d. 제4막: 하강부 ― 최후의 긴장요인(제3요인) ―최후의 긴장
   e. 제5막: 파국부

이 관계를 알기 쉽게 도표로 그리면 다음과 같이 그릴 수 있다.

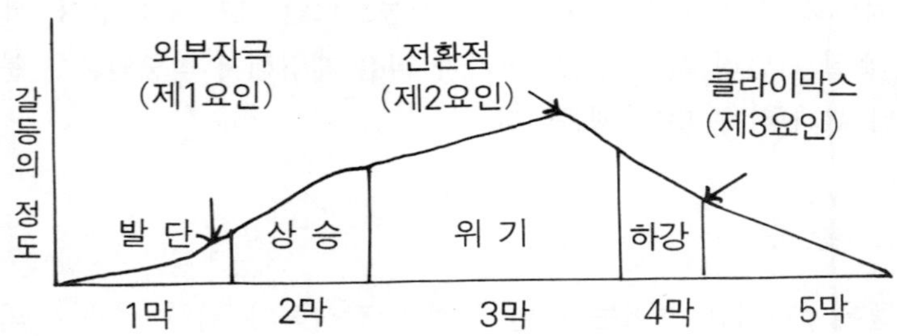

    이와 같은 '5부 3점'에서 발단은 글자 그대로 극의 시초를 말한다. 이 단계에 담겨져야 할 내용은 관객들이 극의 내용을 빨리 이해할 수 있도록 언제, 어디에서, 누군가를 밝혀야 하며 앞으로 어떤 내용이 전개될 것인가에 대한 최소한도의 예측을 위해 정보와 전망을 주어야 한다. 그리고 외부요인으로 인하여 평온이 깨어지는 제1점(제 1요인)부터는 그 극의 중심적 갈등이 서서히 드러나 보여야 한다.

상승은 외부로부터 들어온 '유발'에 의하여 주역과 대역의 대결이 시작되고, 그 대결은 일정한 패턴을 지니면서 반복되어 심리적 긴장이 고조되는 국면을 말한다.

위기는 주역과 대역의 대결이 최고점에 접어든 단계를 말한다. 하지만 이 대결의 국면은 상승부분과 달리 새로운 방법을 채택한다. 그런 방법이 실패할 경우에는 주인공의 운명이 바뀔 수 밖에 없는 것이어야 한다. 5부 3점의 이론에서 보면 이 부분은 제2점에 해당하며 운명이 바뀐다는 뜻에서 흔히 전환점이라고 부른다.

하강은 그 작품이 지니고 있는 최후의 긴장점으로서 새로운 사실이 발견됨에 따라 사건의 방향이 급전하고 주인공의 운명이 바뀌기 시작하는 부분을 말한다. 비극에서는 주인공을 파멸이나 불행으로 몰아넣는 세력이 압도적으로 강해지고, 비희극이나 희극에서는 주역의 방해물이 제거되면서 서서히 승리하기 시작하는 부분이 그것이다.

대단원은 어떤 형태로든지 주인공의 운명을 결말 짓는 부분을 말한다. 이 때 결말 짓는다는 것은 단순히 사건이 끝났음을 의미하는 것이 아니라 어떤 세력이 그 목적을 성취했거나 실패했음을 의미한다. 그러므로 결말은 논리적인 타당성이 있고, 관객에게 민족감이나 카타르시스를 줄 수 있어야 한다. 이와같이 대부분의 작품들은 그 구성에서 '발단-상승-위기-하강-결말'의 구조를 취하는 것이 특징이다.

3) 조사

조사(措辭 : diction)란 희곡에 있어서의 언어 즉 대사의 용법을 일컫는 말인데, 연극에서의 대사는 대화 dialogue를 비롯하여 방백 aside 독백 soliquy으로 나눌 수 있다. 대화는 작중인물끼리 주고 받는 이야기를 말한다. 그리고 방백은, 옆에 다른 사람이 있지만 고개를 돌리고 이야기하면 못 듣는 것으로 간주되는 묵시적인 형식으로서, 화자의 심리를 표현하기 위한 방법이다. 그리고 독백 역시 화자의 심리를 표현하기 위한 것으로서 옆에 사람이 없다는 것이 방백과 다른 점이다. 대사의 기능은 사건을 진행시킴은 물론, 분위기를 조성하고 등장인물의 성격을 표현하는 것이다.

3. 창작의 실제

1) 창작 의욕과 충동

창작에 대한 충동이란 마치 기름진 땅을 발견하면 씨앗을 뿌리고 싶은 농부의 심정과 같다. 그래서 희곡을 쓰려는 작가는 이와같은 충동을 즈금씩 느끼고 있다가 어느 순간 그것의 윤곽이 한편의 희곡과 같은 모습으로 떠올라오는 것을 깨닫게 된다. 이 때 작가는 그 이야기가 희곡의 틀을 갖추는 중심적인 발상을 본능적으로 포착할 수 있을 것이다.

그러므로 극작가는 창작의 전단계에서 반드시 찾아오는, 이와같은 '느낌' 또는 '발상'을 자기 것으로 만들기 위해서 항상 그것을 받아들일 수 있는 희곡적 바탕이 준비되어 있어야 한다.

2) 발상의 확대

어느 문학 장르보다도 희곡에서의 발상은 그 스케일이 집약적이어야 한다. 희곡의 터전은 무대이므로, 무대에서 상연되기 어려운 발상은 이미 살아 있는 발상이 아니다. 따라서 유능한 희곡작가가 되기 위해서는 살아 있는 무대를 만들 수 있는 아이디어가 계속해서 떠올라오도록 상상력이 풍부해야만 한다.

　그러나 이렇듯 처음부터 무대상연을 전제로 한 집약적인 상상이라 할지라도 그것이 정말로 상연될 수 있는 희곡으로 성공할 가능성은 그리 많은 것은 아니다. 따라서 작품으로 완성될 아이디어라면 몇가지의 조건들을 갖추고 있게 마련이다.

　어느 순간 작가의 의식속에 자리를 잡은 아이디어는 계속 생물체로 활동하면서 작가의 관심을 크게 유도해 간다. 이 아이디어 때문에 극작가는 의식·무의식 속에서 그것들과 줄기차게 씨름한다. 이렇듯 지속적이고도 의식적인 관심속에서 자라나온 아이디어만이 한 편의 희곡으로 완성되고 다시 그것이 배우들에 의해 무대에서 상연되는 결실을 얻을 수 있는 것이다.

　그러나 희곡에 대한 예비지식이 부족한 초심자일 경우에는, 이와같은 과정에서 자칫 중도 포기를 할는지도 모른다. 그렇기 때문에, 그 다음으로 요청되는 것이 — 극작가는 자신이 품고 있는 아이디어를 살릴 수 있도록(그것이 달아나지 않도록), 긴장을 유지하면서 충만된 일상생활을 살아야만 한다. 즉, 아직 구체적으로 형상화 되지는 않은 형태라고 할지라도 자기 자신이 스스로 장면장면의 주인공이 되었다는 가정 아래 등장인물의 삶을 자기자신의 일상생활 가운데 재현시켜야만 한다는 것이다. 떠오르기만 했을 뿐인 아이디어의 핵심을 어떤 폭으로 확대할 수 있느냐 하는 점이야말로 희곡작가가 지니고 있는 창조에의 충동 또는 예술가의 자질이라고 하겠다.

　그러므로 희곡을 쓰고자 하는 작가들은 늘 아이디어를 머리 속에 품고 다녀야 한다. 어떤 작가는 거의 완성된 발상조차도 의도적으로 문자화 시키지 않고 계속 머리 속에만 묻어놓고 다니는데, 그것은 보다 훌륭한 장면이 순간적으로 머리 속에 떠오를 가능성이 있기 때문이다. 한 희곡작가에 대한 평론가의 글을 중심으로 '작가정신'이란 무엇인가를 음미해 보자.

> 오태석은 한 번 구상이 떠오르면 그 힘에 밀려 자기도 모르게 내닫
> 는 버릇이 있는데 (물론 작가로서는 좋은 재산이다) 군데군데 번뜩이
> 는 그 맛이 드라마를 안정시키는 과정에서 좀 손상되는 것이나 아닌
> 지, 느낀 적이 있었다. 나는 그 때 이 점이 그의 장기이자 또한 약점
> 이 될 수 있다고 생각했다. 그 장기가 여기 수록된 단편물에서 곧잘
> 발휘 되고 있다. 괴상한 재간이라고 할 수 밖에 없다는 생각이 이따금
> 떠오르는데……
>
> — 여석기의 「오태석 희곡집 '환절기'」 평에서

3) 자료 수집

아이디어가 머리 속에서 윤곽이 잡혔다고해서 그것이 곧 희곡이
되는 것은 아니다. 아이디어는 단지 아이디어일 뿐이므로 그것을 받
쳐줄 디테일── 자료가 필요하다. 각각의 자료는 핵심발상에 도움을
주는 것이라야만 한다. 자기가 그리고자 하는 무대의 자료가 만족스
럽게 준비되면 극작가는 더욱 열정적으로 자신이 창조해내는 무대의
장면에 몰두할 수 있다. 이 때의 자료수집에는 다음과 같은 내용들이
포함된다.

사건의 주무대와 배경, 등장인물들에 대한 성격부여, 인물들 간의
관계에 대한 언급, 인물과 사건들과의 교묘한 배치, 소도구등에 대한
배려…… 등등, 자료수집의 목적은── 그것들을 작품 속에 반영하여
작품의 내용을 더욱 알차게 하려는데 있다.

4) 작품 배경의 설정

이와 같은 과정을 통하여 창작의 충동을 느끼고 발상의 범위가 확

대되고 집필을 위한 자료수집이 끝났으면 그 다음으로 이어지는 단계가 작품의 배경을 설정하는 일이다. 말하자면 작품의 배경은 일종의 스케치와도 같은 것인데 희곡의 독자 또는 무대 상연시 관계자들의 이해를 돕는데 중요한 역할을 한다. 참고로 유진 오닐 Eugene O'nell 의 「느릅나무 밑의 욕망」의 배경 설명을 살펴보기로 하자.

> 1850년 뉴우잉글랜드에 있는 이이프레임 캐버트의 농장에 딸린 옥내외에서 이 연극은 시작된다. 이 집의 남쪽 끝은 돌담을 향하고 있고, 이 돌담 한 가운데에 나무 대문이 있다. 이 문을 열면 시골길이 보인다. 집은 아직 쓸만하나 페인트가 군데군데 벗겨져 있다. 벽은 퇴색되어 잿빛으로 변하였고 녹색 창문들은 색깔이 바래 있다. 이 집의 양쪽에는 아주 큰 두 그루의 느릅나무가 서 있다. 지붕 위로 축 늘어진 가지들이 마치 이 집을 보호하려는 것 같기도 하고 동시에 정복하려는 것처럼 보이기도 하는데 그 형세는 질투에 달아오른 불길한 모성의 양상을 띠고 있다. 이 느릅나무들은 이 집에 살고 있는 사람들의 인생과 밀접하게 연관되어 있기 때문인지 소름이 끼칠 정도로 인간적인 냄새를 풍기고 있다. 이 느릅나무들은 이 집을 질식시킬 듯이 내리덮고 있는데, 흡사 지칠대로 지친 여인의 축 처진 유방과 손과 머리채를 지붕 위에 얹어놓은 것 같다. 비라도 오면 이 느릅나무들의 눈물이 단조롭게 뚝뚝 떨어져 지붕의 판자 위에 썩고 만다. (이하 생략)

이상과 같은 배경 설명만으로도 독자들은 이 작품 가운데서 느릅나무가 차지하는 비중과 의미를 파악할 수 있을 뿐만이 아니라 배우들은 자기가 연기해야 할 배역의 역할을, 이 설명의 분위기를 통하여 손쉽게 깨달을 수가 있는 것이다.

5) Out-Line의 작성

위와 같은 형식의 배경 설정이 끝났으면 그 다음으로는 Out-Line

작성에 들어간다. 결과적으로 이것은 초고를 낳게 하는 결정적인 역할을 하게 되는데 형식 또는 순서 여부와 관계없이 가능한 한 광범위하게 수용하였다가 불필요하다고 판단되는 순서대로 정리해 나가는 것이 좋다.

※ Out-Line의 예

① 제목(또는 임시 제목) : 설정.
② 행동 : 인물 또는 집단이 관여하고 있는 활동을 문장으로 묘사할 것. 또 누가 어떻게 변화하는지도 설명할 필요가 있음.
③ 형식 : 비극, 희극, 또는 비희극(멜로드라마) 가운데 어느 쪽인지 결정할 것.
④ 환경 : 행동이 펼쳐지는 시·공간. 중요한 의미를 가진 환경도 추가할 수 있음.
⑤ 주제 : 작자가 전하고자 하는, 집약된 메시지.
⑥ 인물 : 각 인물의 인상적인 설명을 덧붙일 것.
⑦ 갈등 : 인물과 인물간의 대립, 또는 장애물을 밝히고 긴장관계의 근원을 설명할 것.
⑧ 이야기 : 최소한 사건들은 연속적으로 나열하여 연관성을 갖게할 것.
⑨ 사상 : 중요 등장인물들의 중심사상 인생관 등.
⑩ 대화 : 대화의 스타일과 대화를 교환해가는 방식에 대한 언급.

6) 초고작성과 개작 및 완성

이와 같은 준비가 완료되었으면, 곧 희곡 창작의 출발신호가 울린 것이나 다름없다. 창작 과정의 실제에서는 이것을 ㉠1차 초고 ㉡개작(수정 보완) ㉢최종완성의 3단계로 분류한다. 이 가운데서도 특히 1차 초고의 단계는 조잡하고 미숙한 가능성이 많다. 어떤 경우에는 창작의 전단계에서 작성된 **Out-Line**이 그대로 옮겨져 있을 가능성도 있다.

그러나 이러한 초고는 개작(수정 보완)의 과정에서, 희곡을 잘 이해하는 사람이 곁에 있다면 그 사람의 조언을 듣는 것도 유익한 방법이 될 것이다. 작가는 이와 같은 개작의 과정에서 진정 만족할만한 수준에 도달하였는지 스스로 판단할 줄 아는 안목을 길러두어야 한다. 이러한 안목은 창작 경험이 많을수록 증가한다.

최종 원고가 완성되면 작가가 할 수 있는 역할은 일단 끝난 것이 된다. 다시 말해서 그것 자체로 하나의 무대를 구성할 수 있는 '작품'이 된 것이다. 이렇게 극작 활동은 시나 소설창작과는 달리 많은 노력을 필요로 한다. 착상에서 최종완성까지 비장한 인내심과 장인정신, 원칙들이 요구 된다. 이러한 창작의 산고과정을 이해하고 이제까지 검토한 창작의 실제를 정리하기 위하여 「그것은 목탁구멍 속의 작은 어둠이었습니다」를 쓴 이만희 작가의, 작품서문을 살펴보기로 한다.

> 「목탁구멍」을 쓰면서 희곡의 구체성과 그 위험성에 대해 깊이 생각해보게 되었다.
> 음악 미술 무용 등 타 예술에 비해 문학은 구체성을 띠어야 한다.
> 똑같은 슬픔이라도 어찌해서 슬프며 얼만큼 슬펐으며 그 슬픔의 파장은 어디까지인가 등.
> 문학 중에서도 소설과 희곡이 유독 구체성이 강해야 한다.
> 그런데 소설은 보조수단이 많으나 희곡은 그것이 여의치 않기 때문에 어려움이 없지 않다.
> 최소한 작가의 입장에서는 더욱 그러하다. 오로지 대사 속에 녹아있어야만 한다.
> 「목탁구멍」의 구체성을 어디까지 드러낼 것인가가 나에겐 큰 부담이 었다. 불법(佛法)의 경지를 상징적으로 처리하면 결함은 감출 수 있을지 모르지만 양에 차지 않았고 구체적으로 표현하자니 그만큼 위험성을 감수해야 한다.

「목탁구멍」은 이런 번민 속에 수십 번의 개작(改作)을 거듭하게 되었고 적잖은 몸부림 끝에 탈고(脱稿)된 셈이다.

내가 불가(佛家)와 인연을 맺은 것은 중학교 2학년 겨울방학 때이다.

집안이 망하여 안팎으로 괴로움을 겪고 있을 때 어머니 손에 이끌려 찾아간 곳이 충남 부여에 있는 무량사이다.

어머니와 나는 서울에서 새벽기차를 타고, 중간에 버스로 갈아타고, 마지막은 한참을 걸으면서 무량사로 향하고 있었는데, 평소 나에게 주문이 많으셨던 어머니가 그날따라 아무 말씀도 없으셨던 것이 의아하게 생각된다.

과연 어머니의 그날의 묵언(默言)은 무엇이었을까?

부자로 살다가 집안이 망한 뒤, 자식의 출세에 모든 의지처를 삼으시던 어머니는 아마 못난 자식의 방황에 울화도 치밀고 안타깝기도 하였으리라.

그래서 절에서 두어 달 머물다 나올 때에는 새사람이 되어 공부도 잘 하고 속앓이도 없게끔 잘 도와주십사 하고 무량사 부처님께 목놓아 빌으셨으리라.

그러나 나는 어머니의 주문대로 따라주는 훌륭한 소년이 아니었다.

걸핏하면 부모님이 빚쟁이들한테 폭언과 수모를 당하시던 그 굴욕적 광경을 지켜보며, 그저 도끼로 한순간 동강내는 그런 식의 복수와, 건달식의 효도만을 생각해 왔기 때문에, 열심히 공부해서 출세하여 원을 풀어야 한다는 어머니의 모범답안은 그저 바램일 뿐 아무것도 아니었다.

그 뒤 대학생이 되어서 불가(佛家)와 다시 인연을 맺게 된다.

황폐해진 심신을 이끌고 스스로 찾아간 곳이 전북 전주와 김제 평야 사이에 있는 모악산 금산사이다.

이 작품의 소재가 된 곳이 바로 금산사인데 난 그곳에서 밥도 짓고 허드렛일도 하며 속세간 풍진을 씻고자 실로 오랜만에 하심(下心)하며 살았던 것 같다.

중병을 앓으면서도 끊지 못했던 담배를 그때만큼은 끊어봤었고, 한 마리 사슴마냥 자연인이 되어 살면 얼마나 좋을까 하고 절감했던 적도 그 때뿐이었다.

또한 그때부터 형체를 갖추기 시작한 문학적 갈망이 급기야는 문학이냐 종교냐를 놓고 오랫동안 망설이게 했는데, 난 결국 문학쪽을 택해 하산해버리고 말았다.

지금도 불가(佛家)에 대해 늘 빚을 지고 있다고 생각한다.

대학시절 시시콜콜한 데까지 모두 불가(佛家)의 도움을 받았고, 텅 빈 심신에 자양분과 신선한 공기를 불어넣어 준 것도 바로 그곳이다.

문학과 종교가 합일이 되어, 혹은 이상적인 나와 현실적 내가 합일이 되어, 혹은 어머니와 내가 합일이 되어 쓴 작품이 「목탁구멍」인데 불가(佛家)에 빚을 갚기는커녕 더 얹지나 않았는지 염려스럽다.

4. 희곡 감상

비극의 최대 걸작으로 손꼽히는 「오이디푸스 왕」을 쓴 소포클레스 Sophocles(B.C. 496~406)는 그리스 아테네 근처의 콜로노스에서 태어났다. 그는 사회적으로는 상류계급에 속해 있었고 뛰어난 용모와 재주를 겸비하고 있어 남들로부터 선망의 대상이 되었다. 소포클레스는 많은 작품을 남겨 놓았다. 모두 123편 또는 130편의 작품을 썼다고 전하지만 현재까지 완전히 전해져 내려오는 것은 「안티고네」, 「아이아스」, 「엘렉트라」, 「오이디푸스 왕」, 「트라키스의 여인들」, 「필로크테테스」, 「콜로노스의 오이디푸스」 등 7편 뿐이다. 이 가운데 「오이디푸스 왕」은 고대에 씌어진 작품임에도 불구하고 완벽한 극적 구성과 그 속에 담겨진 '운명의 逆轉peripeteia'으로 유명하다 지면관계상 「오이디푸스 왕」의 첫머리 발단 부분의 일부만을 감상하기로 한다.

─오이디푸스 왕(Oidipous Tyrannos)─

□ 등장 인물

오이디푸스 테바이의 왕
이오카스테 테바이의 왕비. 오이디푸스의 아내이자 죽은 라이오스
왕의 미망인
제우스 신의 사제
크레온 이오카스테의 동생
테이레시아스 눈이 먼 예언자
사자1 코린토스에서 온 자
사자2 왕궁으로부터 온 자
목자 라이오스에서 왕을 섬기던 자
코러스 테바이의 연장자들로 구성됨
남녀노소의 탄원자들
안티고네와 이스메네 오이디푸스와 이오카스테의 딸

[테바이1)의 오이디푸스 왕궁 앞. 무대 오른쪽 제단 근처에 제우스
신의 사제가 남녀노소의 탄원자들과 함께 문을 향해 서 있다. 문은
열려 있다. 오이디푸스 등장.]

오이디푸스 내 자식들이여, 늙은 카드모스2)의 후손들이여, 이렇게

---

1) 보이오티아 지방에 있던 고대 그리스의 도시
2) 여신 아테네의 도움으로 테바이를 건설하고 테바이 국민의 시조가 된 사람

화환으로 장식된 탄원자의 나뭇가지를 들고 내 앞에 꿇어앉아 있는 까닭은 무엇이냐? 온 도시가 악취로 가득차고 건강을 비는 기도 소리와 비탄의 울부짖음이 울려 퍼지는 까닭이 무엇이냐? 나의 자식들아, 이 일에 대해 남들이 전하는 말만 들어서는 안 된다고 생각하고 나, 온 세상이 알고 있는 오이디푸스가 친히 이 자리에 나왔다.

  (사제를 향해서) 자, 내게 말해 주시오, 존경할 만한 분인 그대가……. 저 사람들을 대신해 말하는 것은 그대가 의무이기도 하오. 어떤 마음으로 이곳에 왔소? 무엇을 두려워하고 있소? 아니면 바라는 것이라도 있소? 약속하거니와 무슨 청이든지 기꺼이 들어주겠소. 저들 탄원자를 가엾게 여기지 않는다면 나는 냉혹한 사람일 것이오.

사 제 이 땅을 다스리시는 오이디푸스 왕이시여, 제단을 둘러싸고 있는 사람들을 살펴보십시오. 어떤 자들은 날기에는 너무 어린 햇병아리들이고, 어떤 자들은 허리가 굽은 늙은이들이며, 제우스 신의 사제인 저와 같은 사람들도 있습니다. 그리고 이들은 선발된 젊은이들입니다. 한편 다른 사람들은 화환으로 장식된 나뭇가지를 들고 시장에, 팔라스[3]의 두 제단 앞에 그리고 이스메노스[4]가 불로 예언을 내리는 곳에 앉아 있습니다.

  왕께서도 보셨다시피, 이 도시는 지금 참담한 상태에 있으며 죽음의 노한 물결에 눌려 고개도 들지 못하고 있습니다.

을 말한다.
3) 여신 아테네를 말한다.
4) 테바이에 있는 강 이름. 여기서는 강의 신을 말한다. 이 강가에 아폴론 신전이 있었다.

땅에서 나는 곡식의 싹에도, 목장의 짐승에게도, 아직 애를 낳지 못해 번민하는 여인에게도 죽음의 손이 뻗치고 있습니다. 불을 뿜는 신, 즉 지독한 전염병이 도시를 휩쓸어서 도시 전체가 황폐해지고 있습니다. 전염병 때문에 카드모스의 집은 폐허가 되고 오직 어두운 명부만이 탄식과 눈물로 가득차 있을 뿐입니다.

저와 이 어린 것들이 탄원자로서 왕의 제단에 온 것은 왕을 신으로 여겼기 때문이 아니라, 왕께서는 세상만사에 있어서나 인간이 인간 이상의 일을 하려고 할 때에 있어서나 으뜸가는 분이라고 생각했기 때문입니다. 왕께서 카드모스에 오셔서, 예전부터 우리들이 잔인한 스핑크스5)에게 바치던 세금을 면제시켜 주신 것을 우리는 알고 있습니다. 왕께서는 우리들에게 어떤 소식을 미리 들었거나 미리 탄원을 받고 그와 같이 하신 것이 아닙니다.

따라서 가장 위대하신 오이디푸스 왕이시여, 우리들 모든 탄원자는 왕의 발 앞에 엎드려 간청하오니 저희들을 구원해 주소서. 왕께서는 신의 계시를 받으셨거나 어떤 현자의 충언을 들으셨을 테니……지난날에 경험을 많이 쌓으신 분은 오늘의 문제에 대해서도 가장 효과적인 판단을 내릴 수 있다는 것을 저는 잘 알고 있습니다.

인간 중에서 가장 뛰어난 분이시여, 다시 한번 이 나라를 구해 주십시오. 이 나라를 일으켜 주십시오. 전에 왕께서 이

---

5) 몸은 사자이고 얼굴은 아름다운 여자인 괴물. 스핑크스는 테바이의 서쪽 산에 앉아 행인에게 "처음에는 네 발로, 다음에는 두 발로 마지막에는 세 발로 걷는 것이 무엇이냐"는 수수께끼를 내고 풀지 못하면 잡아먹었다고 한다. 스핑크스에게 바쳐 온 세금이란 사람의 목숨을 말한다. 오이디푸스는 '사람'이라고 정답을 말해 스핑크스를 퇴치하고 테바이의 왕위에 올랐다.

나라를 구해주셨기 때문에 이제 이 나라에서는 왕을 구세주라고 부르고 있습니다. 따라서 왕께서 다스리는 동안, 처음에는 부흥했으나 나중에는 멸망했다는 기억을 우리에게 남기지 말아 주십시오. 이 나라를 구해 주소서, 이 나라를 반석 위에 세워 주소서!

왕께서는 전에 훌륭한 예언6)을 하심으로써 우리에게 행복을 가져다 주셨고 지금 우리는 그 행복 속에 살고 있습니다. 왕께서는 지금 이 나라의 주인이십니다만, 앞으로도 이 나라를 다스리려고 하신다면 폐허의 주인이 아니라 인간의 주인이 되셔야 합니다. 성에도 배에도 텅 비어 어느 한 사람 살고 있지 않는다면 왕께서는 폐허의 주인일 뿐입니다.

오이디푸스 오, 내 가엾은 자식들이여, 나는 그대들이 어떤 소원을 품고 왔는지 그대들이 말하기 전에 알고 있다. 잘 알고 있다. 그대들 모두가 괴로움을 받고 있다는 것을 알고 있다. 그러나 그대들도 괴로움은 각기 자기 한 몸에 그칠 뿐 남들까지 생각하진 않는다. 그러나 내 영혼은 나라와 나 자신, 그리고 그대들 모두를 위해서 번민하고 있다.

그러므로 그대들이 마치 잠든 사람을 깨우듯이 나에게 자극을 주지 않아도 된다. 내가 수없이 많은 눈물을 흘렸으며 숱한 생각을 되풀이해 왔다는 것을 믿어야 해. 그리고 수고 끝에 나는 유일한 해결책을 찾아냈고 이미 이것을 실행에 옮기고 있다. 나는 내 처남이자 메노이케우스의 아들인 크레온을 퓨토7)에 있는 포이보스8) 신의 집에 보내서 어떠한 행동,

---

6) 오이디푸스가 스핑크스의 수수께끼를 푼 것.
7) 파르나소스 산에 있는 아폴론 신의 성지(聖地)인 델포이의 옛 이름. 여기에는 아폴론 신의 신탁소(神託所)가 있으며 그리스 사람들은 이곳이 지구의 중

또는 어떠한 말로써 내가 이 도시를 구할 수 있는가를 알아 오도록 했다. 그리고 나는 날짜를 따져 본 결과 그가 여행에 필요한 기한보다도 훨씬 많이 걸렸으므로 그에게 어떤 일이 일어난 것은 아닌지 걱정하고 있다. 그러나 그가 돌아온 다음에도 내가 신이 가르쳐준 바를 행하지 않는다면 나는 옳지 못한 사람일 것이다.

사 제 왕의 자비로우신 말씀에 감사드립니다. 지금 신하가 크레온이 돌아오고 있다는 전갈을 보내 왔군요.

오이디푸스 오, 아폴론 신9)이여, 그의 얼굴빛이 밝은 것을 보니 우리의 운명을 구할 좋은 소식을 보내 주신 모양이군요!

사 제 틀림없이 반가운 소식입니다. 그렇지 않는다면 저렇게 잎이 많이 달린 월계관을 쓰진 않았을 겁니다.

오이디푸스 곧 알게 되겠지. 그의 목소리가 들리는군. 왕자여, 내 친척이여, 메노이케우스의 아들이여, 그대는 신으로부터 어떤 소식을 갖고 왔소?

[크레온 등장]

크레온 좋은 소식입니다. 아무리 견디기 어려운 재난이라도, 올바른 해결책만 찾아낸다면 무사히 마무리지을 수 있을 것입니다.

오이디푸스 그런데 어떤 신탁이오? 나는 지금까지 그대가 한 말을

심이라고 생각했다.
8) 포이보스는 '빛나는'이라는 뜻. 아폴론의 이명(異名)
9) 고대 그리스, 로마 신화에 나오는 태양신으로 시가, 음악, 예언, 의술, 목축 등을 관장한다.

듣고 안심해야 할지 두려워해야 할지 알 수가 없구료.

크레온 이 사람들 앞에서 들으시겠다면 곧 말씀드리겠습니다. 그렇
지 않다면 안으로 들어가십시오.

오이디푸스 모든 사람들 앞에서 말하시오. 나는 내 목숨보다도 이
사람들을 더 걱정하고 있소.

크레온 그렇다면 신의 말씀을 아뢰겠습니다. 우리의 주인이신 아폴
론 신은 이 땅에 퍼지고있는 더러운 일을 몰아내야 한다고
명백하게 명령하셨습니다. 그렇지 않으면 해결할 수 없다는
것입니다.

오이디푸스 어떠한 의식으로 정화한단 말인가? 어떻게 정화할 수
있을까?

크레온 한 사람을 추방하거나 피는 피로 갚아야 한답니다. 그 피가
이 나라에 죽음의 폭풍을 몰고 왔기 때문입니다.

오이디푸스 그러면 신이 판결을 내린 그 운명을 가진 사람은 누구
인가?

크레온 왕께서 이 나라를 다스리기 전에 이 나라의 주인은 라이오
스 왕이었습니다.

오이디푸스 나도 들어서 알고 있소만 직접 만난 적은 없소.

크레온 그 분은 살해되었습니다. 신은 그 분을 살해한 자에게 복수
를 하라고 명백하게 명령하셨습니다.살인자가 그 누구든 간
에.

오이디푸스 그러면 그 살인자가 이 세상 어딘가엔가 있단 말인가?
어디서 지나간 범죄의 희미한 자취를 찾을 수 있단 말인가?
그 살인자가 어느 곳에 있는지 추측할 수도 없는데……

크레온 신께서는 이 나라에 있다고 말씀하셨습니다. 찾아내려고 애
를 쓰면 반드시 잡힐 것이고 찾아내는 데 게을리한다면 도망

칠 수도 있다고 말씀하셨습니다.

오이디푸스 라이오스 왕이 비참한 죽음을 맞은 것은 집에선가? 또는 들에서? 혹은 외국에서?

크레온 델포이10) 신전을 찾아가는 도중에서였다고 신은 말씀하셨습니다. 이 나라를 떠나신 다음 다시는 돌아오시지 못했습니다.

오이디푸스 그런데 목격한 사람이 한 사람도 없었소? 현장을 본 수행원은 없었소? 수행원이 있었다면 쓸만한 단서를 얻었을 텐데…….

크레온 그들은 모두 죽었습니다. 무서워서 도망친 단 한 사람을 제외하고는—. 그런데 이 사람도 그가 목격한 일 중에서 오직 한가지만을 분명히 말할 수 있을 뿐이었습니다.

오이디푸스 그것이 무엇이었소? 한 가지가 많은 일의 단서가 될 수도 있소. 조그만 단서라도 얻을 수 있다면 희망은 있소.

크레온 그의 말로는 도둑을 만났다고 합니다. 그런데 한 사람이 아니라 여럿이었다고 합니다.

오이디푸스 이 나라에서 누가 매수하지 않았다면 어떻게 감히 도둑들이 그렇게 끔찍한 짓을 할 수 있겠는가? 돈으로 매수해서 반역을 일으켰던 말인가?

크레온 그렇게 추측하기도 했습니다. 그러나 라이오스 왕께서 살해된 다음에는 곤경이 닥쳐와서 원수를 갚을 사이가 없었습니다.

오이디푸스 그러면 왕권이 이와 같이 추락되었을 때, 전면적인 조사를 가로막은 곤경이란 무엇이었소?

크레온 수수께끼와 같은 스핑크스가 이 불가사의한 일들은 잊고

---

10) 그리스의 옛 도읍. 신탁으로 유명한 아폴론 신전이 있다.

눈앞에 닥친 일만을 생각하게 만들었습니다.

오이디푸스 그렇다면 내가 이 어둠에 가려진 일들을 밝혀 내겠소. 아폴론 신은 올바르게도 고인을 위해 배려하셨구료. 그리고 그대도 그렇소. 따라서 나도 그 뜻을 받들어 그대들과 힘을 합쳐 이 나라를 위해서, 그리고 신을 위해서 원수를 갚고야 말겠소. 멀리 떨어져 있는 친구들을 위해서가 아니라 나 자신을 위해서 나는 이 오점을 씻어 내겠소. 라이오스 왕의 살해자들이 그 누구이든 간에 그 매서운 손을 나에게도 뻗치려 할 것임에 틀림없기 때문이오. 따라서 라이오스 왕을 위해 올바른 일을 하는 것은 바로 나를 위하는 일인 것이오.

　　자, 서둘러라. 나의 자식들아, 제단에서 일어나 탄원자의 나뭇가지를 들고 물러나라. 그리고 카드모스의 백성들을 이곳에 모이게해서 내가 무슨 일이든 다 하겠다는 것을 알려 줘라. 신께서 우리가 번영할 것인지 그렇지 않으면 멸망한 것인지 결정할 것이다.

사 제 여러분. 일어납시다. 왕께서 지금 하신 약속이 바로 우리가 여기에 올 때 바라던 것입니다. 원컨대 이 신탁을 보내주신 아폴론 신이여, 우리의 구세주여, 우리들 곁으로 오셔서 우리를 재앙으로부터 구해 주소서.

［오이디푸스와 사제 퇴장. 테바이의 연장자로 구성된 합창단 등장.］ *

VI. 수필, 어떻게 쓸 것인가

1. 수필이란 무엇인가

수필이라는 말은 '붓 가는 대로'의 의미를 갖는 것이고, 영어의 essay나 불어의 essai는 라틴어의 exigere에서 유래된 것으로 '시험하다', '시도하다'의 의미를 갖는 것으로 다 가볍다는 의미를 갖고 있다.

그러나 수필이 영어의 essay나 불어의 essai를 번역하면서 생긴 용어는 아니다. 몽테뉴가 자신의 책 이름을 '수상록(essais)'이라고 붙임으로써 장르의 개념이 생겨난 서양보다 훨씬 앞서 동양에서는 남송 시대 홍매가 『용재수필(容齋隨筆)』의 서문에서 다음과 같이 말하고 있다.

> 게으른 버릇으로 책을 많이 읽지 못했으나 뜻한 바를 수시로 기록하니 앞 뒤 차례가 없으므로 이름 붙여 수필이라 이른다.

'게으른 버릇으로 책을 많이 읽지 못했으나'에서는 글쓴이의 겸양을 볼 수 있고, '수시로 기록하니'에서는 자신의 생각과 느낌을 그대로 기록하는 일인칭 문장임을 알 수 있고, '앞 뒤 차례가 없으므로'에서는 형식의 자유로움을 엿볼 수 있으니 서문 자체가 수필의 특성을 그대로 보여준다.

몽테뉴가 쓴 『수상록(essais)』의 서문에도 다음과 같은 구절이 있다.

> 모두들 여기 내 생긴 그대로, 자연스럽고 평범하게 꾸밈없는 별 것 아닌 나를 보아주기 바란다. 왜냐하면, 내가 묘사하는 것은 내 자신이기 때문이다……중략……
> 그러니 독자여, 여기서는 내 자신이 바로 내 책자의 재료이다. 이렇게도 경박하고 헛된 일이니, 그대가 한가한 시간을 허비할 거리도 못될 것이다.

'내 생긴 그대로, 자연스럽고 평범하게 꾸밈없는 별 것 아닌'에서는 꾸미지 않은 진실한 글임을, '내 자신이 바로 내 책자의 재료이다'에서는 1인칭 고백문학임을, '이렇게도 경박하고 헛된 일이니, 그대가 한가한 시간을 허비할 거리도 못될 것'이라는 말에서는 글쓴이의 겸양을 느낄 수 있다.

이 두 책의 서문만으로도 수필의 성격은 거의 다 드러난다. 즉 수필은 자신의 일을 자신의 목소리로 말하는 장르이다. 수필의 주어는 나 자신이다. 내가 생각하고 느낀 것을 자기의 목소리로 표현하는 것이다. 자신의 체험을 자신의 목소리로 말하기 때문에 특히 겸양의 미덕이 요구된다. 자기 일을 잘난 체 떠벌이는 글은 독자의 호응을 얻을 수도 없기 때문이다. 글은 곧 사람이라는 말이 있지만 특히 수필의 경우 개인의 인격적 색채가 강하게 드러나는 이유가 여기에 있다.

2. 종류와 형식

흔히 수필을 중수필과 경수필로 나누는데 그 특징을 도표화시켜 간략히 알아보면 다음과 같다.

중수필	경수필
문장의 흐름이 무겁다	문장의 흐름이 가볍다
사회적·객관적 표현이 중심이 된다	개인적·주관적 표현이 중심이 된다
'나'가 겉으로 드러나지 않는다	'나'가 겉으로 드러난다
보편적 논리와 이성이 중심이 된다	개인적 감성과 정서가 중심이 된다
짧은 논문 같은 느낌을 준다	함축과 여운을 준다는 점에서 시적이다
지적이고 사색적이다	정서적이고 신변적이다

중수필이든 경수필이든 수필은 다음 여섯 가지의 형식을 갖게 된다.

1) 수상 형식

수필의 주종을 이루는 것으로 어떤 대상을 관조하는 경지에 서서 그 심경을 그려내는 형식이다. 20년대 감상(感想) 혹은 상화(想華)라는 명칭으로 쓰이던 수필에서 시작하여 김진섭, 이양하, 피천득 등이 확대 발전시켜 수필의 본령으로 자리잡았다.

> 간디는 또 이런 말도 했다.
> "내게는 소유가 범죄처럼 생각된다……"
> 그가 무엇인가를 갖는다면 같은 물건을 갖고자 하는 사람들이 똑같

이 가질 수 있을 때 한한다는 것. 그러나 그것은 거의 불가능한 일이
므로 자기 소유에 대해서 범죄처럼 자책하지 않을 수 없다는 것이다.
우리들의 소유관념이 때로는 우리들의 눈을 멀게 한다. 그래서 자기의
분수까지도 돌볼 새 없이 들뜨게 되는 것이다. 그러나 우리는 언젠가
한 번은 빈 손으로 돌아갈 것이다. 내 이 육신마저 버리고 홀홀히 떠
나갈 것이다. 하고많은 물량일지라도 우리를 어떻게 하지 못할 것이
다.

　크게 버리는 사람만이 크게 얻을 수 있다는 말이 있다. 물건으로
인해 마음을 상하고 있는 사람들에게는 한번쯤 생각해 볼 말씀이다.
아무것도 갖지 않을 때 비로소 온 세상을 갖게 된다는 것은 무소유의
역리(易理)이니까.

— 법정의 「무소유」에서

2) 편지 형식

　편지는 실용문의 성격이 강한 것으로 몇 가지 특성을 가진다. 첫째
특정한 독자가 있다는 점, 둘째 독자에 따라 말씨의 제한을 받는다는
것이다. 이처럼 편지란 상대의 지위·연령·성별 등을 고려하여 자신
의 뜻을 전달하고자 쓰는 글인데 수필이 편지 형식을 비는 것은 독자
에게 강한 호소력을 갖기 때문이다. 또한 다소 딱딱하고 논리적인 내
용이라도 편지글에서는 부드럽게 쓰여지기 때문이다. 그러나 이런 점
때문에 편지 형식의 수필이 공감적 요소가 없이 주관적이고 무의미한
넋두리로 끝나기 쉽다는 점에 유의해야 한다. 고전적인 편지 형식으
로는 정약용이 유배지에서 보낸 편지가 개인의 사사로운 감정을 넘어
보편적인 공감을 줄 만하고, 서양에서는 릴케의 『젊은 시인에게 보내
는 편지』가 유명하다. 심훈의 「어머님께」, 신석정의 「아내에게 보내는
편지」, 피천득의 「시집가는 친구의 딸에게」 등이 근대 이후에 쓰여진
편지 형식을 빈 수필이다.

　　날짜를 헤아려 봤더니 지난 번 편지를 받은 지 82일만에 너희들 편지를 받았더군. 그 사이에 내 턱밑에 준치 가시 같은 하얀 수염 7, 8개가 길었더군. 네 어머니가 병이 난 것은 그렇다손치더라도 큰며느리까지 학질을 앓았다니 더욱 초췌해졌을 얼굴 모습을 생각하니 애가 타견딜 수가 없구나. 더구나 신지도에서 귀양살이하는 형님[정약전]의 일을 생각하면 가슴이 미어진다. 반 년간이나 소식이 깜깜하니 어디한 세상에 같이 살아 있다고 하겠느냐. 나는 육지에서 생활해도 괴로움이 이러한데 머나먼 섬생활이야 오죽하겠느냐. 형수님의 정경 또한측은하기만 하구나. 너희는 그분을 어머니같이 섬기고 사촌동생 육가[정약전의 아들 학초의 아명]를 친동생처럼 지극한 마음으로 보살피는것이 옳은 일이다. 내가 밤낮으로 빌고 원하는 것은 오직 문장[다산의둘째 아들 학유의 아명]이 열심히 독서하는 일뿐이다. 문장이 능히 선비의 마음씨를 갖게 된다면야 내가 다시 무슨 한이 있겠느냐? 이른새벽부터 밤 늦게까지 부지런히 책을 읽어 이 애비의 간절한 소망을저버리지 말아다오. 어깨가 저려서 다 쓰지 못하고 이만 줄인다.

— 정약용의 「두 아들에게 부치노라(1)」에서

3) 기행문 형식

　　기행문은 보고 들은 것에 자신의 생각과 느낌을 기록하는 글이라는 수필의 형식에 맞춤한 것이어서 그 유래가 깊다. 727년 인도를 여행하고 쓴 혜초의 「왕오천축국전」이 있고, 박지원의 『열하일기』, 유길준의 『서유견문』도 여기에 해당한다. 근대 이후 최남선의 「백두산 근참기」, 이은상의 「피어린 육백리」, 정지용의 「남해오월점철」 연작이나 정비석의 「산정무한」 등의 기행수필은 하나의 형식영역을 이루었다.

　　기행수필은 미지의 세계로 독자를 데려간다는 이점이 있으나 알려지지 않은 곳이 없다시피 한 오늘날 기행수필은 자칫하면 지루해지기쉽다. 가는 사람은 처음 간 곳이라 그 충격을 글로 쓰게 되지만 독자들은 이미 가본 곳이거나 다른 정보매체를 통해 잘 알고 있는 곳이라면 홍미가 반감되기 때문이다. 따라서 오늘날 기행수필을 쓰려면 소재를 특수한 시각에서 잡아야 한다.

> 3월 20일은 『압록강은 흐른다』의 저자인 우리 한국인인 이미륵 씨가 독일에서 죽은 날이다. 나는 조그마한 화환을 하나 들고 T와 또 나의 집 근방에 사는 S양과 함께 전차를 탔다.
> 몹시 추운 눈보라 치는 날이었다.
> 이미륵 씨의 무덤은 시골 교외의 거친 들판 한가운데 있는 작은 공동묘지 안에 있었다.
> 온갖 모양의 천사 등의 석상과 대리석 십자가, 또는 상록수 등으로 알뜰하게 장식된 수많은 무덤 사이에 그의 무덤은 아무 장식도 없고, 아무 데나 굴러 다니는 것 같은 돌로 만든 작은 비석 위에 단 세 글자 새겨진 한문 '李彌勒' 때문에 누구의 눈에나 금방 띄었다.
> — 전혜린의 「이미륵 씨의 무덤을 찾아서」에서

4) 일기문 형식

일기도 사적인 글이다. 그러나 일기가 다른 사람에게 공감을 주는 객관성을 지니고 있다면 수필의 요소를 지닐 수 있다. 일기 역시 동서양을 막론하고 일찍부터 쓰여졌는데 서양의 경우 독일의 나찌하에서 유태인 소녀 안네 프랑크가 남긴 『안네의 일기』가 유명하고 우리나라의 경우 『열하일기』는 일기와 기행 형식이 혼효된 것이고, 임진왜란 당시에 쓰여진 이순신 장군의 『난중일기』가 유명하다. 국문일기로는 『계축일기』, 의령남씨의 「의유당관북유람일기」 등이 있다.

> 9월 18일 수요일
> 새벽 하늘에는 흰 구름이 날고, 하현달이 빛나다. 둘에 쪼갠 반달이다.

목탁 소리 들리다. 오늘은 어머니 가신 날.

어제 오후에 차 한 봉지를 얻었기로 달여 먹었더니 정신이 쇄락하다. 내게 일 년 동안이나 좋은 차를 대어주던 벗을 생각하다.

아침 예불에 차차 마음이 어우러진다. 무엇이나 여러 번 거듭하는 동안에 힘이 나는 것이다.

— 이광수의 「산거일기」에서

5) 논설문 형식

주관적 감상이 주를 이루는 개인적인 것이 아니고 대상의 이치를 따지며 쓴 객관적인 글이다. 부드러운 고백투의 성격을 띄는 일반 수필과 달리 논설문 형식은 사리의 옳고 그름을 논리적으로 따지며 독자를 계도하고 설득하려는 성격을 가지게 된다. 신문의 사설, 단평, 칼럼 등이 여기에 속한다.

한달 남짓 요동치던 '흔글' 문제가 마침내 가닥을 추리게 되었다. 이찬진 사장이 마이크로 소프트측과 계약을 포기하고 흔글살리기 운동본부 측의 제의를 수락한 것이다. 이는 기업가로서는 대단한 용기를 낸 것으로 많은 이들의 걱정을 덜었다.

그러나 흔글 문제는 다 풀린 것이 아니고 이제부터 차근차근 풀어가야 한다. 따라서 앞으로 이런저런 여러 과정을 겪을 수밖에 없다. 그러기에 우리는 이 사태가 터진 안팎의 배경을 새삼 살펴 볼 필요가 있다.

첫째 주목해야 할 것은 이번 일이 희한한 전쟁에 말려있는 사이에 일어났다는 점이다.

— 김경희의 「'흔글'이 남긴 숙제들」에서(1998. 7. 22 조선일보)

6) 비평문 형식

논리적, 철학적이거나 문예비평적인 성격의 글로 멀리 고려시대 이

인로의 『파한집』, 이규보의 『백운소설』등에서 비롯된 시화가 여기에 해당된다고 하겠으나 우리나라 수필 영역 중 제대로 갖추어지지 못한 방면이라고 할 수 있다. 김진섭의 「생활인의 철학」, 박용철의 「시적 변용에 대하여」, 피천득의 「수필」 등이 이런 분야의 터전을 마련해 놓았다고 하겠다.

　　수필은 붓가는 대로 쓰는 글이다. 이것저것 생각나는 말로, 말의 흐름을 따라서, 쓰고픈 대로 쓰는 글이다. 그것은 어떤 사람이나 사상을 특별히 옹호하거나 비판하려는 선전문이 아니며, 자신의 주장을 논리 정연하게 지시하려는 논문도 아니고, 삶의 근본문제를 다루는 시나 소설도 아니다. 그저 물결이 흐르는 대로 쓰는 글이다.
　　그러나 수필은 절대로 붓가는 대로 쓰는 글이 아니다. 아름다운 형용사의 나열, 주관적인 내면의 시시한 이야기들, 유명한 사상가의 경구를 짜깁기한 글, 그런 것들은 절대로 수필이 될 수 없다. 아름답게 쓰기만 하면 수필이 될 수 있다는 생각은 마치 어렵게만 쓰면 철학논문이 될 수 있다는 생각과 다름이 없다. 수필은 붓가는 대로 쓰면서도 그 붓을 끌고 가는 '보이지 않는 손'의 지시를 받아야 한다.
　　　　　　　　　　— 황필호의 「수필은 역설이다」에서

3. 창작의 실제

　최승범은 「수필 쓰는 법」에서 수필을 쓰는 마음가짐을 다음과 같이 말한다. 첫째, 자기의 렌즈를 갖자. 둘째, 자유 자재의 글이어도 일단의 구상은 필요하다. 셋째, 서두에서부터 관심을 이끌도록 하자. 넷째, 누에가 실을 뽑듯, 그렇게 써나가자. 다섯째, 품위 있는 글이 되도록 하자. 여섯째, 길이는 되도록 3,000자 내외로 하자.
　이런 마음가짐을 가지고 실제 글을 써보자.

1) 자연스러운 글머리

글머리는 어색하지 않고 자연스럽게 시작되어야 한다. 대부분의 수필은 다음과 같이 시작한다.

① 사건이 일어난 시간이나 날짜로 시작하기

> 벌써 40여 년 전이다. 내가 갓 세간난 지 얼마 안 돼서 의정부에 내려가 살 때다. 서울 왔다가는 길에, 청량리 역으로 가기 위해 동대문에서 일단 전차를 내려야 했다. 동대문 맞은편 길가에 앉아서 방망이를 깎아 파는 노인이 있었다.
>
> — 윤오영의 「방망이 깎던 노인」에서

② 관심을 끄는 소리나 대화로 시작하기

> "무슨 새지?"
> 어떤 초대석에서 한 손님이 물었다.
> "종달새야."
> 주인의 대답이다.
> 옆에서 듣고 있던 나는
> "종달새라고? 하늘을 솟아오르는 것이 종달새지, 저것은 조롱새야."
> 내 말이 떨어지자 좌중은 경탄하는 듯이 웃었다.
>
> — 피천득의 「종달새」에서

③ 본 일, 들은 일, 한 일로 시작하기

> 한때는 항아리 속에서 산 적이 있었다. 온통 집안 구석구석에 항아리가 안 놓여진 구석이 없었으니, 우리 집을 일러 항아리집이라고 부른 사람도 있었던 것 같다. 하나 둘 사들인 것이 대청·화실 그리고

마당까지 번져가게 되니 아무리 항아리광이 된 사람이지만 좁은 집에 골치가 아닐 수 없어 이젠 사들이지 않아야겠다고 몇 번이고 결심했던 것을 지금도 기억하고 있다.
　　　　　　　　　　— 김환기의 「항아리」에서

④ 생각이나 느낌으로 시작하기

　　나는 그믐달을 몹시 사랑한다.
　　그믐달은 너무 요염하여 손을 댈 수도 없고, 말을 붙일 수도 없이 깜찍하게 어여쁜 계집 같은 달인 동시에, 가슴 저리고 쓰리도록 가련한 달이다.
　　　　　　　　　　— 나도향의 「그믐달」에서

⑤ 설명으로 시작하기

　　'멋'은 '맛'에서 온 말이요, 맛에서 조금 어긋난 말이다. 우리말에는 이런 조금 어긋난 말을 일부러 쓰는 수가 있다. 이를테면 '…하다' 하는 것을 '…허다'라고 하고, 또 '이놈' 할 것을 '이늠', '이 자식' 할 것을 '이 저식'이라고 하는 따위다. 말은 '하다', '놈', '자식' 하는 것이 옳지마는, 이렇게 말하면 너무 정직하고 촉빨러 여유가 없다.
　　　　　　　　　　— 조윤제의 「한국인의 멋」에서

⑥ 장소로 시작하기

　　아파트 숲인 우리 동네에는 조그만 숲이 하나 있습니다. 숲이라 하기에는 초라하지만 가족들은 그렇게 부릅니다.
　　숲길은 잔걸음으로 스무 발자국 정도. 숲속에는 백목련과 마로니에가 각각 한 그루, 향나무와 플라타너스 서너 그루씩, 단풍나무 여섯 그루, 이름 모를 두서너 종의 나무들이 고작입니다. 숲길에 들어서서

숨을 몇 번 쉬고 나면 빠져 나옵니다.
— 성수연의 「개포동 소묘 ·5」에서

⑦ 고사나 속담의 인용으로 시작하기

옛날 중국 송나라 사람이 밭에 심어 놓은 곡식의 싹이 빨리 자라지 않으므로 보다못해 손으로 그 싹을 조금씩 뽑아 올렸다. 집에 돌아와 싹이 빨리 자라도록 도와 주고 왔다는 아버지의 말을 듣고, 그 아들이 급히 달려가서 보니 벌써 곡식이 시들어 죽었다는 얘기가 『맹자』에 나온다.
— 문덕수의 「인스턴트 문화」에서

이상처럼 글머리를 예로 들었지만 어느 것이 가장 좋다고 말할 수는 없다. 그러나 글머리를 읽은 사람이 계속 더 읽고 싶은 마음이 들도록 쓴 것이 좋은 글머리라고 할 수 있다.

2) 개성의 표현

자기만의 독특한 체험에 자기만이 할 수 있는 생각과 느낌을 쓴다. 그래야 글쓰는 이의 개성이 드러나게 된다.

다음에 지적할 수 있는 것은 생활 속에서 우리들이 겪어 나가는 어떤 실제적인 사실에 대한 관심도가 매우 높아졌다는 것이다. 문인들이 문필력은 있지만 그들의 실험세계는 너무도 좁은 것이다. 문인들 이외의 여러 직업에 종사하는 사람들은 문인들보다 훨씬 더 많은 생활체험을 갖고 있다. 독자들은 문인의 넋두리 같은 수필보다도 이러한 체험의 이야기에 더 많은 관심을 가지고 있다. 더구나 수필의 본질이 소설 같은 상상의 세계보다는 실생활의 체험을 이야기하여 가볍게 생각하고 느끼고 스치고 지나가는 것일진대, 그런 수필을 문장에서만 찾는다면 그 내용이 얼마나 싱거울 것인가?
　　　— 윤병로의 「생생한 사실의 세계」에서

　인용한 글은 독자들이 왜 수필가의 수필보다 독특한 체험을 한 사람들의 수필을 좋아하는가를 설명하고 있는 부분이다. 수필은 상상으로 기발한 재미를 주는 장르가 아니기에 체험 자체의 의존도가 높은 것이 사실이다. 그러나 일상적인 체험이라도 그 체험을 해석하는 독특한 시각이 있다면 글쓴이의 개성이 십분 살아나게 될 것이다.

3) 진실성과 솔직성

　자기의 경험과 생각을 솔직하게 쓰는 것이 수필이다. 억지로 꾸며서 쓰는 글은 읽는 사람에게도 싫증을 줄 뿐이다. 자린고비로 이름난 사람이 글에서 후하게 인심 썼다고 쓴다면 작가를 모르는 사람은 우선 감동할지 모르지만 작가 가까이에 있는 사람들은 작가 뿐만 아니라 그의 글까지 믿지 못하게 되어 결국은 모두 거짓으로 받아들이게 될 것이다. 수필은 작가의 인격이 드러나는 개인적인 글이므로 진실이 바탕이 되어야 한다.

　　나는 수필이 눈을 멀게 하는 황금이 아니기를 빈다. 투박한 놋쇠일지라도 닦으면 닦을수록 우리의 삶이, 우리의 양심이 비추이는 것이기를 빈다.
　　나는 수필이 꽃 중의 꽃이라는 장미가 아니기를 갈망한다. 비록 소박하나마 스스로의 꽃이 지고 나면 그 자리에 생명의 열매가 익어가는 호박꽃이기를 갈망한다.
　　나는 수필이 삶 그대로이어야 하고, 그대로의 삶의 진실이 질펀하게 흐르는 햇살이어야 한다고 믿는다.
　　　— 허형만의 「기도하는 자세와 인간을 위한 마음으로」에서

인용한 글은 우리 주변에서 일어나는 자잘한 생활 속의 진실을 보여주는 것이 수필임을 알려 준다.

4) 정확한 문장과 단락

단락은 몇 개의 문장이 한 덩어리의 생각을 나타내는 것으로 단락이 유기적으로 배열되어야 글 전체의 통일성과 긴밀성이 살아난다. 글을 제대로 쓸 수 있느냐 없느냐 하는 능력은 의미를 집약시키고 연계시키는 단락을 제대로 지을 수 있느냐 없느냐 하는 능력으로 가늠해 볼 수 있다. 만약 단락이 제대로 지어지지 않았다면 그것은 토막글일 뿐 제대로 된 글이라고 할 수 없다.

> 지난 밤 꿈속에서 어버지를 보았다.
> 아버지께서는 환한 얼굴로 웃음을 지으시며 내 이름을 불렀다.
> 나는 있는 힘을 다해 대답하고 있는데 아버지께서는 들리시지 않는가 보다.
> "아버지, 저 여기 있어요." 하면서 깨어나 보니 꿈이었다는 것을 알았다.

이 인용문은 수필을 처음 쓰는 초보자가 쓴 「아버지」의 첫부분인데 전혀 단락이 지어지지 않았다. 각 문장을 한 단락으로 처리하고 있지만 사실은 모두 이어서 한 단락으로 만들어야 한다. 또 이 글에서는 존대어가 중복되어 있다. 우리 글에서 존대어는 한 군데만 쓰면 된다. '환한 얼굴로 웃음을 지으시며'는 '환하게 웃으시며'로 고치고, '아버지께서는 들리시지 않는가 보다'는 '아버지는 들리시지 않는 모양이었다'로 시제를 과거로 고쳐야 한다. '깨어나 보니 꿈이었다는 것을 알았다'도 '깨어나 보니 꿈이었다'로 고치는 것이 간결하다.

5) 함축적인 표현과 여운

하고 싶은 말과 감정을 다 드러내지 않고 독자에게 전달되도록 하는 것이 표현의 함축이다. 수필은 여백의 향기가 드러나야 한다. 때문에 생각한 것, 연구한 것, 느낀 것을 전부 쓰려고 하지 말고 꼭 필요한 것 말고는 덜어내어야 한다. 필자가 쓰고 싶은 것을 다 써놓으면 여운이 사라져 버릴 수도 있다. 즉 사상과 감정이 내부에서 걸러지고 삭혀져야 한다.

> 비판하고 암시하는 데에 그치지 않고 나는 아름다운 삽화를 남들 앞에 제시함으로 그들에게 스스로의 문제점을 발견하여 해결할 수 있도록 하는 것이 나의 주제의 방향이다.
> — 이재인의 「정서를 바탕으로」에서

인용 글은 자신의 수필 창작 방법을 밝힌 것으로 자신은 삽화만을 제시하고 그 삽화에 대한 해석은 독자 스스로에게 맡겨 둔다는 내용이다. 수필은 설명하는 글이 아님을 늘 염두에 두어야 한다.

6) 해학과 풍자

수필이라면서 단순한 개인 기록에 그쳐 평이하거나 지루해지지 않게 하기 위해서는 해학과 풍자가 필수적이다.

> 수필은 단순한 기록에 그쳐서는 우리의 흥미를 진작시키지 못할 것이다. 거기에는 유머가 있어야 하겠고 위트가 있어야 한다. 전자는 무의식적 소성(素性)에서 피는 꽃 같은 미소요, 후자는 지혜와 총명의 샘과 같다.
> — 김광섭의 「수필문학소고」에서

인용문은 유머와 위트라고 말하고 있으나 유머와 위트라는 외래어를 포괄하는 우리말 단어가 해학과 풍자이다. 해학은 단순한 우스개가 아니고 지적 감각과 여유있는 감성, 그리고 품위가 뒷받침되어야 하는 것이다. 또 풍자는 현실의 부도덕한 현상이나 모순을 간접적으로 돌려 말하거나 빗대어 말하는 것으로 촌철살인의 효과를 내는 것이다. 해학과 풍자는 대상에 대한 섬세한 관찰, 해박하고 풍부한 정서, 지적 감각, 인생에 대한 깊은 성찰이 드러나는 수필을 쓰기 위한 필수조건이라 하겠다.

7) 산뜻한 끝마무리

글은 시작도 중요하지만 마무리도 중요하다. 쓸 것이 없는데도 글을 늘이려고 하면 군더더기가 되어 글이 지루해지고 만다. 산뜻한 마무리의 예를 들어보면 다음과 같다.

① 생략으로 끝맺기

별은 땅에 묶인 사슬을 풀어 주는 자유의 빛나는 열쇠다. 무한한 공간으로 우리를 안내하는 구원의 문이다.

절망을 치유하는 광선이며 삶에 지친 영혼에 날개를 달아 주는 따뜻한 위로의 손이다. 지상의 것이 손에 쥐이지 않아서 안타까운 사람들에게는 새로운 소망을 향해 손 뻗을 수 있게 해주는 빛의 돌파구다.

비록 네모로 잘려져 가는 도회의 하늘을 우러러서라도 자주 별을 쳐다볼 일이다.

꿈이 자라는 풍요한 가슴을 위하여…….

— 이행수의 「별을 꿈꾸는 마음」에서

② 대화글로 끝맺기

원해서 상처 받는 이 누가 있으랴. 누구에게나 삶은 상처 아물리기 인지도 모른다. 살아 있는 한 생명을 걸고 그 상처를 보듬어 안을밖에.

이물질의 침입을 받고 버티지 못한 진주조개는 결국 그 상처로 죽어 버린다. 그러나 살아내는 조개는 그 이물질을 싸안아 은은한 광택이 나는 보석을 만들어 내는 것이다. 연분홍빛 진주와 연분홍빛 바지를 입은 그가 하나로 겹쳐지며 내게 묻는다.

"당신의 진주는 어디 있소?"

― 정순진의 「분홍색 바지를 입은 남자」에서

③ 주변 묘사로 끝맺기

그러나 좋은 일이 가까이 오기란 어려웠던지 불행히도 나는 갑자기 선생님을 뵈올 이틀 전 새벽에 욕실에서 심한 현기증을 일으켜 쓰러져서 병원으로 실려갔다. 어두운 병실에서 눈을 떴을 때 난의 향기가 병실을 가득 채우고 있었다. 등불을 켜고 보았더니 선생님께서 보내신 동양란 한 포기가 백자 화분 위에서 보랏빛 꽃을 곱게 피우고 있었다.

― 이태동의 「살아 있는 날의 축복」에서

④ 다짐으로 끝맺기

하느님과 이웃의 몫을 내 것인 양 가로채거나 우쭐대지 않는 한 그루의 겸허한 나무, 명상과 기도를 많이 하되 말은 아끼며 안으로 지혜를 모으는 고운 바보가 되리라.

― 이해인의 「나의 애송시」에서

⑤ 생각이나 느낌으로 끝맺기

부끄러움에 얼굴을 붉히고, 고개를 숙이는 사람이 많은 세상—이런 세상일수록 올바른 인간적 삶이 이루어지고 사회가 건전하게 성숙된다는 의미에서 '부끄러움의 미학'은 우리 모두가 생각해야 할 현대의 과제가 아닌가 싶다.

— 박명용의 「부끄러움의 미학」에서

⑥ 상상으로 끝맺기

시야를 압도하는 듯 서 있는 고층건물을 보며 나는 그곳이 주위의 숲들과 어울려 조용히 출렁이는 바다를 볼 수 있는 한적하고 아름다운 해안공원이라면 얼마나 좋을까 하는 상상의 설계도를 그려본다.

— 송명희의 「상상 속의 해안공원」에서

8) 암시적인 제목

대체로 제목을 정한 다음에 글을 쓰게 되지만 글을 쓰고 나면 제목이 적합한지 다시 생각해 보는 것이 좋다. 글을 읽는 사람이 처음 보게 되는 것은 제목이니만큼 제목 자체가 독자의 관심을 끌고 내용을 암시해야 한다. 그러나 최근에 와서는 글과는 별 상관 없으면서도 독자의 관심을 끌기 위해서 지나치게 감각적이고 선정적인 제목을 붙이는 경우도 있다. 이것은 상업적인 발상이며 지나치면 수필의 격을 떨어뜨리는 일이 된다. 감각적인 긴 제목이나 암시적 효과를 감소시키는 설명적인 제목은 피하는 것이 좋다.

Ⅶ. 동시·동화, 어떻게 쓸 것인가

육당과 소파에 의해 처음으로 쓰여지기 시작한 아동문학은 작가가 어린이나 동심을 가진 성인에게 읽힐 것을 목적으로 창작한 문학을 일컫는다. 좀더 구체적으로 설명하면 아동문학은 작가가 동심을 간직한 채 어린이들이 이해할 수 있는 문장으로 동심의 세계를 그려내는 문학이거나 동심을 잃어버린 모든 사람에게 동심을 불러일으킬 수 있도록 쓰여진 문학이라 할 수 있다. 이 문학의 범주에는 동요, 동시, 동화와 아동극의 대본이 되는 희곡 따위의 창작물과 신화, 전설, 동화, 민요, 민담 등의 구비문학 그리고 아동의 심리나 감상에 알맞는 것까지도 두루 포함된다.

아동문학에 대한 정의를 내리기는 쉽지 않다. 강소천은 "진정한 아동문학은 '아동을 위한다'는 뚜렷한 지도성을 가지고 씌어진 아동을 상대로 한 문학"으로 보았고 조지훈은 "아동문학은 아동이 지은, 아동을 위한, 아동의 문학"이라고 정의를 내렸다. 이재철은 "아동문학이란 작가가 아동이나 동심을 가진 성인에게 읽히기 위해 쓴 모든 저작으로 문학의 본질에 바탕을 두면서 어린이를 위해, 어린이가 함께 갖는, 어린이가 골라 읽어 온 또는 골라 읽어 갈 특수문학으로서, 동요, 동시, 동화, 아동소설, 아동극 등의 장르를 통털어 일컫는 명칭으로서, 아동문학이란 명칭은 성인문학과 구별하려는 외적인 한 분류에 의한 편의적 용어에 불과하다"고 정의를 내리고 있다. 이같은 견해들을 살펴보면 아동문학이란 결국 '아동이 즐겨 읽는 문학', 즉 아동들이 예술 또는 문학적 향수를 느끼게 해주는 문학이라는 것을 알 수 있다.

아동문학을 창작할 때 갖추어야 할 조건들은 내용적인 면에서 낭만주의 경향을 띤 이상성(理想性)과 몽환성(夢幻性) 그리고 인도주의 문학으로서의 윤리성과 교육성이 있고 형식적인 면에서는 원시문학의 특성인 원시성과 단순 명쾌성, 본격문학으로서의 비안이성(非安易性)과 예술성 등이 있다.

1. 동시란 무엇인가

동시는 성인이 어린이다운 심리와 감정을 제재로 하여 어린이를 위해 쓴 시이다. 한 시인이 어린이의 상상력과 감각 그리고 감정을 통해 형상화한 시를 일컫는다. 그래서 시인은 어린이가 이해할 수 있는 언어와 단순하고 소박한 생각·감정을 밀도있게 그려낼 수 있는 응축미를 고려하여 동시를 창작해야 한다.

넓은 의미로 볼 때 동요와 동시는 시의 범주에 포함하는데 이를 구분할 수 있는 것은 자유시와 시조의 관계를 규정짓는 요소이기도 한 정형율의 여부에 달려 있다. 즉 동시의 모태인 동요는 정형율을 갖추고 있고 동시는 내재율이나 산문율이 있는 산문으로 되어있다는 것이 서로 다른 점이다. 또 하나는 동시보다 동요가 리드미컬한 음악성을 지니고 있다는 점이다.

갑오경장으로부터 1925년대 중반 무렵까지는 창가조를 띤 동요가 전성기를 이루었는데 그 이후 1933년에 『잃어버린 댕기』라는 동시집이 발간되면서 비로소 동시의 기틀이 잡히기 시작했다. 그러나 이 동시집에 들어있는 작품들은 아직까지도 전통적인 동요의 형식을 고수하려는 보수적인 경향이 강하게 내포되어 있어 독자적인 동시라기보다는 '시적(詩的) 동요' 내지는 '요적(謠的) 동요'에 가까운 과도기적 형식을 보여주고 있다. 1937년 이후 박목월, 김영일, 이원수 등이 자유시론과 자유시 형식의 동시를 발표하여 동시의 기반을 확고히 하였다.

그러면 동시의 특성을 알아 보자.

첫째, 사물에 대한 느낌을 어린이 마음 세계 안으로 끌어들인 다음, 이를 또한 어린이의 상상과 정감으로 재현시킨다. 시인이 어린이 마음 세계로 돌아가 사물을 대한다는 것은 유년시절의 경험을 다시 체험하는 것이다. 동심의 눈으로 동심의 세계를 바라보는 것이다.

둘째, 동시의 시어들은 시인과 어린이의 교감 속에서 이루어진 것이다. 현대시에 나오는 시어들은 시인의 독창적이고 개성적인 목소리에 의존하여 창조될 수 있지만, 동시에 나오는 시어들은 사뭇 다르다. 즉 동시어는 창작자와 수용자와의 일차적인 교감 외에 정서적 기능, 가치관의 창조에까지 표출시켜야 하기 때문이다. 그러므로 시인은 어린이의 상상 체험이나 감각 체험에 적합한 시어를 끊임없이 발굴하여야 한다.

셋째, 동시의 향유층은 어린이기 때문에 그들이 좋아하는 음악성이 중시된다. 동심의 세계는 무한한 꿈의 세계요 가능한 창조의 세계이므로 시인은 사물에 대한 순간적인 느낌이나 경험을 되살려 자신의 생각을 그림으로 나타내는 미술시간처럼 흥미와 즐거움 그리고 재미를 느끼게 해주는 데 주안점을 두어야 한다.

넷째, 동시는 아동에게 그것이 가지는 운율적인 내재율을 통하여

언어의 향기, 음영색채 등이 교묘하게 생동하는 것을 음미케 하여야
한다.

다섯째, 동시는 아동으로 하여금 객관적 사상의 의미 파악과 이지
적 해석을 가능케 함으로써 아동의 시심을 키우는데 중점을 두어야
한다.

2. 동시의 종류

동시는 형식적인 측면과 내용적인 측면으로 분류해 볼 수 있다. 형
식상으로 분류해 보면 형식적인 구애를 받지 않고 쓰는 자유 동시,
산문적인 성격이 강한 산문 동시, 시의 길이가 긴 장동시(長童詩), 동
화처럼 어떤 사건의 줄거리가 있는 동화시 등이 있으며 내용적으로는
서정 동시, 생활 동시, 이미지 동시 등이 있다. 여기에서는 일반적으
로 논의되고 있는 서정 동시, 생활 동시, 이미지 동시에 대하여 알아
보도록 한다.

1) 서정(抒情) 동시

이 동시는 주로 자연과의 친화를 보여주는 시이다. 호기심이 많은
어린이들에게 자연은 좋은 친구와 같은 대상이다. 그렇기에 동심의
세계는 자연과 쉽게 일치되는 것을 볼 수 있다.

> 눈밭에서 아이들이
> 햇살을 당긴다.
>
> 언 손을 모아
> 소리를 모아

　　모두모두 매달려
　　발을 구르면

　　겨울 해가 풍선처럼
　　끌려 온단다.
　　　　　— 이상현의 「햇살」 전문

　동시는 현실세계를 뛰어넘는다. 위 시는 현실세계에서 불가능한 일을 상상의 세계와 동심의 세계를 결부시켜 새로운 세계를 창조하고 있다. 겨울철에 눈은 모든 사람에게 기쁨과 희망을 주는 대상이지만 특히 어린이들에게는 더 그러하다. 어린이들은 눈이 오면 누구나 할 것 없이 추위도 잊은 채 눈밭에서 마음껏 뛰어논다. 그러다가 손발이 시려울 때 햇살을 끌어와 녹이는 광경은 천진난만하고 정답게 보일 수밖에 없다.

2) 생활(生活) 동시

　어린이들의 일상생활을 통해 조명되는 동심의 시인데 어린이들의 실제 생활을 근거로 사실적인 시선에 의해 쓰여진 작품이라 할 수 있다.
　어린이들의 시선에 비춰지는 모든 것들은 새롭다. 모든 것이 신기하고 그들이 시선에는 호기심으로 가득차 있다. 일상생활에서 보여지는 것들과 일어나는 일들이 어린이의 마음 세계에서 걸러져 새롭게 표출된다.

　　달달달달
　　어머니가 돌리시는 미싱소리 들으며
　　저는 먼저 잡니다.

책 덮어 놓고
"어머니도 어서 주무세요, 네?"

자다가 깨어보면 달달달 그 소리
어머니는 혼자서 밤이 깊도록
잠 안 자고 삯바느질 하고 계세요.

돌리던 미싱을 멈추시고
"왜 잠 깼니, 어서 자거라."

어머니가 덮어주는 이불 속에서
고마우신 그 말씀 생각을 하며
잠 들면 꿈 속에서도 들려 옵니다.

"왜 잠 깼니, 어서 자거라, 어서 자거라."
　　　　　　— 이원수의 「밤중에」전문

이 시를 읽다보면 미싱을 돌리고 삯바느질을 하는 어머니의 모습과 곁에서 평화롭게 잠을 자고 있는 풍경이 그려진다. 어머니에 대한 고마움을 느끼면서 잠드는 아이의 소박함과 자식에 대한 어머니의 끈끈한 사랑이 흠뻑 묻어나게 표현되어 있다.

3) 이미지 동시

현대시의 특징 중의 하나가 이미지를 중히 여기는 것인데 동시 또한 여기에서 벗어나지 못한다. 이미지 동시는 어떤 사물을 통해 인식된 것을 직접적으로 표출시키기 보다는 내면 세계를 거쳐 이미지 위주로 표현한 작품을 말한다.

굴
한 개가
방을 가득 채운다.

짜릿하고 향긋한
냄새로
물들이고.

양지짝의 화안한
빛으로
물들이고.

사르르 군침 도는
맛으로
물들이고.

굴
한 개가
방보다 크다.
　　　　　　― 박경용의「굴 한 개」전문

　우리가 '굴'을 생각할 때 떠오르는 것이 주황색과 시큼한 맛일 것이다. 이 시는 굴의 빛과 맛 그리고 향기를 증폭시키고 있는데 이것은 시각적, 미각적, 후각적 이미지에 의해 가능하다. 이 작품을 보면 어느새 싱싱하고 달콤하며 향이 좋은 굴을 먹은 것과 같은 착각에 빠지기도 한다. 어린이의 상상적 세계로 거슬러 올라가 다양한 이미지로 처리하고 있다.

3. 동시 창작의 실제

　동시 창작은 어떤 존재나 현상 또는 사물을 관찰하여 그것을 작품으로 형상화 시키는 것이라 할 수 있다. 이를 위해서는 여러 가지 기법들이 필요하다.
　먼저 동시를 쓰기 전에 동시를 쓰고 싶다는 생각을 가져야만 한다. 이러한 생각을 갖기 위한 방법 중의 하나는 꿈많고 즐거웠던 유년시절의 체험을 떠올리는 것이다. 동심의 세계로 돌아가 자기 자신이 겪었던 유년시절의 경험을 다시 반추해 보고 단순하고 소박했던 꿈과 소망을 상상력과 창의력을 바탕으로 그려보는 것이다. 이렇게 될 때 어린이다운 정서와 감정이 묻어나는 동시를 창작할 수 있다.
　다음 동시는 편지에 얽힌 유년시절의 추억을 실감나게 되살려 놓은 작품이다.

　　　　길 모퉁이
　　　　우두커니
　　　　빠알간 우체통

　　　　사연듣고
　　　　바쁜 걸음
　　　　편지 손님들

　　　　한나절 쉬어가고
　　　　하룻밤 자고도 가는
　　　　편지들의 여인숙

　　　　60원 80원, 110원,
　　　　차표는 달라도

우리나라
어디든 간다

─ 히죽히죽
왁자지껄 ─

바람이
틈 새로 몰래 듣고
까치에게 전해 주려
산 넘어 간다.
　　　　　── 최복형의 「우체통」전문

　이 작품에서는 우리가 무심히 넘긴 우체통에 대해 '편지들의 여인숙'이라고 표현하고 있다. 어린이들은 우표도 안붙이고 편지를 우체통에 넣으면 그냥 가는 것으로 알 만큼 순진하다. 소박하고 때묻지 않은 그들에겐 '빨간 우체통'은 신기하기만 하다. 이 우체통을 통해 시인은 어린이들의 마음 세계를 포착하여 새롭게 형상화하고 있다.
　두 번째는 가급적 미적 감흥을 불러 일으키는 표현을 써야 된다는 점이다. 아무리 좋은 동시라 할지라도 독자들의 호응을 얻지 못하면 그것은 좋은 작품이라 할 수 없다. 독자들의 사랑을 받기 위해선 먼저 미적 형식을 적절히 구사하여 독자들에게 미적 자극을 주어야 한다.

개나리 노오란
꽃 그늘 아래

가지런히 놓여 있는
꼬까신 하나

아기는 사알짝
신 벗어 놓고

맨발로 한들한들
나들이 갔나

가지런히 기다리는
꼬까신 하나
— 최계락의 「꼬까신」전문

위 작품은 우리가 유년시절에 많이 듣고 부른 동시인데 여기에서
는 '꼬까신'의 아름다움과 '개나리' 꽃의 아름다움이 겹쳐져 미적 감
흥을 한층 고조시키고 있다. 거기에다 아기의 귀엽고 고운 발을 연상
시키고 '한들한들'이라는 의태어가 바람에 내맡겨진 풀잎처럼 평화롭
게 걷는 아기의 모습을 실감나게 해주고 있다. 이 시의 장점은 아기
의 천진난만하고 티없이 맑은 순진무구함을 꼬까신으로 표현한 데 그
치지 않고 동심의 세계를 꼬까신에 담아 그리움으로 승화시킨 데에
있다고 할 수 있다.

세 번째는 어린이들이 쉽게 교감할 수 있는 시어를 발굴하고 창조
해 내는 일이다. 일찌기 영국의 시인이며 평론가인 루이스는 『시입
문』에서 "언어야말로 시에 있어서 가장 근원적인 재료"라고 역설한
바 있다. 이는 시어의 중요성을 시사한 것이다. 또한 정서적인 동심이
담겨 있고 함축적인 언어를 사용할 때 동시는 제 구실을 할 수 있다.
이를테면 주위에서 쉽게 볼 수 있는 자연의 사물에 관한 언어, 일상
생활에서 흔히 접할 수 있는 언어, 어린이의 내면 세계와 미래 세계
에 관련된 언어 등은 어린이와 쉽게 공감대를 형성한다.

다음 동시에서 우리는 얼마나 시어를 신중하게 선택하고 조탁했는

지를 볼 수 있다.

> 물새알은
> 간간하고 짭조름한
> 미역 냄새
> 바람 냄새
>
> 산새알은
> 달콤하고 향긋한
> 풀꽃 냄새
> 이슬 냄새
>
> — 박목월의 「산새알 물새알」에서

　'물새알'과 '산새알'을 대비시켜 미각적 이미지와 청각적 이미지를 균형있게 드러내고 있다. 이 시에 나오는 시어 하나 하나로 인하여 어린이들은 '간간하고 짭조름'한 바다와 '달콤하고 향긋한' 자연을 연상하게 된다. 그러나 어린이들은 여기에서 멈추지 않고 상호 동일시를 이루게 되는데 이를 가능케 해주고 있는 시어가 '알'이다. 어린이와 '알'은 완전히 성장하지 않았다는 점과 가능성이 풍부하다는 점에서 공통점을 갖는다.

　네 번째는 동시의 향유층이 어린이기 때문에 그들이 좋아하는 음악성이 있어야 한다. 동시에서 음악성은 운율적인 언어에 의해 가능한데 그것은 시어의 글자수를 맞추거나 음향에 맞추어 리듬이 생겨나도록 하거나 시어 속에 내포되어 있는 리듬을 말한다. 가령 박화목의 「나비와 꽃」은 시어의 음향에서 오는 음악성을 표출시키려는 의도가 강하게 풍기는 시이다.

> 노랑나비 팔랑팔랑
> 노랑꽃에 앉구
> 하얀나비 나불나불
> 하얀꽃에 앉았네.
>
> 노랑꽃 노랑나비
> 노랑 꽃이파리
> 하얀꽃 하얀나비
> 하얀 꽃이파리.

　이 작품은 일정한 운율을 유지하여 리듬감을 살리고 있는데 '노랑'색의 꽃과 나비, '하얀'색의 꽃과 나비를 등장시켜 생동감을 불러 일으키고 있다. 같은 나비이면서도 '노랑나비'는 '팔랑팔랑'으로 '하얀나비'는 '나불나불'로 표현해 어린이들에게 상상력을 북돋아 준다.

　다섯 번째는 동시의 이미지를 다양하게 표출시켜야 한다. 루이스가 「시적 이미지」에서 "참신하고 대담하고 풍부한 이미지야말로 현대시의 장점이며 제 1의 수호신이다"라고 말한 것에서도 알 수 있듯이 동시 또한 이미지 처리가 상당히 중요하다. 이미지는 시인의 독창적인 상상력에 의해 그려진 언어의 그림으로 독자들에게 상상력을 심어주는 데 적잖은 도움을 준다.

> 1) 초여름 새벽별이
> 　　이슬을 털고 스러진다.
> 　　　　　─ 송명호의 「수유리 뻐꾸기」에서
>
> 2) 귀뚤귀뚤
> 　　귀뚤귀뚤

귀뚜라미 나와
달 밝은 밤에 이야기했다.
　　　　　— 윤동주의 「귀뚜라미와 나와」에서

3) 종소리가
눈송이 사이로
소복소복 묻어서 내린다.
　　　　　— 김사림의 「겨울 종소리」에서

이 세 작품은 우리들이 흔히 접할 수 있는 시각적 이미지, 청각적 이미지, 공감각적 이미지가 표출된 것인데 이러한 기법은 동시의 맛을 한층 더 가미시켜 준다. 1)에서는 초여름 새벽별을 정적인 분위기에서 이슬을 털고 스러지는 동적인 분위기로 반전시켜 리드미컬한 시각적 운치를 느끼게 해준다. 2)에서는 귀뚜라미를 의인화시켜 시적 화자와 대화를 나누는 청각적 이미지를 통해 아름다운 가을 정취를 은은하게 풍기도록 하고 있다. 3)에서는 청각적 이미지인 '종소리'와 시각적 이미지인 '눈송이'를 시인의 상상력으로 혼합하여 겨울 이미지를 생동감있게 드러내고 있다.

여섯 번째는 비유와 상징이다. 이 수사법들은 동시를 표현하는 예술적 기교로서 널리 사용되고 있다.

시의 표현기교로서의 비유법에는 대체로 직유, 은유, 의유, 풍유 등이 있는데 직유와 은유가 가장 많이 쓰인다.

직유는 두 가지 사물 또는 의미를 '같이, 처럼, 듯이, 같은, 만큼' 등의 연결어로 결합하여 표현하는 수사법이다.

다음 시는 비 갠 뒤의 아침을 동심의 세계를 통해 그려내고 있는 작품이다.

>   하늘이 바다처럼 파랗습니다.
>   잠자리가 머리 위로 날아갑니다.
>   — 어효선의 「비 갠 아침」에서

‘하늘이 바다처럼’이라는 구절에서 ‘처럼’은 직유법으로 비 갠 뒤의 맑은 하늘을 푸른 바다로 비유하여 표출시키고 있다.

은유법은 직유와는 달리 원관념과 보조관념을 직접 결합시키는 수사법이다. 이 수사법은 직유보다 결합의 밀도가 강하고 그만큼 의미도 함축적이다.

>   나는 구름이어요
>   하늘에 떠 있는
>   한떨기 흰구름이어요.
>   — 정태모의 「흰구름」에서

여기에서는 연결어가 없이 원관념인 ‘나’를 보조관념인 ‘구름’으로 직접 비유하고 있다.

상징법은 어떤 감각적 대상이 다른 대상을 표시하거나 또는 본래의 고유한 의미 외에 비본래의 의미를 표현하는 수사법이다.

>   외국에서 온 꽃들이
>   꽃밭을 다 차지하고
>   봉숭아는
>   담 밑에 혼자 섰구나.
>
>   주인 아씨는 어디 가고
>   봉숭아만 울고 피어
>   꽃씨를 꼭꼭 쥐다가

터져버린 빈 손.

　　　　— 임교순의 「봉숭아」 전문

　이 작품은 앞의 자연예찬이나 일상생활의 모습을 노래한 동시와는 달리 어린들에게 '우리꽃의 소중함'이라는 메시지를 전달해 주고 있다. 화려하지는 않지만 작고 아담한 예쁜 우리꽃들이 외국의 화려한 꽃들에 밀려 꽃밭에서 사라져가고 있는 현실을 노래하고 있다. 따라서 여기에 나오는 '봉숭아'는 봉숭아꽃만을 의미하는 것이 아니라 우리나라 꽃 전체를 상징화하고 있는 것이다.

4. 동화란 무엇인가

　동화는 어린이를 위해 동심의 세계를 바탕으로 창작한 이야기로서 서사문학의 일종이다. 보통 동화는 현실에 얽매이지 않고 공상에 의하여 비현실적인 사건을 이야기하나 그렇다고 해서 허무맹랑한 이야기만을 창작하지 않는다. 오히려 가능성이 있는 비현실세계를 그린다고 보는 것이 더 타당할 것이다. 그래서 정진채는 "동화는 아동문학의 꽃이라고 할 수 있으며 환상과 현실의 아름다운 융합에서 빚어지는 지고지순한 산문문학 양식이다"라고 하였다. 다시 말하면 동화는 환상이나 현실의 어느 쪽에도 편협되지 않고 조화와 균형을 바탕으로 만들어진 작품이라 하겠다.

　원래 동화의 모태는 옛날 이야기, 민담, 우화, 신화, 전설 등과 같은 설화였다. 동화는 이러한 설화를 동화라는 형태로 개작하거나 그밖에 다른 소재들을 어린이를 위한 예술적 의도로 창작한 것을 의미한다. 이는 단순한 이야기의 재구성이 아니라 공상적이며 가능성을 지닌 미적 형식을 통해 인간의 보편적 진실을 담아내는 시에 가까운 산문이다.

동화는 대체적으로 신화, 전설, 우화, 민담의 형태나 내용을 아동들에게 알맞게 개작 또는 재구성하거나 현대적인 감각이나 기법으로 재현한 전래 동화와 작가의 순수한 창작에 의해 쓰여진 창작동화로 크게 나눌 수 있다.

전래동화와 창작동화는 주제, 구성, 문체면에서 각각 상이점을 보여준다.

전래동화의 주제는 우리가 익히 잘 알고 있는 고대소설과 비슷하다. 즉 권선징악(勸善懲惡)적인 요소가 강한 윤리의식과 인과법칙이 지배적이다. 그렇기 때문에 전래동화는 가치관이 완전히 형성되지 않은 단계에 있는 어린이들의 올바른 가치관 형성에 많은 도움이 된다고 할 수 있다. 반면에 창작동화는 인생 본연의 가치나 이상의 추구 그리고 현실 고발 등의 주제를 다루고 있다.

구성에 있어서도 처음과 끝에 일정한 틀이 있다. 즉 대부분 "옛날 옛적 어느 곳에 어떤 사람이 살고 있었다"로 시작되는 화두와 "행복하게 살았다"로 결말을 맺는다. 전래동화는 시간, 장소, 인물 설정이 다소 추상적이고 사건 순으로 나열된다. 그러나 창작동화는 전래동화와는 달리 시간과 장소, 인물 설정이 구체적이고 독특하다. 특히 실감나는 사건묘사 보다는 추상적인 표현이 많은 반면, 창작동화는 정경묘사와 성격 묘사가 세밀하다.

동화의 특성은 첫째, 환상을 중요한 구성요소로 본다. 환상은 영어로 fantasy 또는 phantasy인데 이 말은 그리이스어에서 나온 것으로 "눈에 보이도록 하는 것"이라는 어원적 의미를 갖는다. 환상은 터무니없이 허망하며 절대로 실현될 수 없기 때문에 우리에게 황홀경과 행복감을 가져다 준다. 이러한 환상의 세계가 동화의 세계인 것이다. 동화에서의 환상은 시에 있어서 상상에 해당될만큼 중요한 것이다.

환상은 현실세계에서 불가능한 것들을 작품에 끌어들임으로써 문학적으로 승화시키는 동시에 어린들에게 꿈과 희망을 불러일으켜주는 역할을 한다.

둘째, 독자가 어린이라는 점에서 이상주의적인 인간상을 제시하는 경향이 있다. 동화는 소설과는 달리 잔인하거나 부도덕한 면 등 추악한 인간상을 적나라하게 드러낼 수 없다.

셋째, 자연과 사물이 인격화되면서 동일화하는 경향을 띤다. 창작동화는 무생물에 생명력을 불어넣어 어린이들에게 생명의 소중함과 가치를 느끼게 해주는 역할을 한다. 작가는 돌 하나에도 생명을 부여해 작품 속에 끌어들이고 머나먼 여행이나 우화적인 경험을 통해 잘못된 인간의 가치관을 풍자하고 삶의 의미를 찾아준다.

넷째, 동화는 사랑과 모험, 권선징악을 보편적으로 다룬다. 동화는 어린이들을 대상으로 하는 특수 문학이기 때문에 인간과 자연의 사랑을 무엇보다 소중히 여긴다. 그리고 어린이들에게 육체적으로나 정신적으로 보다 건강한 생활을 하도록 하기 위해 꿈과 모험성을 작품 속에 투영시킨다. 또한 어린이들에게 선과 악의 가치관을 명확하게 심어준다.

다섯째, 간결하고 단순하면서도 심오성이 있다. 어린이들은 작품을 읽는 호흡이 짧기 때문에 보통 원고지 2-30매 정도로 창작하는 것이 보통이며 문체는 만연체 보다는 짧고 간결한 문장이 이상적이다. 또한 어린이들이 쉽게 이해할 수 있도록 너무 현학적이거나 복잡한 것을 피하고 단순하고 소박한 것을 다룬다.

여섯째, 동화에서 추구하는 것이 미래지향적인 꿈이다. 어린이의 가슴 속에는 꽃씨와 같은 꿈을 지니게 하고 꽃을 피우게 하는 '미래지향'의 특성을 지니고 있다. 그래서 동심은 꿈의 세계라 할 수 있다. 이 꿈은 성장요소이며 발전의 기초가 되기도 하고 동경하는 소재와 대상이 되기도 한다.

일곱째, 우주성, 전원성을 내포한다. 동화는 어린이들에게 원대한 꿈과 희망을 주기 위해 자연과 우주의 세계를 보다 광활하게 열어주는 경향이 많다.

한편 동화문학의 효용성은 동화가 상상과 환상으로 황홀한 기쁨을 맛볼 수 있다는 점, 풍부한 정서로 어린이들의 정서순화에 많은 도움을 준다는 점, 다양한 인간상을 제시하여 갖가지 진실을 터득할 수 있게 해준다는 점 등을 들 수 있다.

5. 동화 창작의 실제

동화의 창작과정은 먼저 주제를 선정한 후 인물과 사건을 설정하고 배경을 정한다. 그리고 플롯을 만들고 문체를 정하면 된다. 이러한 과정을 줄여 주제, 구성, 문체를 중요 항목으로 보는데 이것은 일반소설의 요소와 마찬가지이다.

첫째, 주제는 인간성과 따뜻한 사랑 그리고 효용성을 포용한 것이 적당하다. 그러나 여기에서 유념해야 할 것은 이러한 주제의식을 지나치게 의식한 나머지 너무 교훈적이거나 교육적 목적으로 쓰여진다면 그 동화는 동화로서의 생명력을 잃은 것이나 다름없다. 왜냐하면 아무리 좋은 주제를 담은 동화라도 어린이들이 즐겨 읽지 않을 것이기 때문이다. 그래서 창작할 때 어린이들이 느낄 수 있는 즐거움을 항상 고려해야 한다. 이른바 "어린이들에게 쓴 약을 먹일 때 약에 꿀을 바른다"는 '문학당의설'은 교훈적인 의미와 쾌락적인 의미를 함께 충족시켜야 된다는 의미가 바로 여기에 있다. 안델센의 「새옷 좋아하는 임금님」은 '거짓된 세계에 만족하는 인간의 고발'이라는 주체를 그려냈고 방정환은 어린이들에게 희망과 용기를 북돋아주는 동화를 창작하였으며 김영일은 보다 잘 살기 위해서 오늘의 어려움을 견디어 가는 인간상을 주제로 삼았다.

다음 작품은 전쟁의 비참함을 드러내 보이면서 평화를 염원하는 인간의 의지를 보여주고 있는 동화이다.

······

그러는 사이에 반들반들 윤이 흐르던 투구의 몸에는 녹이 슬고, 어느덧 한쪽 모서리가 부슬부슬 무너져 내리는 때가 왔습니다.

'아, 끝내 그 젊은 병사를 다시는 못 보고 나도 저 세상으로 가 버려야 하나 보다.'

투구는 나날이 녹슬어 가는 제 몸을 바라보며 슬픔과 아쉬움에 몸을 부르르 떨었습니다.

그런 어느 날, 어디선가 작은 꽃씨 한 알이 날아와 투구의 가슴에 박혔습니다.

꽃씨는 투구 속에 고인 흙먼지에 뿌리를 박고, 며칠 따뜻한 햇빛을 쬐더니 파란 싹을 틔웠습니다. 그리고 또 며칠 뒤에는 가느다란 줄기 위에 분홍색으로 하늘거리는 작은 풀꽃을 피웠습니다.

― 조대현의 「투구와 나비」에서

여기에서는 인간을 표면에 드러내지 않고 의인화된 투구를 이야기로 진행시키고 있는데 이는 환상을 통해 상상력을 확대하는 동화의 본질에 충실하기 위함이다.

둘째, 동화에 등장하는 인물의 폭은 어느 장르보다도 포괄적이고 다양하다. 여기에 등장하는 인물은 꼭 사람이 아니어도 무방하다. 작가의 상상력을 동원하여 생명력을 부여하면 얼마든지 무생물도 의인화 될 수 있기 때문이다. 꽃, 나무, 새, 바람, 비, 별, 달, 구름, 눈 등 모든 자연물이 여기에 포함될 수 있다. 동화에서 한 인물의 원형을 추구하기 위해서는 성격의 심층분석 또는 아동심리의 관찰이라는 작업을 치밀하게 전개시켜야 한다. 가령 르나아르의 「홍당무」는 한 소년의 성장과정을 그리고 있는데, 이 때에는 인물에 중점에 둔 작품이 된다.

사물을 의인화시킨 작품을 인용해 보자.

비닐하우스가 요술장이 집처럼 옆에 있고 앞에는 어린이들로부터 어른들까지 할아버지 신틀 잡고 뒹구는 유도장이 환히 보입니다. 그런데도 괜찮다 싶어 할아버니는 신틀 나사에 기름을 칠한 다음 연탄 화로에 불을 피우려 일어섰습니다.

"어때, 괜찮지?"

"예, 아주 훌륭해요. 전보다 더 좋은 것 같애요."

기름깡통이 기름을 벌컥벌컥 토해내며 말하는 것이었습니다.

"저 요술장이 집 속에서 무엇이 나오는가도 보고, 요 앞 유도장에서 유도하는 것을 보면 우리들도 힘 이 더욱 생길 것 같아요."

신틀이 센 힘을 자랑하듯이 불룩한 팔근육을 보이며 덧붙였습니다.

"으흠, 넌 말도 없이 어딜 가냐?"

떼굴떼굴 굴러 비닐하우스 문 앞으로 가는 신 문지르는 양철판을 테려오면서 물었습니다.

"저 요술장이 집 속에 가보고 싶어요. 연기가 모락모락 나오는 것을 보니 희한한 것을 만드는가 보지요?"

"글쎄, 나도 모르겠어. 인석아 우리도 얼른 그 애를 만나야지."

"그 애라니요?"

"아아, 아니야 나 혼자 하는 소리야"

— 장문식의 「신기료 할아버지」에서

이 작품 속의 의인화된 사물은 '기름깡통'인데 이들은 인간과 같은 생각을 하고 또한 말하고 있다. 「신기료 할아버지」에 나온 의인화는 단편 환상으로 대화를 통해 상상의 세계를 펼치고 있는 것이 특징이다.

셋째, 동화의 배경은 시공을 초월하여 설정할 수 있다. 근래에 들어 동화를 창작할 때 지리적 조건이나 환경의 문제가 적지 않게 중시되고 있다. 동화에서 배경은 이야기 속에 시간과 장소가 얼마나 확실하게 주어지는가에 따라 결정되는데 사건이 진실되고 독자들에게 분명한 인상을 주기 위해서 중요하다. 루이스 캐롤의 「이상한 나라의 엘리스」는 작품의 배경이 흰 토끼의 뒤를 따라 들어간 땅굴 속인데 그 땅굴 속은 옛 이야기의 나라와 연결되는 곳이다.

다음 작품은 옥이가 시공을 초월하여 환상의 꽃배를 타고 가는 장면이다.

> 옥이는 문득 연촉을 탄 심청이를 생각했습니다. 심청이처럼 꽃배를 타보고 싶었습니다. 벌써 꽃배는 저만큼 가고 있었습니다.
> "안돼, 너만 가면."
> 옥이의 마음은 어느새 꽃배를 타고 있었습니다. 그 순간 이상한 일이 벌어졌습니다. 개울물이 점점 불어납니다. 개울은 강이 되고 꽃배도 커집니다. 옥이는 바삐 꽃배에 올라탔습니다. 어느새 옥이는 꽃배를 부리는 사공이 되었습니다.
> 풀꽃들이 옥이를 보며 웃어줍니다. 나무들도 연초록 몸짓으로 손을 흔듭니다. 뻐꾸기도 축하의 노래를 불러줍니다. 모두가 다정한 친구가 되었습니다.
> 어느새 옥이의 가슴에서 기쁨의 샘물이 퐁퐁 솟았습니다. 배는 천천히 떠내려 갑니다. 그러다가 아이들을 만났습니다.
> "오늘 내 변소 청소 당번인데 누가 깨끗이 해 놓았더라."
> ― 김서로의 「꽃배」에서

이 작품은 친구들과 어울리지 못하고 늘 외롭게 지내던 옥이가 진달래 꽃잎을 따서 물에 띄우고 그 진달래 꽃잎이란 환상의 꽃배를 타고 친구들과 함께 어울리는 환상에 빠지는 것을 그린 동화이다.

넷째, 사건은 이야기의 전개가 주된 내용이 된다. 이는 내용을 구성하고 거기에 담긴 주제를 어떻게 기술적으로 전달하느냐하는 기법에 해당되기 때문이다. 여기에서 동화의 흥미가 좌우된다고 해도 과언은 아니다. 동화의 스토리는 소설보다 그만큼 자유스럽지만 대신에 지나치게 비도덕적이거나 너무 잔혹무도한 내용, 범죄의 모방 우려나 성문제 등 어린이들의 정서함양에 장애가 될 수 있는 것은 고려해야 한다.

다섯째, 플롯은 작품의 구성 또는 짜임의 기법을 의미한다. 발단 → 극적 전개 → 절정 → 결말의 순서가 보편적이다. 동화에 있어서 플롯은 한 작품의 주제와 이야기가 긴밀하게 연결되어야 한다. 그래서 동화에서의 플롯은 어린이들이 쉽게 이해할 수 있도록 단순하고 간결하게 전개된 것이 많다.

여섯째, 문체는 어린이들이 쉽게 이해할 수 있어야 하고 어린이들에게 친밀감과 공감을 줄 수 있어야 한다. 그렇게 하려면 복잡하고 현학적인 문체를 피하고 짧고 간결한 문체를 선택하는 것이 좋다. 또한 가급적 3인칭 대명사도 피하고 술어는 존칭어로 해야 하며 사투리를 되도록 쓰지 말고 표준어를 사용해야 어린이들이 쉽게 받아들이고 이해한다.

다음 작품은 문체가 평이하고 간결한 동화이다.

> 삼돌네는 꽃밭이 없어요. 좁은 안뜰은 그나마 세면바닥을 박박해서 꽃을 심을 데가 없어요. 보면 딴 집들은 그렇지 않아요. 안뜰 뒷뜰에 꽃을 가득 심었어요. 근데 삼돌이네만 심을 데가 없어요. 뒷뜰도 없어요 동산밑의 꼬딱지 집이여요.
>
> "이런 집 싫어요"
>
> 삼돌이는 입을 비쭉했어요.

  "꽃도 없는 것 뭐"
  정말이여요. 동산에는 봄 꽃이 많이 있어요. 핀 것도 있어요. 나비
가 팔팔 꽃 위를 날아 다니며 놀고 있어요. 근데, 삼돌이넨 꽃이 없어
요. 꽃이 없으니 나비가 안 찾아와요. 그런 건 싫어요.
                         ― 김영일의 「올라가라, 올라가라」에서

  이 작품에서는 경어체와 부드러운 말을 많이 사용하고 있다. 여기
에서 화자는 다른 집에 다 있는 꽃이 자기집에는 꽃밭이 없어 꽃이
없고 나비가 날아들지 않는다고 안타까워하고 있다.

  일곱째, 시점은 작가가 어떤 위치에서 스토리를 전개하느냐를 결정
하는 것이다. 같은 내용이라도 주체가 시선의 각도에 따라 다르게 보
이고 서술하는 위치에 따라 다르게 해석될 수 있다. 대체로 시점은
주관적 시점과 객관적 시점으로 구분된다. 주관적 시점은 1인칭 시점
으로 동화에는 거의 드물다. 객관적 시점은 3인칭 시점으로 제 2자
또는 3자의 입장에서 사건을 바라보고 스토리를 전개해 나간다. 보통
시점 하나를 정하여 전개시키는 것이 무리가 따르지 않는다.

  일곱째, 환타지는 현실로 나타나지 않은 세계를 상상력으로 모양을
바꾸어 놓는 활동이나 힘 그리고 그 결과를 말한다. 스미드는 "환타
지는 단순하면서도 순수한 기쁨을 주는 것이어야 한다. 독자를 즐겁
게 하고 명랑한 유머를 주는 것이 있어야 한다"라고 정의를 내리고
있다. 그의 견해는 기쁨과 즐거움의 요소를 강조하면서 환타지의 합
리성과 논리성은 반드시 지키고 유의해야 할 것이라고 밝히고 있다.
환타지 동화는 제재면이나 표현양식에서 작가의 독창적인 성향이 확
연히 드러나야 한다.

  다음 작품은 경주 박물관에 있는 에밀레종에 대한 환상을 그린 동
화이다.

　　"에밀레종 속에 누가 있다고?"
　　아저씨가 떠듬떠듬 물었다.
　　"신라 아이가 살아요. 종소리를 내는 아이 말이에요."
　　아저씨는 저기 에밀레종을 바라보았다. 가까이서 보면 선녀도 있고, 구름도 그려진 키 큰 종이었다. 아저씨가 매일 보는 종이었다.
　　"송이야. 저 종 속에 신라 소녀가 있다고 누가 말해줬지?"
　　송이는 생긋 웃었다.
　　"선생님이 그랬어요. 에밀레종 소리가 예쁜 건 종 속에서 그 아이가 노래를 불러주기 때문이래요."
　　"그래."
　　아저씨는 알았다는 듯 자꾸 고개를 끄덕였다.
　　"그 아이를 한번 봤으면…"
　　송이가 중얼거렸다. 아저씨는 송이 얼굴을 한번 보고, 에밀레종을 한번 쳐다보았다. 이상하게 매일 보았던 에밀레종이 처음 보는 것같은 기분이 들었다.

— 손혜수의 「종 속에 숨었지」에서

여기에서는 종소리를 내는 주체를 신라 아이로 설정하는 기발함을 보여준다. 종소리가 예쁜 것이 신라 아이가 노래를 불러주기 때문이라고 믿는 송이의 눈은 천진난만하고 순박함 그 자체이다. 아저씨 또한 현재와 옛날을 오가면서 종의 환타지를 공감하고 있다.

　　결국 동화는 아동들의 심리를 바탕으로 공상적이면서도 가능성을 지닌 이야기를 미적 형식을 통해 보편적 진실이 드러나도록 창작될 때 그 가치가 있는 것이다.

Ⅷ. 비평, 어떻게 쓸 것인가

1. 비평이란 무엇인가

비평이 무엇인지 정확하게 알지 못한다 해도 우리는 일상생활에서 많은 비평활동을 한다. 서태지의 노래는 집중할 수 있어서 좋다고 말할 때, 이 말에는 이미 서태지의 노래를 다른 노래와 비교하고, 판단하고, 그 판단의 이유를 밝히고 있는 것이다. 이처럼 비평은 대상에 대해 평가하고, 그 평가에 대한 이론적 근거를 제시하는 것이다.

위의 예에서도 알 수 있고, 음악평론, 미술평론, 시사평론이란 말에서도 알 수 있듯이 비평이나 평론이란 용어가 문학에만 쓰이는 것은 아니다. 비평이란 말과 평론이라는 말은 서로 동의어로 쓰이는데 두 낱말에 공통적으로 들어있는 '評'은 '言+平'이 합해져서 이루어진 말이다. 平은 되나 말로 곡식을 잴 때 그 되나 말에 맞추어 평평하게 하는 것을 의미하는데 이 작업을 말로 하는 것이 '評'임을 알 수 있다. '批'는 '手+比'로 손으로 견주는 일을 말하는 것이니, 비평이라는 용어는 말로 사물을 서로 견주어 아름다움과 추함, 좋고 나쁨, 옳고 그름을 판단하는 것임을 알 수 있다. 동양에서는 비평이라는 용어 대신 오랫동안 '지음(知音)'이라는 용어가 사용되었었다.

한편 서양에서 비평에 해당하는 critique의 어원인 희랍어 krino는 '판단하다', '감정하다', '재판하다'라는 의미를 가지고 있고, 라틴어 criticus는 '재판관', '감정가', '심사원'의 뜻이다. 또 영어의 criticism은 crisis에서 유래되었는데 이 말은 위기라는 뜻의 의학용어에서 유래되었다. 위기는 의학적으로 보면 병세의 전환점을 의미하니 비평은 가치의 전환점을 마련하는 것이라고 해석할 수 있다.

이렇게 보면 문학비평은 문학작품에 대한 자신의 해석과 판단을 다른 사람이 납득할 수 있도록 효과적으로 진술하는 장르임을 알 수 있다.

2. 좌표와 기준

문학비평이 다루는 범주는 네 가지이다. 첫째 작가이다. 작가는 자신의 체험을 상상력을 통해 확장하고 전이시켜 언어로 형상화한다. 둘째는 이 작가가 창조해 놓은 언어적 생산물인 작품이다. 셋째는 그 언어가 지시하는 대상으로 자연 혹은 우주로 일컬어진다. 넷째는 그 작품을 읽는 독자이다. M. H. 에이브람스는 비평의 좌표에 대해 다음과 같이 설명하고 있다.

1) 표현론

표현론은 작가에 초점을 맞추는 이론으로 작품을 작가의 개성의 표현으로 본다. 낭만주의에서 특히 강조된 것으로 워즈워드는 그의 『서정담시집』에서 "시는 감정의 자연스러운 발로"라고 선언하고 있다. 표현론의 요체는 작품의 일차적인 근원은 작가 자신의 마음의 속성과 활동이라고 보는 것이다. 따라서 표현론의 입장에서 그 작품이 뛰어난 작품인지 아닌지의 기준은 독창성에 있다. 특이한 개성 속에 새롭게 창조되는 것이 없다면 가치가 없다고 간주되는 것이다. 그러나 개성과 보편성이 공존될 때만 독자의 공감을 불러 일으킬 수 있기 때문에 개성만을 예술적 가치의 근거로 삼을 수 있는 것인가 하는 근본적인 질문이 따르게 된다.

2) 객관론 또는 존재론

객관론은 작품을 다른 좌표와 분리시켜 작품 자체만을 객관적으로 존재하는 자율체로 바라보는 입장이다. 따라서 객관론의 입장에서는 다양한 부분과 부분이 어떻게 단일한 작품을 구성하는가 하는 작품 내적 관계에 초점을 맞추게 된다. 각 부분들을 어떻게 배열하고 있는가, 부분과 전체는 모순되는 충동과 갈등을 어떻게 조화롭게 끌어가는가 하는 복합성과 일관성을 기준으로 삼게 된다.

3) 모방론

모방론은 작품을 우주의 온갖 모습을 모방한 것이라고 설명한다. 모방 mimesis이 플라톤의 『대화』에 처음 등장했을 때는 단순한 개념이 아니었다. 소크라테스에 의하면 예술은 모두 모방인데, 이때 모방이라는 말은 관계를 나타내는 말로 두 항목을 의미하는 동시에 그들 간의 어떤 조응관계를 의미하는 말이었다. 플라톤은 소크라테스의 이론을 그대로 이어받으면서 시인의 시는 진리인 이데아에서 두 단계가 떨어진 것이므로 거짓이라고 판단했다. 그러나 플라톤의 제자인 아리스토텔레스는 시를 모방이라고 정의하며 모든 인간은 모방의 본능을 가지고 있고 모방에서 기쁨을 느낀다고 주장하였다. 그리스 시대 이후 서구 문학사에서 모방론은 '반영', '재현', '영상' 등 여러 유사어와 결합, 발전하면서 현대 리얼리즘 이론의 정립에까지 기여하였다.

모방론에서는 진실성이 가치평가의 기준이 된다. 당대 사회의 지배 이데올로기가 제대로 반영되어 있는가, 작품의 구조는 사회의 구조를 진실하게 반영하고 있는가에 관심을 갖고 작품을 평가하는 것이다.

4) 실용론

실용론은 작품이 독자에게 어떤 효용을 주는가에 초점을 맞춘 이론이다. 플라톤은 결국 시가 독자에게 부정적인 영향을 준다고 판단하여 시를 추방하는 입장을 취했던 것이며 아리스토텔레스가 말한 '카타르시스' 란 용어는 문학의 가장 중요한 효과를 나타내는 용어이다. 동양에서 공자가 시를 '생각에 사악함이 없다'고 한 것 역시 시의 효용에 관심을 가진 것이라고 할 수 있다.

실용론은 효용성이 작품 평가의 기준이 된다. 독자에 따라 쾌락과 교훈 두 가지 효용의 기준을 다르게 적용하겠지만 독자의 효용성은 작품이 수용되는 시대와도 밀접하게 연계되어 있다.

3. 여러 가지 비평 방법

1) 역사 · 전기 비평

역사 · 전기 비평은 역사주의 비평과 전기비평의 합성어이다. 어떤 문학작품이건 작품이 발표된 시기부터 하나의 역사적 사건으로 취급되기 마련이다. 따라서 한 작품을 정확하게 이해하기 위해서는 작가에 대한 연구와 동 시대의 다른 작가와의 관련성 여부, 작품의 사회적 배경에 대한 연구 및 역사적 배경, 작품 텍스트의 존재가치에 대한 규명이 선행되어야 한다. 따라서 역사·전기 비평에서는 작품의 역사적 위상 정립, 텍스트의 확정, 쓰여진 언어에 대한 해명, 창조자로서의 작가에 대한 전기적 접근, 문학적 관습과 전통의 형성 여부 등에 대해 관심을 기울이게 된다.

이 비평방법은 19세기 프랑스 비평가인 생트 뵈브 Charles Augustin Saint-Beuve와 테느 Hippolyte Adolphe Taine의 선구자적 연구에 기인한다. 생트 뵈브는 "내가 확립하고 싶은 것은 문학의 박물학이다."라고 말하면서 전기적 접근법을 활용하였고, 테느는 여기에 실증주의적 측면을 더 체계적으로 발전시켜 문학결정의 세 요인을 인종, 환경, 시대라고 제시하였다.

역사·전기 비평가가 하는 작업을 요약 설명하면 다음과 같다.

① 원전의 확정

역사·전기 비평가의 첫 작업은 믿을 만한 원전의 확인과 확정작업이다. 특히 필사본, 목판본 등 판본이 많을 경우 전후관계를 규명하고, 어느 것이 진본에 가까운 결정본인지 판정해야 한다. 예를 들면 「춘향전」을 연구하려고 하면 먼저 100여 종의 춘향전 이본 중 어느 판본을 분석대상으로 삼을 것인지 확정해야 한다.

「모비 딕」을 비평한 비평가 매티슨은 'soiled fish of the sea'라는 구절을 두고 '지상의 바다는 물론 보이지 않는 정신적 심해의 공포를 의식하고 있던 상상의 산물'이라고 높이 평가했는데 이 구절이 'coiled fish of the sea'의 오기임이 밝혀졌다. 이 경우 그 논평은 전혀 근거없다는 것이 드러나게 된다.

민족시인이라 일컬어지는 김소월의 『진달래꽃』 같은 시집도 판본마다 수많은 오류가 발견된다. 「접동새」를 보면 책에 따라 '아우래비 접동’이 ‘아 울아비 접동’으로, ‘아무래비 접동’으로 표기되어 있는데 이 중 어느 것이 원본인가를 결정해야 설명과 해석이 가능하게 된다. 김광균의 「설야」에서 “한 줄기 빛도 향기도 없이 / 호올로 찬란한 의상을 하고”에서 ‘찬란한’은 김광균의 조어 ‘차단한’의 오식이다. 그렇다면 이 시를 설명하기 위해서는 ‘차단한’이라는 조어에 대한 설명이 선행되어야 하는 것이다. 이육사의 「꽃」에는 ‘동방은 하늘도 다 끝나고/ 비 한 방울 나리잖는 그때에도’라는 행이 있다. 이 시가 1945년 자유신문에 처음 발표될 때는 ‘그따에도’로 표기되었는데, 이후 1946년『육사 시집』부터 ‘그때에도’로 표기되기 시작했다. 육사가 죽은 이후이기 때문에 결정하기 어렵지만 ‘땅’인지 ‘때’인지에 따라 시의 의미와 해석이 달라지는 만큼 결정본 확정 작업이 필요한 것은 물론이다.

이외에도 작가가 여러 번 개작한 작품의 경우 어느 것을 결정본으로 할 것인가 하는 확정 작업도 필요하다. 예를 들면 최인훈의『광장』이나 고은의 「문의 마을에서」는 세 번이나 개작되었는데 확정작업이 선행되어야 비평을 할 수 있게 된다.

② 언어의 규명

역사・전기 비평가가 관심을 기울이는 것은 작품에 사용된 언어가 그 작품이 제작된 당대의 상황에서 어떤 기능을 발휘했는지 그 의미를 밝히는 일이다.

고어나 방언의 경우 현대어나 표준어로 의미를 재생하는 작업이 선행되어야 한다. 예를 들어 「청산별곡」의 경우 “어듸라 더디던 돌코 / 누리라 마치던 돌코 / 믜리도 괴리도 업시 / 마자셔 우니노라”에서 ‘믜리도’, ‘괴리도’의 현대적 의미가 규명되지 않으면 해석 자체에서 오류를 범하게 된다.

방언의 경우도 마찬가지이다. 김유정의 「동백꽃」에서 '노란 동백꽃이 소보록하니 깔리었다'에서 '소보록하니'의 의미가 먼저 해명되어야 한다. 이외에도 전라도 방언을 시적으로 구사한 김영랑, 함경북도 경성 출신의 이용악, 평북 정주 출신의 백석 작품은 방언의 의미를 규명하지 않고는 감상하기 어렵다.

육사의 「광야」, "까마득한 날에/ 하늘이 처음 열리고/어데 닭 우는 소리 들렷스랴"에서 흔히 하듯 '어데'를 표준어 '어디'로 바꾸어 놓을 경우 경상도 방언이 가지고 있는 강한 부정의 의미가 축소된다는 것은 시에서 언어가 얼마나 미묘한 효과를 내는지 알려 주는 좋은 예가 된다.

③ 전기

역사·전기 비평가는 작가의 의도와 작품을 견주어 보기 때문에 모든 전기적 정보를 필요로 한다. 리온 이들은 전기를 포괄적 연대기, 문학적 초상화, 유기적 전기로 나누면서 이 중 유기적 전기가 가장 바람직하다고 천명하였다. 이 전기는 작가의 정신적 자질, 물질적 자질, 교육 정도, 교우관계, 가족상황, 친척관계, 직업 및 사회활동, 애정관계 및 여성 편력, 습관, 취미, 건강 상태 등 작품 해명에 도움이 되는 모든 정보를 수집하여 작가의 일생을 극적인 플롯으로 전개시킨 것이다.

④ 명성과 영향

이것은 한 작가의 작품이 독자나 다른 동료, 후배 작가에게 미친 영향관계를 의미하는 것이다. 이 중 독자에 대한 영향은 최근 수용미학이나 독자사회학에서 활발하게 논의되고 있다. 예를 들면 괴테의 「젊은 베르테르의 슬픔」은 독일 낭만주의 시기를 대표하는 작품으로 브르조아 계급의 안정된 삶 속에 들어있는 허위성, 이성적 삶에 대한 반항정신이 잘 표현되어 있는데 당시 청년들 사이에는 베르테르와 똑같은 조끼를 입고 권총자실을 하는 것이 유행이었다고 한다. 이것은 작품이 독자에게 미치는 영향이 얼마나 큰지를 알려주는 것이며 동시에 한 시대의 특징적인 분위기가 무엇인지를 알려주기도 한다.

이런 점에서 베스트 셀러는 당대 독자들의 동향을 연구해 볼 수 있는 재미있는 자료가 된다. 한편 작가 작품 간의 영향연구는 내적 증거와 외적 증거에 의거하여 단순한 사실을 확인하는 것이 아니라 어떻게 수용되었으며, 어떻게 재창조 혹은 변용되었는가를 밝히는 것이 중요하다.

⑤ 문학사

문학작품은 당대 문화의 시대정신을 반영하기 마련이다. 문학사는 문학적 사실들 즉 작가와 작품, 주제, 비평 등의 자료를 중심에 놓고 사상적 요소, 일반 사회생활상, 정치 사회적 제도, 전통과 신화 등의 재료를 동원하여 문학의 출생, 성장, 쇠퇴의 윤회적 반복과 동시에 속도, 농도, 질, 방향 등의 변화를 기술한다. 이런 문학사에서 한 작가와 작품이 어떤 자리를 차지하는가가 역사·전기 비평가의 주요 관심사이다.

⑥ 문학 특유의 관습

특정한 시대를 지배하는 문학적 양식을 의미한다. 장르는 커다란 규모의 문학적 관습이며 그 장르가 가지고 있는 세계관이나 특정 시대의 주제 같은 것도 여기에 해당한다. 또 당대의 작가들이 즐겨 쓰는 특정 단어나 문장, 창작 방법이나 수사, 문학적 언어, 문체, 문학이념 등도 이에 속한다.

이런 역사·전기 비평은 첫째, 문학작품 생산의 원천에 대한 치밀한 조사가 오히려 수단과 목적의 혼동을 가져올지 모른다는 점과 둘째, 너무 작품의 과거성에만 집착하여 작품의 현재성에 소홀할 수 있다는 단점을 갖는다. 하지만 작품 이해의 완전성과 정확성을 기할 수 있다는 장점과 개별 작품에 대한 통시적 안목을 넓혀주고 작품에 대한 독자의 이해력을 고양시킨다는 장점을 가지고 있다.

2) 형식주의 비평

형식주의 비평은 작품 텍스트 자체의 우위성을 옹호하려는 입장의 문학비평을 말한다. 그래서 이 비평을 본질적 비평 intrinsic criticism이니 문맥적 비평 contextual criticism이라고 말한다. 즉 형식주의 비평에서 텍스트는 객관적 의미구조를 가진 고유한 자율적 존재로 간주된다.

이 비평은 영국과 미국, 러시아 등에서 20세기에 가장 영향력 있고 활기 있는 비평으로 자리를 잡았다. 형식주의의 번영은 역사주의적 방법의 후퇴를 의미한다. 즉 역사주의가 약해지면서 형식주의는 융성해졌고, 또 역사주의가 쇠퇴하는 데 많은 영향을 끼쳤다. 형식주의는 1920년대에 일어나 30년대에 보다 강화되었고, 1940년대와 50년대 초에는 그 절정을 이루었다.

이 비평방법의 근본적인 미학원리는 작품의 내용, 사회적 도덕적 효과를 강조하는 플라톤과 반대되는 입장에서 문학작품의 형태, 구조, 스타일, 그리고 심리적 효과를 강조하는 아리스토텔레스와 아리스토텔레스학파에서 연유되었다. 하지만 형식주의 비평에 직접적인 영향을 준 이론은 18세기 말 칸트와 19세기 코울리지에서 찾을 수 있다. 칸트는 '무목적의 목적성' 즉 실제적 목적이 없는, 그 자체가 목적이

되는 경험이 바로 미적 경험이라고 주장했으며, 코울리지는 "시는 일종의 글로서 그 직접적인 목적을 진리에다 두지 않고 쾌감에 둔다는 점에서 과학적 저술과 대치된다"는 유명한 선언을 했다. 코울리지는 경험에 생명을 부여하는 동력으로서 예술가의 상상력에 중점을 두었으며 불연속적이며 외관상으로는 조화되지 않는 것 같은 질료들을 시에 융합시키는 시가 훌륭한 시라고 인식하였다.

형식주의가 포괄하고 있는 이론은 그 근거가 시사하듯 통일된 이론의 단일체라기보다는 상관성 있는 이론들의 복합체이다. 다만 그들은 모두 텍스트 그 자체를 우선시킨다는 불변의 원리에 승복한다.

형식주의 비평과 신비평은 용어의 사용에 있어 혼란을 일으키는 경우가 종종 있는데 형식주의 비평이 보다 포괄적인 용어로 러시아 형식주의, 신비평, 신아리스토텔레스 학파, 그리고 독자적으로 활동해온 블랙머 R. P. Blackmur나 이버 윈터즈 Yvor Winters까지를 포함한다.

① 러시아 형식주의

러시아 형식주의는 1910년대 말부터 1920년대에 걸쳐 러시아에서 번성했다가 1930년대에 정치적인 이유로 억제를 당하게 된 일련의 활발한 문학비평활동을 일컫는 말이다. 이 활동은 서구사회에 알려지지 않은 채 묻혀 있다가 로만 야콥슨에 의해 알려져 1950년대 중반 이후부터 약 20년 동안 새로운 비평이론으로 각광을 받았다.

마르크스주의자들에 의해 문학의 사회성을 강조하던 당시 러시아 비평계에 대한 반동으로 나타난 이 운동을 대표하는 사람들은 보리스 아이헨바움, 빅토르 쉬클로프스키, 로만 야콥슨, 블라디미르 프롭, 모리스 토마체프스키, 유리 티니아노프 등이다. 이들은 처음엔 주로 언어학적 현상에 관심을 보였으나 이후에 시학에 더 많은 관심을 갖고

'오뽀야즈(러시아어로 시적 언어연구회라는 의미)'를 창설하여 활동하였다. 1930년대 초 러시아에서 마르크스주의 비평이 득세함에 따라 형식주의자들은 정치적 압력을 느끼고 활동무대를 체코로 옮겨 로만 야콥슨, 얀 무카로프스키, 르네 웰렉 등을 주축으로 프라그 학파를 형성하여 그 전통을 이어갔다.

러시아 형식주의자들에 따르면 예술이란 자율적이며, 따라서 그 자체만으로 연구해봄직한 영속적이고 자족적인 인간활동이다. 그러므로 문학연구와 비평에는 뚜렷한 연구영역이 있다. 즉 예술형식은 예술 자체의 법칙에 의해 설명가능하므로 연구의 영역은 자연히 예술 일반 고유의 성질에 집중하게 된다. 이러한 문학의 독특한 성질을 야콥슨은 '문학성'이라는 말로 표현한다. 야콥슨은 "문학연구의 대상은 문학이 아니라 문학성, 다시 말해 주어진 작품이 문학작품이게 해주는 어떤 것이다"라고 말했다.

러시아 형식주의자들은 어떤 표현이 작품의 전면에 부각되어 나타나느냐에 따라 문학성이 결정된다고 생각하였다. 그러한 표현방식의 하나로 쉬클로프스키가 제시한 것이 '낯설게 하기'이다. 그에 의하면 "예술의 독특한 기능은 우리에게 사물을 단순히 인지하게 하는 것이 아니라 사물을 이해하게 하는 것"이다. 다시 말해서 주변 세계를 낯설게 만들어 자동적으로 인지하지 못하도록 하는 것이 예술의 기능이라는 것이다. 1917년 쉬클로프스키는 「기법으로서의 예술」을 발표하는데 이 논문은 흔히 러시아 형식주의 선언으로 불린다. 여기에서도 그는 은유와 비유는 낯선 것을 낯익게 하기 위해 사용하는 것이 아니고 낯익은 것을 낯설게 하기 위해 사용한다고 말한다. 그는 또 '난해하게 하기'라는 기법을 지적하는데 이것 역시 문학이 미학적 목적을 위해 일부러 어렵게 하는 방법을 말한다. 예를 들어 어려운 단어들과 구문의 사용, 전통적인 운율의 관례에서 이탈하기, 정보의 지연 등이다.

티니아노프와 로만 야콥슨도 형식주의 이론을 정립하는 데 중요한 역할을 담당한다. 티니아노프는 문학현상은 정적 개념이 아니라 역동적인 말의 구조이며 문학은 '문학적 기법들의 총체'가 아니라 '체계들 중의 체계'라고 주장했다.

로만 야콥슨은 시적 언어는 음과 구문의 패턴에 있어 언어의 음과 운, 율과 절의 반복·균형·대비 등으로 이루어져 있으며 중심단어나 이미지의 유형적 반복으로 구성되어 있음을 분석했다.

이들 이론의 초점은 이런 장치들이 결국 의미의 범위까지 포괄한다는 것이다. 즉 과거에 생각되었던 것처럼 내용과 대립되는 의미로서의 형식이 아니라 시의 형식이 곧 시라고 생각하는 것이다. 이들은 시의 이론 뿐 아니라 산문의 이론도 개발하였는데 토마제프스키가 주장하는 파불라(fabula)와 수제(sujet)의 변별이 그것이다. 그에 의하면 파불라는 행위 자체이고 수제는 독자가 그 행위를 알게 되는 방식이다. 모티프의 배열이 수제이며 그것이 주제를 결정한다고 보았다. 프롭은 『민담의 형태학』에서 러시아 동화를 주인공의 기능에 따라 분류함으로써 민담을 구조적으로 분석하여 서사의 일반법칙을 세우려고 시도하였다.

이렇게 볼 때 결국 이들이 강조한 것은 시적 언어와 일상적 언어의 변별성, 수제와 파불라의 변별성으로 낯설게 만들기와 전경화이다.

② 신비평

이 용어는 1910년 미국 비평가 스핑언이 미국 평단의 현학적인 아카데미즘에 반기를 들면서 처음 썼는데 지금은 1935년 이후 약 20여 년간 미국에서 이루어졌던 활발한 비평활동을 지칭하는 용어로 사용된다.

1941년 랜섬 J. C. Ransom의 『신비평 The New Criticism』이라는 저서에서 구체적으로 드러나기 시작한 이 운동은 브룩스 Cleanth Brooks, 워렌 R. P. Warren, 테이트 A. Tate, 블랙머, 윔새트 W. K. Wimsatt Jr. 등에 의해 이루어졌다. 이들의 비평은 주로 엘리어트 T. S. Eliot와 리처즈 I. A. Richards의 이론에 기반을 두고 비평의 객관성을 추구하였다.

엘리어트의 「전통과 개인적 재능」은 20세기 형식주의 비평의 경전 중의 하나이다. 이 글에서 형식주의자들의 기본적인 태도로 다음과 같은 세 가지 개념을 밝혔다.

가. 문학전통은 결정적이거나 변경할 수 없는 것이 아니라 새로운 작품의 출현에 따라 끊임없이 재조명되는 것이다. 과거는 결국 현재가 되는 것이며 또 현재에 의하여 갱신되는 것이다.

나. 실제적이든 상상적이든 예술가의 체험은 결국 그의 작품 속에 응축되어 있다. 그러므로 독자의 진정한 관심사가 되는 것은 작품을 만든 사람이 아니라 작품 그 자체이다.

다. 예술가의 정서와 개성은 그 자체로서 중요한 것이 아니라 예술작품 속에 융합되어 있을 때 중요해진다.

리처즈는 『문예비평의 원리』와 『실천비평』에서 첫째, 문학을 발화의 완전한 양태로 보는 개념 둘째, 해석과 판단의 기초가 되는 정밀한 원전분석의 방법 셋째, 문학작품의 언어에 대한 집중에 관심을 두어 교수법의 테크닉으로서 정밀하고 체계적인 분석의 유용성을 제시했다.

신비평가들은 우선 작품 자체에서 벗어나 있는 비평을 경계하였다. 작가의 의도에 맞추어 작품을 해석하려는 경우 '의도의 오류'에 빠지게 되며 독자의 감정적 효과에만 치중하면 '감정적 오류'에 빠지게 된다고 경고한다.

이들이 강조한 것은 첫째, 시는 시로 다루어야 한다는, 문학을 자족적으로 보려는 관점 둘째, 텍스트에 대한 정독으로 시를 유기적 통일체로 간주하려는 태도 셋째, 언어에 토대를 둔 원리로 아이러니, 역설, 긴장 등이다.

이들의 비평방법은 '자세히 읽기'가 무엇보다도 우선한다. 정독을 통해 한 작품 속에 내재한 구성요소들의 복잡한 상호관계를 자세하고 정교하게 분석해 내는 것이다. 따라서 이 비평의 원칙은 근본적으로 '언어'와 관련되어 언어적 요소들이 중심 테마 주위에 조직되어 있는 특성을 '결(: texture 랜섬)', '긴장(: tention 테이트)', '아이러니(: irory 리처즈)', '파라독스(: paradox 브룩스)' 등으로 부르면서 단어들의 상호작용과 의미, 비유, 상징을 분석해낸다.

③ 신아리스토텔레스 학파

웨인 부스의 논문 「말하기와 보여주기」는 1930년 시카고 대학에서 리차드 맥키언과 크레인의 주도 아래 일어났던 '시카고 신아리스토텔레스 학파'에 의해 행해진 형식주의의 단면을 보여준다. 신비평가들과 시카고 비평가들 사이에는 논쟁도 많았지만 작품 자체와 문학으로서의 문학의 본질적 연구에 초점을 둔다는 점에서 시카고 비평가들도 형식주의자들이다. 이들은 소설의 플롯, 구성, 장르 이론에 깊은 관심을 가지고 작업했으며 부스의 『소설의 수사학』은 시카고 학파의 비평방법을 전형적으로 보여준다. 즉 그는 작품이 독자에게 주는 영향을 연구하되 창조적 상상력에 대해 추리한다든가 독자심리를 탐색하지 않고 오히려 작가의 기법, 목소리, 서술전략에 관심을 기울인다. 특히 이들이 시점의 문제에 관심을 기울이면서 엄밀하고 정확하게 행한 텍스트 분석작업은 형식주의 산문이론을 대표한다고 할 만하다.

3) 심리주의 비평

심리주의 비평이란 심리학을 문학연구에 적용하는 방법론이다. 문학은 인간 정신의 소산이므로 문학과 심리학은 긴밀한 관계를 맺을 수밖에 없다. 심리주의 비평의 근원을 거슬러 올라가자면 아리스토텔레스까지 가지 않을 수 없다. 그가 『시학』에서 강조한 '카타르시스'가 인간의 심리를 지적하는 용어이기 때문이다. 뿐만 아니라 공자가 말한 '思無邪'도 단순히 도덕적 판단에 근거한 것이 아니고 인간 정신의 승화과정을 밝힌 개념으로 경험주의적 관찰에 기초한 것이다.

이들 뿐 아니라 문학의 기능을 쾌감에 두고 있는 대부분의 이론가들은 심리학적 성격을 띠고 있다고 하지 않을 수 없다. 이처럼 심리학과 문학비평의 관계는 심리학이나 문예비평 그 자체의 역사에 못지 않게 긴 역사를 가지고 있다.

여기에다 프로이드의 정신분석학이 대두하자 문학과 심리학은 더욱 긴밀하게 결합되면서 심리학자들은 문학작품을 심리학의 연구자료로 이용하고 다른 한편으론 심리학의 이론과 방법이 문학적 고찰에 적용되기 시작했다.

프로이드의 정신분석학이 현대문학의 창작과 비평에 끼친 영향은 지극히 넓고 깊다. 조이스, 엘리어트, 로렌스, 토마스 만, 카프카, 울프 등 현대의 위대한 작가들은 거의 모두 현대 심리학의 영향을 받았으며 심리주의 작품, 초현실주의 작품 등은 모두 현대 심리학의 성과에 토대를 두고 있다. 뿐만 아니라 비평에서도 심리주의 비평, 신화비평, 형식주의 비평, 역사주의 비평, 사회 문화비평, 독자반응비평 등에서도 모두 심리학을 적용하고 있다.

정신분석은 원래 프로이드에 의해 1895년 성립되는데 1900년에 『꿈의 해석』이 발간되면서 여러 학문 분야에 빛을 던지게 된다. 이것은 원래 프로이드가 정신이상자를 임상치료하는 실천법으로 이용한 것인데, 그는 정신의 이상은 모두 무의식 속에 억압되어 있는 컴플렉스에 기인한다고 보고 있다. 정신분석은 이 무의식 속의 컴플렉스를 발견하기 위해 대화, 연상, 꿈의 분석 등의 방법을 사용하는데 이 방법으로 자아의 구조, 성적 발달, 신경증의 발생 등을 분석 파악하고 전반적인 정신현상을 설명하는 데도 응용된다.

프로이드는 첫째, 인간의 정신과정은 대체로 무의식적이며 둘째, 인간의 모든 행동은 리비도 Libido, 즉 성적 에너지에 의해 유발된다는 두 가지 전제에서 출발한다. 그의 학설을 요약하면 다음과 같다.

인간의 성격은 이드와 자아, 초자아라는 세 가지 정신대로 이루어져 있는데 이 중 이드는 전적으로 무의식적이며 자아와 초자아는 부분적으로 의식의 정신과정에 놓여 있다.

이드는 리비도의 저장소로 모든 정신 에너지의 원천이다. 따라서 이드는 쾌락 원리에 따라 본능적인 욕구를 만족시킬 뿐 사회적 질서니 도덕이니 하는 가치관념과 관계없이 행동하는 무서운 힘을 가지고 있다. 프로이드는 '아무런 조직이나 통일된 의지를 가지고 있지 않고 쾌락원리에 따라 본능적 욕구만을 만족시키려는 충동만을 지닌 흥분된 혼돈상태, 즉 끓고 있는 큰 가마솥과 같은 것'으로 본래 가치니 선악이니 도덕이니 하는 것들과는 상관이 없다고 한다. 이런 이드의 개념은 신학자들이 정의한 악마의 그것과 흡사하다. 프로이드 이전에는 이런 정신의 힘은 자연적이고, 내적이라기보다는 초자연적이고 외적인 것이라고 여겼다. 그런데 그는 이것이 인간성의 한 부분이며, 인간이 원래 타고난 생득적인 것이라고 주장한 것이다.

이드는 사회적인 제약을 돌보지 않고 제멋대로 활동하기 때문에 개인과 사회를 보호하기 위해서 그것을 제어하는 정신적인 요인이 요구된다. 그것이 곧 에고이다. 이것은 이드와 같이 강한 생명력을 가지고 있지는 못하지만, 이드의 본능적 충동이 파괴적 행동을 유발하지 않도록 통제하는데 그 기능이 있다. 현실 원리에 따라 움직이는 이드는 내적 세계와 외적 세계를 중재한다.

자아가 이드를 통제하고 개인을 보호하는 기능을 가지고 있다면 초자아는 사회를 보호하는 기능을 가지고 있다. 프로이드의 말을 빌면 초자아는 '도덕적인 모든 제약의 대표, 즉 완전성을 추구하는 충동의 옹호자로서, 우리가 인간생활에서 보다 차원 높은 것이라고 일컫는 바에 대해서 심리적으로 이해할 수 있게 하는 것'이라고 한다. 이런 점에서 초자아는 인간의 도덕적 윤리적 핵심이 된다.

여기서 중요한 것은 건강한 사람은 이 세 가지 정신대를 하나로 통합하여 균형을 유지한다는 사실이다. 프로이드의 관점은 모든 정신작용은 리비도의 변화와 발전이라는 것이다. 본능보다 높은 차원의 목표를 지향하여 리비도를 발산시키는 것을 승화작용이라고 하는데 예술은 대표적인 승화작용의 결과이다.

정신 분석학이 용인하는 기초관념을 요약하면 다음과 같다.

첫째, 어느 순간에 있어서의 개인의 사고와 감정은 그 사람의 개성적인 동기의 습관과 그를 에워싸고 있는 정황을 자각하는 방식에 엄밀히 의존한다.

둘째, 개성의 형성에 있어서 최초의 유년기는 근본적으로 중요하다. 개성의 형성은 본능적 경향성과 심리적·사회적 위치의 구조라는 이중의 영향 아래 있다. 이드는 본능과 무의식적 총체, 자아는 의식, 지각 기능의 총체, 초자아는 죄의식과 억제의 반응이 나타나는 곳이다.

셋째, 심층심리의 갈등, 특히 결여감의 현저한 역할과 행동은 보통 갈등의 해결로 나타난다. 그것은 이동, 상징적인 만족, 승화, 합리화 등의 기제를 통해서 이루어진다.

넷째, 무의식 속에서 개인은 지배적인 갈등과 거기에서 작용하는 원망에 사로잡힌다. 그가 의식하는 것은 결과뿐이다.

프로이드에 의해 시사되고 그의 이론을 적용하여 문학연구가 시작된 1930년대는 정신분석학 비평의 시대가 되었다. H. 리드, E. 윌슨, L. 루이슨, V. W. 브룩스, K. 버크, M. 보드킨, L. 트릴링, N. 프라이 등 뛰어난 비평가들이 여기에 속한다.

프로이드의 제자인 아들러는 무의식 속의 성욕 대신 공격성의 역할을, 또 무의식 대신 자아의 역할을 강조하고, 본능적 심리학을 창시한 융은 도덕성, 종교성을 중시하고 개인적 무의식에 대해 집단 무의식을 주장하였다. 집단 무의식은 잠재적 이미지의 저장고로 이 내용을 융은 원형이라고 불렀다.

심리주의 비평은 이런 기본 관념과 이론을 적용하여 다음 세 영역에서 작업한다.

① 작가의 심리

그리스 사람들이나 기독교 세계관에서 시인은 신의 계시와 영감을 받아 시를 쓴다고 믿었다. 또 낭만주의 시대에는 작가가 어느 한 순간 영감을 받는 것이 아니라 태어날 때부터 시인의 정신 속에 스미어 있는 것이라고 생각하였지만 정신분석학은 과학적인 방법으로 창작 심리학을 개척하게 된다.

작품 뒤에 숨은 인간, 즉 작가가 작품 속에 투사된 사실을 밝히고 작가의 개인적 체험과 개성이 어떻게 그의 문체와 주제를 선택하고 인물의 성격묘사를 결정하는지 알아본다.

정신분석학에서 예술가는 원래 병적 요소를 지니고 있는데 창조적 작업에 임함으로써 병적 운명을 극복하고 현실로 되돌아오는 인간이다. 마리 보나파르트의 「에드가 엘란 포우에 관한 연구」는 심리 전기적 작가 연구의 고전이다.

② 작품의 심리

심리학자들이 즐겨 사용하는 여러가지 심리학적 개념들을 끌어다가 문학작품의 분석에 이용한다. 다시 말하면 작품 속의 등장 인물을 작품의 맥락 속에 존재하는 독자적인 실체로 취급하며 작품에 숨겨져 있는 의미가 주제와 인물을 통해 어떻게 충동하고 조화를 이루며 작품에 형상화되는지를 연구한다.

심리주의 비평가들은 꿈의 언어와 그 기능에 관심을 보인다. 꿈은 무의식에 들어갈 수 있는 통로인데 작품 역시 인간의 무의식에 들어가는 통로로 보는 것이다.

프로이드는 「햄릿」의 주인공 햄릿이 복수를 주저하는 심리를 오이디푸스 콤플렉스라 규정하였는데 어네스트 존스도 「햄릿과 오이디푸스」에서 햄릿의 심리를 심도 있게 분석하고 해석하고 있다.

③ 독자의 심리

심리주의 비평가는 작품이 독자에게 주는 영향을 심리학적인 관점에서 고찰하고, 작품을 통해서 얻는 독자의 체험이 어떤 방식으로 작품과 일치하고, 작가의 의도와 관련되는지를 분석한다. 아리스토텔레스의 '카타르시스'는 독자심리학의 고전적 개념의 하나이다. 카타르시스는 고난과 패배의 재현이 독자에게 억압을 주는 것이 아니라 해방감과 고양감을 준다는 것이다. 문학작품은 억압된 정서의 상징적 표현으로 독자는 그러한 작품을 읽음으로써 심리적 해방을 맛보게 된다는 것이다.

4) 신화·원형 비평

신화·원형 비평은 하나의 비평방법이나 미학적 안목을 승인하는 것이 아니라 다양한 인문학적 자료들이 문학에 있어서 신화의 형태로 그 최상의 자료를 이룬다는 주장을 입증함으로써 문학의 가치를 높인다는 신념을 가지고 있다.

가장 뛰어난 신화·원형 비평가의 한 사람인 프라이는 "나의 일반적 원리는, 문명사에 내재하는 문학은 신화에서 비롯하였다는 것이다. 신화는 인간과 비인간을 동일시하는 상상력의 단순하고도 소박한 노력이다. 그리고 신화의 뚜렷한 결과는 신에 대한 이야기라는 것이다. 뒤에 신화는 문학에 합류되기 시작했으며, 그리하여 신화는 이야기의 구조적 원리가 된 것이다."라고 자신의 입장을 밝힌다.

신화·원형 비평가는 역사·전기 비평가와 같이 신화적 모티프와 유형들이 시대와 작가에 따라 어떻게 달라지는지 예시하기 위하여 전기적 정보와 지성사, 문학 관습, 영향의 패턴들을 사용할 수 있다. 신화·원형 비평가들에게 문학이란 두 가지 현세적 차원에 동시에 존재한다. 첫째, 문학은 어떤 특정 순간에 역사적 사실로 존재하고 둘째, 문학은 원형적 인물, 이미지, 상징, 장면 구성의 영원하고 반복적인 표현으로서 역사적 시간의 차원 밖에 존재한다.

형식과 구조는 원형에 의해 결정되는 것이므로, 신화·원형 비평가는 형식주의 비평가와 마찬가지로 온갖 장르와 유형 및 개별 작품들의 형태와 구조를 탐구한다. 신화·원형 비평가의 궁극적 관심은 신화와 제의 그 자체에 있는 것이 아니고 예술의 형식 내에서 신화와 제의의 궁극적 구현으로서의 문학에 두고 있다. 따라서 신화·원형 비평가는 치밀한 텍스트 분석을 하게 되고 특히 이미저리와 상징의 해설을 하게 된다.

　신화와 제의가 사회적 경험에 의해 발생되었고 그것 자체가 사회적 행위의 형태이므로, 신화·원형 비평가는 사회·문화 비평가처럼 문학과 사회의 상호 작용에 관심을 갖는다. 즉 사회와 문학은 서로 의존하며, 서로 영향을 미치며 문학은 본질적으로 윤리적 기능을 가진다는 신념이다. 또한 신화·원형 비평가는 심리주의 비평가와 마찬가지로 감정과 경험을 표현하는 매체로서, 또 독자의 감정과 체험을 유발하는 수단으로 문학에 접근한다. 따라서 신화·원형 비평가는 특히 심층 심리학에 관심을 기울이며 정신 분석학에서 영감을 받은 문학 분석의 기교를 원용한다.

　신화·원형 비평의 입장에서 보면 특정 시대의 문학현상이나 개별 작가들의 작품이 매우 다양해 보이지만 실제로는 인류의 공동체험적 요소의 근원, 즉 원형이 표현만 달리하여 나타나는 것이다. 원형이란 집단 무의식의 구조적 요소로 보편적, 집단적, 선험적 심상들이다. 원형은 창조되는 것이 아니라 처음부터 존재하는 영원한 것으로 의식을 초월한다. 융은 걸작이란 개인의 경험을 종족의 집단 무의식과 혼융시킴으로써 성공을 거두는 작품이라고 보았다.

　신화·원형 비평가는 사실상 모든 장르에 동등한 접근을 하며 정평 있는 명작에 관심을 기울이는 만큼 대중문학 혹은 민속문학에도 관심을 기울인다. 그들은 작품 속에서 원형의 존재를 확인하고, 그 원형의 형태와 의미를 기술하고, 그것이 어떠한 형태로 형상화되었는지를 기술한다. 그러나 신화·원형 비평은 최근에 발생했기 때문에 실천비평보다 이론비평에 더 큰 가치를 부여해 왔다.

　신화·원형 비평은 원형, 단원신화, 문학의 근원적 원리 추구에 있어서 특정의 동일성과 예견성에 빠지기 쉽다는 한계를 가지고 있다. 문학에 재현되는 기본적 신화유형을 강조함으로써 신화·원형 비평은 흔히 서로 상이하고 뚜렷한 특징을 가지는 문학작품을 하나의 작품으로 간주할 위험성이 있는 것이다. 또 예술로서의 작품의 기교나 고유한 성격보다 재료를 면밀하게 음미하고 문학작품의 주제에 관심을 기울이다 보니 신화·원형 비평은 가치평가를 배제한 분석적 기술이 된다. 실제 프라이는 비평의 주된 기능은 문학작품의 가치평가가 아니라 분석이라고 주장하기도 하였다. 그러나 비평의 기본 기능이 가치의 평가라는 점에서 가치평가가 배제된 비평도 비평인가라는 근본적인 질문이 제기될 수도 있다.

5) 사회·문화 비평

문학이 지닌 사회 문화적 의미에 관심을 기울인 것은 중국의 『시경』이나 플라톤의 『국가』 이래로 계속되어 왔다. 『시경』의 대부분의 시들은 은근히 백성을 가르쳐 선도하며 위정자의 잘못을 근심하고 풍자함으로써 시의 사회적 효용에 관심을 보이고 있다.

중국의 이러한 문학관은 우리나라에도 그대로 영향을 미쳐 고려시대 최자는 『보한집』의 서문에 "글이란 것은 도를 실행하는 문이니 실없는 거짓의 말을 쓰지 않는다"고 하여 문학의 재도적 기능을 내세우고 있다. 조선시대 서거정도 『동인시화』에서 "시라는 것은 잔재주에 지나지 않지만 혹 세상의 교화에도 관련이 있으므로 군자는 마땅히 여기에서 취하는 바가 있어야 할 것이다"는 말로 문학의 교훈적 기능을 극단적으로 드러낸다.

문학이 지닌 사회적 효용에 대해 다소 관념적인 유교의 이런 생각은 실학의 석학인 정약용에 오면 좀더 현실적인 경향을 띤다.

> 임금을 사랑하지 않고 나라를 걱정하지 않는 것은 시가 아니며, 시대를 근심하지 않고 풍속을 분개하지 않는 것은 시가 아니며, 장점을 찬미하고 결점을 풍자하며 선을 권장하고 악을 징계하는 뜻이 없는

것은 시가 아니다.

이런 경향은 애국계몽기의 신채호에 오면 더욱 강력해져서 "문학은 논설보다 대중성과 감동 양면에서 사회를 위해 더욱 큰 기여를 한다. 논설은 아무리 정대(正大)한 내용을 갖추었어도 소수의 지식인에게만 전달되는 것이지만 문학은 부녀자나 아이들까지 즐기는 것이므로 문학이 아니고는 광범위한 민중과 관련을 맺을 수 없다. 또 논설은 지식을 개발하는 것이지만 문학은 감동을 주는 것이다. 감동을 하면 마음과 몸이 함께 움직여 자신도 모르는 사이 작품이 뜻하는 바를 실천하게 된다.(「근금 국문소설 저자의 주의」에서)"고 까지 주장하게 된다.

여기에 비해서 서양인은 문학과 사회 혹은 정치, 경제적 관계에 대해 다양하고 유연하게 인식해 왔다. 플라톤은 시인이 선량한 신에 관해서 거짓말을 하고 미련한 인간을 묘사한다는 이유에서, 또 인간의 행복과 미덕을 방해하는 감정에 오히려 지배적인 자리를 준다는 이유로 시인을 그의 '국가'에서 추방하고 있다. 비코(1668-1744)는 『새로운 학문』에서 "인간의 예술과 관습은 그것을 만들어내는 사람들이 살고 있는 지리적, 풍토적 환경의 산물인 동시에 그 시대의 사회적 발전단계의 산물"이라고 해석하여 사회 문화적 비평의 길을 열었다. 헤르더는 『역사철학의 이념』에서 "시는 그 국민의 언어, 풍속, 습관에 반응하고 기질과 풍토, 말의 억양까지도 반응하여 끊임없이 그 형식을 바꾼다"고 하고, 헤겔 역시 "문학은 사회의 지배적 이념이 반영되는 것"이라고 보았다.

그러나 오늘날의 사회·문화비평의 직접적인 출처는 테느와 마르크스, 엥겔스라고 말할 수 있다. 테느는 『영문학사』에서 문학의 결정요소로 종족, 시대, 환경을 주장하였다. 그는 서문에서 "문학작품은 아름답기 때문에 교훈적이다. 그것이 완전할수록 효용성도 증가한다. 만일 문학작품이 사실만을 기록한다면 그것은 다만 기념물일 뿐이다."라고 말하고 있다.

마르크스와 엥겔스는 여기에 경제적 요소를 추가했다. 그들은 생계를 세우는 방식, 즉 생산의 방법에서 사회계급을 추출해내고, 이 생산의 방법이라는 경제적 과정이 문화의 기초를 이루는 것이라고 보았다. 이러한 인식 아래 그들은 문학이란 문화의 다른 부분들과 마찬가지로 생산적 여러 관계 위에 세워진 사회의식의 상부구조라고 보았다. 그들의 문학론을 요약하면 다음과 같다.

첫째, 문학작품 혹은 양식의 발생은 그 시대의 사회구조 및 경제적 생산양식을 반영한다.

둘째, 부르조아 사회의 붕괴와 사회 건설에 기여한다는 점에서 리얼리즘을 옹호한다.

셋째, 문학은 관념적, 일반적, 형이상학적인 의미를 표현할 것이 아니라 구체적, 실천적, 시대적 의미를 표현해야 한다.

넷째, 전형성의 개념을 제시해야 한다.

그러나 그들은 미학적 관용을 지니고 있었다. 예술의 융성기가 사회의 일반적 발전 혹은 사회의 물질적 기초와 직접 연결되는 것은 아니어서 훌륭한 예술이란 그 사회적 관계를 초월한다고 보았다. 하부구조가 상부구조를 결정하지만 사회나 경제적 생산양식으로부터 독립될 수도 있음을 인정하였고 문학을 이념의 직접적인 선전도구로 보지는 않았던 것이다.

한편 매슈 아놀드는 문학의 개념은 교육적이라는 주장을 펴면서 문학의 도덕적 기능에 관심을 기울였다. 그는 또한 비평이란 지적 분위기를 산출하여 창작과정에 결정적인 역할을 하여야 한다고 주장했다. 그는 비평을 세상에 알려져 있고 사고된 가장 좋은 것을 배우고 전하는 공평한 노력이라고 정의하고 있다.

20세기 이전의 사회·문화 비평의 주장을 정리하면 다음과 같다.

첫째, 문학작품은 그것을 생산한 환경이나 문화나 문명을 떠나서, 충분히 혹은 진실하게 이해될 수 없다. 그것은 그 자체만으로 연구되기보다 가능한 넓은 상관관계에서 연구되어야 한다.

둘째, 문학작품 속에 있는 관념은 형식 및 기교와 마찬가지로 중요하다. 형식과 기교는 얼마간 작품의 관념에 의해서 결정되고 형성된다.

셋째, 생명력 있는 모든 문학작품은 그것을 나오게 한 문화와의 관계에서, 또 작품은 인생에 몰두하고 인생에 대한 가치평가적인 반응을 나타낸다는 점에서 매우 도덕적이다. 문학작품은 일종의 도덕적 경험이다.

넷째, 문학작품은 사회의 두 방면, 즉 특정한 물질적 요인이나 힘을, 혹은 집단의 정신적 문화적 경향을 반영할 수 있다. 따라서 작품의 내용과 형식은 사회학적 발전이나 문화적 기질의 미묘한 변화를 반영할 수 있다.

다섯째, 비평은 작품에 대한 초연한 미학적 관조로만 머물러 있어서는 안된다. 그것은 예술의 생산에 영향을 줄 수 있고 영향을 주어야 하는 하나의 살아 있는 활동이다.

여섯째, 사회·문화 비평가는 과거와 현재의 문학에 책임을 다한다. 그는 과거의 방대한 문학 가운데 현재에 적절한 것을 선택하고 동시대의 작품에 주목하여 예술과 감상자 사이의 조정자로서의 구실에 힘쓴다.

20세기 이후 사회·문화 비평은 현대문학의 상징주의적 경향을 역사비평의 안목으로 비판한 에드먼드 윌슨, 실존주의의 관점에서 문학의 사회적 기능을 밝힌 사르트르, 문학형식의 사회적 관련을 밝힌 크리스토퍼 코드웰, 변증법적 유물론의 미학을 서구적 문제의식으로 심화시킨 루카치, 사회구조와 소설구조의 상응관계를 밝힌 골드만, 예술의 창조와 수용을 사회적 연관 속에서 파악하면서도 예술의 독자성을 존중한 하우저 등 여러 경향으로 전개되고 있다.

　사회·문화 비평은 작품의 미학적 질이나 창조적 솜씨를 충분히 설명하기 어려운 것이 사실이다. 예술 사회학의 두드러진 단점이 복잡한 속성을 가진 대상을 단순한 요소로 분석하는 것이라고 말한 하우저처럼 사회·문화 비평은 문학작품 속에 복잡하게 얽혀 있는 모티브들, 상징의 여러 층위가 지닌 의미, 억양과 강조의 미묘한 파동을 설명하기 어렵다. 그러나 이 비평방법은 문학이란 결국 독자에게 이런 저런 길을 돌아 현실로 되돌아오게 한다는 사실을 중요하게 생각한다. 문학은 문학을 둘러싸고 있는 더 폭넓은 삶과 상호 영향을 주고 받는다. 언어 자체가 사회적 구성물이며 문학의 창조자는 경제, 윤리, 정치에 의해 영향 받는 사람이다. 문학은 때때로 사회적 변화를 낳기도 하고, 그런 변화에 의해 생성되기도 한다. 사회·문화 비평가는 작품이 외부에 영향력을 갖는다고 생각하기 때문에 문학의 진지성을 믿으며 시대의 폭력과 사회의 타락에 저항하고 건강한 민중의 생활과 올바른 역사의 진행에 이바지하는 것이 새롭고 참다운 문학임을 믿는다. 무엇보다도 그는 문학의 힘과 아름다움에 대해 신념을 가지고 사회와 역사에 대한 합리적 이해를 강조한다.

6) 페미니즘 비평

　페미니즘 비평은 여성의 해방을 추구하는 여성운동과 밀접한 관계를 가지고 있다. 그러나 문학은 사회운동보다는 훨씬 간접적인 효과를 가지고 있기 때문에 문학에서 여성의 입장을 논의

하는 것은 1960년대까지 기다려야 했다.

페미니즘 비평은 조직적인 움직임으로 시작되었거나 체계적인 이론의 정립이 있었던 것이 아니다. 그것은 페미니즘 비평의 단점이라기 보다 다양한 움직임을 보이고 다양성에 가치를 부여하는 페미니즘의 특징이라 할 수 있다.

① 여성 이미지 비평

여성 이미지 비평은 1960년대 말부터 여성해방운동의 일환으로 대학 영문학과 대학원생들이 ‘여성의 눈’으로 기존 문학작품을 접근해 보기 시작된 데서 비롯한다. 이 과정에서 초기 여성비평가들은 당시 강단을 지배해 왔던 문학의 고전들이 남성중심적 사고에 기반해 있으면서도 보편적인 인간의 진실을 담고 있는 것처럼 행세해 왔음을 인식하고 기존의 문학작품을 여성의 입장에서 재평가하는 작업을 시작하게 되었다.

여성 이미지 비평가들의 기본 전제는 여성과 남성은 생활공간도 다르고 그 고유의 경험도 다른 만큼 세계를 바라보는 관점 또한 다를 것이라는 것이다. 따라서 그동안의 문학비평에서 객관적이고 보편적인 미학이라고 추앙받아 오던 것들이 남성중심적임을 폭로하기 위해 문제를 제기하기 시작했다.

이 방법론의 대표적인 업적은 메리 엘만 Mary Ellmann의 『여성에 관한 고찰』과 케이트 밀레트의 『성의 정치학』, 쥬디스 패털리 Judith Fetterly의 『저항하는 독자』이다.

엘만의 주장을 요약하면 그리스 신화에서부터 현재에 이르기까지 서구 문학에 나타난 여성은 현실성을 결여한 채 천사/마녀로 양극화 되어 있다는 것이다. 천사형은 여성을 가사와 육아에 속박해 놓고 집안의 평화를 위해 순종적인 천사로 미화한 것이며 마녀형은 남성의 권위에 도전하는 주체적 여성을 억압하기 위해 고안한 것이다. 여성 인물을 천사와 마녀로 이분시켜 놓은 것은 서구 사회 뿐 아니라 동양 사회에서도 마찬가지이며 현대의 대중문화에도 그대로 적용되어 여성인물의 스테레오 타입을 양성한다.

이런 상투적 여성상이 확산된 이유와 문학작품에 현실적 여성 인물의 형상화가 부족한 이유를 설명한 가장 두드러진 작업의 하나가 밀레트의 『성의 정치학』이다. 밀레트의 정치라는 용어는 한 집단의 인간들이 다른 집단의 인간들에 의해 지배되는 권력의 구조적 관계들과 장치를 가리킨다. 즉 집단과 집단 사이의 지배의 역학이 권력구조라면 남성과 여성의 관계도 지배적 남성이 종속적 여성에게 권력을 행사하는 지배 / 피지배의 관계라고 주장하는 것이다. 이에 따라 남녀 간의 지배 / 종속 관계를 '성의 정치'라고 명명하고 이러한 사회구조를 가부장제(patriarchy)로 지칭한다. 성의 정치의 문학적 반영을 다루는 장에서 그녀는 밀러, 메일러, 쟝 주네 Jean Jenet, 로렌스 D. H. Lawrence의 작품을 분석하면서 로렌스가 가장 유능한 성의 정치가라고 평한다.

쥬디스 패털리는 여성들이 독서를 할 때 겪게 되는 곤란을 지적하면서 저항하는 독자가 되기를 권한다. 그녀는 여성비평은 동의하는 독자보다 오히려 저항하는 독자가 되는 것이며, 동의하기를 거절함으로써 우리 안에 자연스럽게 주입되어왔던 남성의 정신을 쫓아내는 과정을 시작하는 것이라고 한다.

여성 이미지 비평가들이 관심을 갖는 작업 중의 하나는 동화에서 남성 중심주의의 전제를 찾아내는 일이다. 동화는 여성에게 일어나는 최고의 일이란 사랑에 빠지고, 결혼해서 아이를 많이 갖는 일이라는 신념과 결합한 문화적 형식이다. 카렌 로우 Karen Rowe는 동화는 유쾌한 환상이 아니라 가부장제 안에서 여성에게 현실적인 성적 기능에 적합한 동경을 내면화시키는 기제라고 말하고 마르시아 리베르만 M. Lieberman은 여성을 전통적인 모델로 문화화시키는데 봉사하는 여성 교육 수단이라고 지적한다.

여성 이미지 비평은 기본적으로 문학작품 속에 나타난 상투적 여성상이나 여성혐오증을 비판하는 역할을 한다. 이것은 이제까지 이루어져 왔던 남성의 오독을 밝혀내고 그것을 평가하는 독해를 함으로써 문학의 보편성에 기여하는 작업이기도 하다.

그러나 여성 이미지 비평의 작업은 반복적이기 쉽다는 한계를 갖는다. 릴리안 로빈슨 Lillian Robinson이 경고했듯이 개개의 문학작품들에 있어서의 성차별을 드러내는 것밖에 되지 못할 수 있다. 혹은 가부장제가 여성을 억압했다는 증거로 되도록 많은 작품에서 그런 표현을 찾아내는 귀납적인 방식으로 치우칠 위험도 있다. 이런 위험을 피하기 위해서 여성 이미지 비평은 그 나라의 지배적인 문학 양식에서 배제된 것을 설명하려는 시도, 또 대상을 다루는 어떤 방식들이 어떻게 해서 문학적 관습으로 자리잡게 되었는가를 검토하려는 시도를 하고 있다.

② 여성 중심주의 비평

여성 이미지 비평이 독자로서의 여성을 전제로 하여 남성 중심주의를 해체시키는 작업이라면 여성 중심주의 비평 Gynocritics은 작가로서의 여성을 전제로 한다. 즉 남성작가의 작품과 구별되는 여성문학의 차이성을 구명하려는 작업이다.

쇼왈터는 여성문학의 단계를 세 단계로 구분한다. 즉 지배 전통의 지배적 양식을 모방하고 내면화시키던 단계 Feminine에서 그것에 저항하고 소수의 권리와 가치와 자주성을 옹호하던 단계 Feminist, 그리고 자아발견의 단계에서 여성의 독특한 경험과 특성에 가치를 부여하는 단계 Female이다. 두 번째 단계의 비평을 페미니스트 비평이라 이름짓는데 이것은 대체로 여성 이미지 비평의 영역으로 대개 남성의 텍스트를 읽으면서 거기에서 발견되는 여성들의 이미지에 대한 다양한 해석들을 제공하거나 다른 비평형식을 통해서 여성들에 대한 그릇된 개념들에 의문을 제기하는 것이다. 세 번째 단계가 여성 중심주의 비평으로 텍스트의 의미 산출자로서의 여성에 초점을 맞춘다.

이 비평의 연구 대상은 여성의 저술에 대한 역사, 문체, 장르, 구조, 여성 창조력의 정신 역학, 개인이나 집단의 여성 경력의 제도, 여성문학 전통의 진화와 법칙들이다. 이것은 개별 작가들의 사례연구나 개별 주제에 대한 사례연구에서 이미 행해진 동등한 작품들을 포함하는 거대한 계획이다.

이 방면의 업적으로는 미국의 경우 엘렌 모어스 Ellen Moers의『문학적 여성들』과 패트리시아 메이어 스팍스 Patricia Mayer Spacks의『여성의 상상력』, 그리고 쇼왈터의『그들만의 문학』과『황무지에 있는 페디니스트 비평』, 길버트 Sandra Gilbert와 구바 Susan Gubar의 공저『다락방 속의 미친 여자』를 들 수 있다. 또 후기 구조주의와 해체주의의 영향을 보다 강하게 받은 프랑스 여성비평가들의 경우 줄리아 크리스테바 Julia Kristeva와 루스 이리가레이 Luce Irigaray, 엘렌느 시슈 Helene Cixous의 작업을 들 수 있다.

여성 중심주의 비평이 남성 중심주의의 전제를 해체하고 그 자리에 여성성을 자리잡게 하려는 시도라 하더라도 미국의 여성 중심주의 비평과 프랑스의 여성 중심주의 비평은 현저한 차이를 보이고 있다.

앨리스 자르딘 Alice Jardin은 미국의 여성비평과 프랑스의 여성비평을 다음과 같이 구분한다. 첫째, 미국의 비평가들은 저자의 성의 차이를 진지하게 설명한다. 이에 반해 프랑스의 여성 비평가들은 '자아의 죽음'이라는 후기 구조주의의 각성 속에서 풍성한 탐구가 이루어질 수 있는 원천의 하나인 경험적인 저자에 대한 연구를 포기한다. 둘째 미국의 비평가들은 정상적으로 여성의 이미지, 성역할의 스테레오 양상, 그리고 허구적 인물 등 모든 문학적 미메시스의 요소들을 조사한다. 반면에 프랑스 분석가들은 이미지와 유형, 인물들을 단순한 비유나 효과로 봄으로써 미메시스를 포기한다. 셋째 미국의 비평가들은 문학작품의 뒤나 그 속에서 '진실'을 찾는다. 반면에 프랑스 비평가들은 진실과 허구의 관계를 결정될 수 없는 것으로 봄으로써, 진실을 찾는다는 것은 하나의 환상에 지나지 않는다고 봄으로써 그 작업을 포기한다. 이들은 서구세계에서 '여성' 자체의 주체적 성격을 언어학과 라깡의 정신분석을 통해 기술하고자 한다. 이때 '여성적인 것'은 여성의 성을 지닌 사람들에 의해 구축되는 것이 아니라 파괴적인 기술과 동일시된다..

여성 중심주의 비평은 여성적 차이를 구명하려는 노력이었으며 가부장제가 폄하해 버린 여성적인 것을 재평가하려는 시도였다. 하지만 크리스 위던 Chris Weedon이 『페미니스트의 실천과 후기 구조주의』에서 지적했듯이 남성들과 다른 여성들의 경험이 어디에서부터 나오며 그리고 그것이 여성들을 구조화하는 물리적인 사회적 실천과 힘의 관계들과 어떻게 관련되는지를 보이지 못하고 있다. 또한 여성적인 것과 남성적인 것의 의미는 문화와 언어에 따라 다양하며 역사적인 변화에 종속되기도 하는데 이런 점을 간과하고 있다는 한계를 보인다. 안네트 콜로드니는 남성과 구별되는 여성의 특수성만을 추구하는 것은 역사, 계급, 문화, 인종에 따라 다르게 나타나는 여성문제를 보편화시켜 버리며 남녀간의 평등한 교류 자체를 차단시킬지 모른다고 예상하였다. 그녀는 남성문학과의 상대적 관련 속에서 총체적으로 접근하는 것이 여성문학의 차이성이라는 선험적 기준에 다라 여성문학을 재단하는 오류에서 벗어나 진정으로 객관적인 여성문학의 특수성을 구명할 수 있다고 말한다.

③ 사회주의 여성 비평

사회주의 여성 비평가들은 여성억압에는 계급억압과 성억압이 중첩되어 있다고 보아 계급해방만으로 해결되지 않는 여성억압의 특수성을 제기하며 문학과 문학비평이 우리들 삶의 사회경제적 조건과 어떤 관계를 맺고 있는가를 탐구한다. 대표적인 연구자로 영국의 줄리엣 미첼 Juliet Michell, 바레트 Michele Barrett 그리고 미국의 로빈슨 Lillian Robinson과 뉴튼 Judith Newton, 데보라 로젠벨트 Deborah Rosenfelt를 꼽을 수 있다.

이 문제에 유용한 단서를 제공해 주는 것이 울프 Virginia Wolf의 『자기만의 방』이다. 그녀는 이 책에서 '글쓰기는 무형의 존재에 의해 공중에서 짜여지는 것이 아니라 물질적인 것들에 기반을 두고 있다'고 말하면서 물질적인 것에 의해 예술 형식이 선택되며 그 외 문체나 어조, 인물묘사에도 물질적인 조건이 영향을 미친다고 주장한다. 그녀는 '세익스피어에게 그와 같은 능력을 가진 여동생이 있었다면?'이라는 가상적 질문을 던지고 그것에 답하면서 위대한 재능을 가진 여성이 16세기에 태어났다면 틀림없이 미치거나 총으로 자살하거나 마을 변두리의 외딴 오두막에서 절반은 마녀, 절반은 요술쟁이로 공포와 즈롱의 대상이 되어 일생을 마쳤을 거라고 확신한다. 울프는 남성작가와 여성작가의 차이가 여성이 역사적으로 문학생산의 수단에 접근하는 것이 제한되어 왔기 때문이라고 지적한다. 여성의 교육은 흔히 남자 형제들의 교육을 위해 희생되곤 하며 여성은 출판업자와 접촉할 기회도 적어서 작품을 보급할 기회도 적으며 여성들이 결혼하는 경우 자기가 번 돈도 자기가 지닐 수 없는 상태이었기 때문에(기혼여성의 재산법이 통과되기 전이었기 때문이다.) 남성처럼 글쓰기로 생활비를 벌 수도 없었다는 것이다. 또한 펜과 종이만 있으면 되는 문학에 비해 음악과 미술은 더 많은 돈을 필요로 하기 때문에 여성들이 선택하기 어려운 장르였다는 것이다. 뿐만 아니라 울프는 여성들은 여성의 글을 폄하하는 사회적 태도와 문학비평적 태도를 피하기 위해 남성의 필명을 사용하기도 했음을 지적한다. 에밀리 브론테가 엘리스 벨이라는 가명으로『폭풍의 언덕』을 출판한 사실, 남성적 가명을 사용하는 대신 익명을 사용하는 것 등은 책이 여성의 작품이라는 편견에 의해서가 아니라 작품 자체의 특성에 의해 평가받게 하기 위해서이다. 이처럼 울프는 문학의 역사적 생산과 분배에 대한 안목을 제공하며 문학의 소비와 수용에 대해서도 평가하고 있다.

사회주의 여성 비평가들은 성차별적인 현실을 고발하기만 하는 것이 아니라 현실이 이미 주어져 있는 성별분리를 지속시키기 위해 어떤 기능을 하는지 설명하고자 한다. 이들이 문학텍스트를 대하는 태도는 텍스트를 텍스트 자체에 대한 명상으로 읽는 것이 아니라 역사를 향한 몸짓이자 정치적 영향력을 지니는 몸짓으로 읽는 것이다.

이제까지 설명한 페미니즘 비평을 요약하면 다음 두 가지 작업이라고 할 수 있다.

첫째는 가부장적인 전제와 편견을 폭로하는 것으로 이것은 현재이 사회에서 여성은 사회적, 경제적, 정치적으로 억압받고 있으며 이러한 억압은 반드시 종식되어야 한다는 신념에 동의하는 것이다.

둘째는 그동안의 문학사에서 여성들이 이룩한 문학을 발견하고 재평가하는 것으로 여성문학의 권리회복이라는 측면이다. 페미니즘 비평가들은 다음과 같은 질문을 제기한다. 무엇이 작품을 우월하게 만들고 열등하게 만드는가? 어떤 토대 위에서 여성작가들이 정전에서 추방되었는가? 즉 이들은 이제까지의 문학사를 기술한 전통적인 미학적 규준을 철저하게 조사할 필요가 있다고 주장한다.

여러 가지 비평 방법론을 간략하게 소개했지만 실제 작품을 비평할 때 한 가지 방법론으로만 접근하는 것은 아니다. 현재 발표되는 단일 작품을 대하게 될 때는 아무래도 형식주의 비평방법을 따라 자세히 읽으면서 작품을 이해하고 해석하게 되며, 내용이나 형식이 사회 문화적 현상을 반영하고 있으면 사회·문화 비평방법을, 페미니즘적이면 페미니즘 비평방법을 적용하게 되고, 원형 이미지가 두드러지게 사용되었으면 신화·원형 비평으로 접근하게 되는 것이다. 그러나 작가론을 쓰게 된다면 아무래도 역사·전기적 접근을 하지 않을 수 없으며, 전기적 접근에서 심리주의 비평방법이 원용될 수도 있는 것이다. 결국 비평 방법 자체에 우열이 있는 것이 아니라 작품의 속성에 따라, 또 비평가의 기준에 따라 가장 적합한 비평방법론을 원용하게 되는 것이라 할 수 있다.

4. 창작의 실제

문학현상은 텍스트를 사이에 두고 작가와 독자가 벌이는 상호역동적인 소통작용이다. 그렇다면 문학현상의 가장 중심에 놓이는 것은 텍스트의 읽기이다. 문학텍스트에 대한 일차적인 접근이 독자 차원의 이해와 감상이라면 이 수준을 넘어선 접근이 비평이다. 한 시대의 역사적 사회적 의미가 용해되어 있는 문학텍스트는 독자가 의미화할 것을 기다리며 열려 있다. 문학비평은 이런 문학텍스트에 새로운 의미를 부여하는 작업이다. 하나의 텍스트란 많은 공백을 가지고 있기 마련이어서 그 공백을 채우는 것이 비평이라고 할 수 있는데 비평가의 문학관이나 주관성은 바로 이 점에서 작용하게 된다. 비평에 주관이 작용한다고 해서 원 텍스트의 의미에서 마음대로 벗어나도 된다는 것은 아니다. 문학텍스트는 해석을 거친 후에야 판단의 대상이 되는 것이다.

　문학텍스트는 인간 상호간의 개별적인 상황을 구체적으로 다룸으로써 독특한 의미와 가치를 내포하고 있다. 따라서 문학텍스트는 일반적 개념의 틀로 포괄할 수 없는 성격을 지니며, 개개의 작품을 하나하나 고찰해야 하는 특성을 갖게 된다. 거기에다 그 가치는 고정된 것이 아니라 시대와 시각에 따라 변화하기 마련이어서 가치의 준거를 마련하는 일이 필요하다.

　이런 점에서 문학이론과 문학비평은 구별되어야 한다. 문학이론은 "그 작품을 비극으로 만드는 것은 무엇인가?"라는 질문에 답하는 것으로 '이론적 전제 자체를 논의하고 변형'하는 것이라고 한다면 문학비평은 "무엇이 그 작품을 위대하게 만드는가?"라는 질문에 답하는 것으로 '어떤 이론적 전제들의 토대 위에서 연구 대상에 대한 체계화된 재현을 얻어내고자하는 것'이다. 따라서 문학이론 교육은 문학교육이 정상적이며 효과적으로 수행될 수 있도록 학생들에게 문학적 소통에 대한 선험적인 지식체계를 가르치는 것을 말한다. 이러한 선험적인 이해가 없이는 문학비평을 정당화하지 못할 뿐 아니라 어떤 문학다움에 대한 원리나 정의가 명료하게 이해될 수도 없을 것이기 때문이다.

　이러한 선험적인 지식체계는 학생들에게 일정한 선행경험체계schema를 형성하여 텍스트 수용의 인지적 과정을 역동적으로 강화하는 역할을 한다. 이를 토대로 학생은 실존적인 주체인 자아와 텍스트가 표성하는 세계 사이에서 다양한 상상력을 발휘하게 된다.

　비평교육은 어떤 작품의 '지금-여기'의 현재적 의미를 탐색할 수 있는 능력을 기르는 것이다. 문학텍스트에 적절하게 반응하는 것을 배우고 또 그것을 분명하게 나타내는 방법을 배우는 것은 부분적으로는 형식과 내용의 유기적 상호 작용을 올바르게 나타낼 수 있는 담론 형식의 사용을 배우는 것이다.

이 항목에서는 실제 강의시간에 이루어진 학생의 비평문을 예로 들어 비평쓰기의 실제를 보이고자 한다.

1) 시 텍스트의 경우

학생들에게 해방 이전의 텍스트를 지정해 주면 스스로 작품을 이해, 해석, 평가하려고 하기보다 이미 연구된 자료를 짜깁기하는 경향이 농후해 기존 연구가 많지 않은 해방 이후의 텍스트를 선정해 주었다. 사례로 택한 것은 문예창작학과 2학년인 이현희 학생이 김광규의 시 「어린 게의 죽음」을 평한 비평문이다.

① 비평문의 예

소리 없는 절규

— 김광규의 「어린 게의 죽음」

1. 들어가기

「어린 게의 죽음」은 1979년 김광규의 첫 시집 『우리를 적시는 마지막 꿈』에 발표된 시이다. 그의 첫 시집을 읽는 동안 무척 재미있다라는 생각이 들었다. 현대시에 관하여 얘기할 때 쓰이는 너저분한 꾸밈이라던가 빙빙 돌려 억지로 꿰어 맞춘 흔적이 없는, 가식 없는 깔끔한 느낌이었다. 이러한 이유는 그가 즐겨 쓰는 소재가 우리의 일상생활에서 쉽게 접할 수 있는 삶과 현실, 인간의 본질에 관한 것이며 또한 간결하면서도 친근감 있는 문체에 있다 할 수 있겠다. 요란하지도 격렬하지도 않음 속에 그의 맑은 정신과 신선한 충격이 소리 없는 절규로 다가옴은 앞으로 제시될 「어린 게의 죽음」이라는 짧은 한 편의 시로도 충분한 예가 되어 줄 것이다. 어린 게의 죽음으로 인해 다시금 생각하게 되는 죽음 혹은 삶에 대한 새로운 인식이 바로 그것이다. 하지만 단순히 인간의 본질을 이야기하기에는 '군용 트럭'이라는 단어가 쉽게 치부되어 버리는 것이 아닌가 하는 생각으로 이 시의 시대적 배경인 유신체제의 현실을 되짚어보는 방향과 김광규 시에 나타난 언어의 일상성에 대해 알아보고자 한다.

2. 방향성 상실의 시대

ⓐ 어미를 따라 잡힌
ⓑ 어린 게 한 마리
ⓒ 큰 게들이 새끼줄에 묶여
ⓓ 거품을 뿜으며 헛발질할 때
ⓔ 게장수의 구력을 빠져나와
ⓕ 옆으로 옆으로 아스팔트를 기어간다.
ⓖ 개펄에서 숨바꼭질하던 시절
ⓗ 바다의 자유는 어디 있을까
ⓘ 눈을 세워 사방을 두리번거리다
ⓙ 달려오는 군용트럭에 깔려
ⓚ 길바닥에 터져 죽는다
ⓛ 먼지 속에 썩어가는 어린 게의 시체
ⓜ 아무도 보지 않는 찬란한 빛

단순한 한 생명체의 죽음이라 하기보다는 한국 역사 발전 과정의 어두운 단면을 보여주고 있는 이 시는 1978년에 발표된 작품이다. 시의 전체적인 풍경은 어린 게에 대한 모습을 관찰하는 듯하지만 이 시가 발표된 1978년이라는 시대적 배경을 볼 때 이 시가 가지고 있는 의미는 상당한 충격이라 할 수 있겠다. 1970년대는 유신체제와 불균형적인 경제발전으로 정치적인 불안과 가치관의 혼동

손에 방향을 상실한 시대이다. 특히 이 시가 발표된 1978년은 그러한 사회문제가 극도에 달했던 시기이다. 그러한 시기에 탄생한 이 시는 매우 잔잔하면서도 당시 시대를 극적으로 비판하고 있다.

ⓐⓑ는 '어미'라는 기성세대들이 만들어 낸 유신 체제 속에 어쩔 수 없이 따라야 하는 '어린 게', 젊은이를 의미하며 ⓒⓓ는 자신들이 만들어 낸 체제 속에서 헛발질하며 갇혀 사는 기성세대의 모습을 나타내고 있으며 ⓔⓕ는 이 시의 핵심인 게를 상징적으로 쓴 이유가 드러난다. 앞으로 전진하는 것이 아니라 무언가를 피해 옆으로 옆으로 기어가는 게의 상징적인 모습은 바로 소위 박정희 정권이라 불리는 시대의 억지스러운 강요를 잘 나타내고 있다. ⓖⓗ는 진정한 민주주의가 존재했던 4.19 등 민주당 정부에 대한 아쉬운 회고를 하는 장면으로 이 부분에서는 이 시대에 절실했던 민주주의의 의의를 다시금 생각하고 있다. ⓘ는 그러한 혼란기에서 자기 방향성을 상실하고 갈등과 번민으로 방황하는 젊은이들을 뜻하며 ⓙⓚ는 '군용 트럭'이 말해주듯 군사정권의 폭압 속에 죽어가는 어린 노동자며 젊은 학생들의 모습을 아주 극적으로 보여주고 있다 ⓛⓜ은 그럼에도 새로운 시대에 대해 높고 깊은 뜻을 세웠던 젊은이들의 의식이 아무도 보지 않는 빛으로 묻히는 데에의 슬픔이랄까 절망적인 아픔을 시적 자아가 동일시하며 끝을 맺고 있다.

앞에서 보았듯이 죽음이라는 현실적인 문제 속에 '게'라는 재미있는 사물에 대한 평범한 묘사가 글의 전체를 이루는 듯하나 '군용 트럭'이라는 시대적 배경을 간단히 제시하면서 역사의 어두운 단면과 동시에 소멸이라는 것을 잘 나타내고 있다. 결국 게는 죽었지만 게의 찬란한 빛이라는 것은 시인이 꿈꾸는 의식이 되살아남을 뜻하는 것이다.

3. 언어의 일상성

앞에서 「어린 게의 죽음」이라는 짧은 시 한 편을 보아도 알 수 있듯이 김광규의 시는 시언어가 소박한 일상성을 넘지 않는다. 그는 작은 문제, 주변적인 사실 속에 우리의 일상적인 삶을 건강하고 차분한 언어로 표현하고 있다. 이것이 김광규의 개성이라 할 수 있는 이유는 그는 시 속에 정직하고 맑은 정신을 가진 표현들로 끊임없이 반복되는 삶을 이야기하고 있다. 그러나 다른 측면에서 그의 일상성이 그의 한계라고 볼 수도 있지만 그의 정돈된 언어는 표면에 드러나는 인식에 머무르지 않고 존재에 대한 심연이나 역사의 깊은 곳까지 파고 들어가는 관통력을 지닌다.

  4. 나오기
  1978년 발표된 김광규의 「어린 게의 죽음」은 1970년대의 군사정권의 폭압에 숨져가는 젊은이들에 대한 안타까움과 새로운 시대에 시적 자아가 완성시키고자 한 시인의식을 나타내고 있다. 일상적이며 평범하게 글을 써가면서도 깊은 관통력으로 역사를 다시 바라보고자 한 그는 진실이 허위로 넘겨버린 지난 날의 왜곡과 명료한 의식을 황폐한 일상에 재미를 던져주며 나타내고자 하였다. 그의 이러한 특성은 독자들로 하여금 친숙하면서 가볍지 않은 그의 시세계를 이해하는 데 많은 도움을 주며 무력해진 현실 속에 다소 위안이 되어 주었다.

② 인용 비평문에 대한 토론

이 비평문을 함께 읽고 학생들은 활발한 질의 응답을 벌였다. 주된 내용은 다음과 같다. 첫째 시를 지나치게 일대 일로 대응하는 의미를 추적하려고 한 것이 아닌가 하는 점이다. 발표한 학생은 시어 하나하나마다 상응하는 의미를 추적했는데 이렇게 시의 의미를 한정시키는 것은 오히려 시 자체를 축소시키는 것이 아닌가에 대한 지적이었다. 알레고리라면 시 바깥의 현실과 일 대 일로 대응하는 의미를 추적해 그 비판의 옳고 그름을 판단해 볼 수 있겠지만 시란 당대의 현실을 반영하고는 있지만 당대의 현실과 일대 일로 대응하는 것은 아니라는 의식이었다.

두 번째는 원래 텍스트는 3연으로 이루어졌는데 비평하면서 연 구분을 없앤 것에 대한 논의였다. 연과 행이 시인이 의도적으로 구성한 것이라면 그것을 그냥 둔 채로 거기에서 의미를 발견하는 작업이 이루어져야 하는 것이 아니냐는 지적이었다. 또 시에서 논의해야 할 중요한 것의 하나가 운율인데 운율에 대해 전혀 관심을 가지지 않았다는 사실이 지적되었다.

세 번째는 마지막 2행을 슬픔과 아픔으로만 해석할 수 있느냐는 지적이었다. '새로운 시대에 대해 높고 깊은 뜻을 세웠던 젊은이들의 의식이 아무도 보이지 않는 빛으로 묻히는 데에의 슬픔이랄까 절망적인 아픔을 시적 자아가 동일시하며 끝을 맺고 있다'고 해석하고 있는데 그렇다면 '찬란한'이란 시어를 어떻게 해석해야 하느냐는 문제점이 지적되었다.

네 번째는 언어의 일상성을 김광규 시의 특성으로 내세웠는데 사실 이것은 현대시의 특성이 아니냐는 지적이었다. 시에 사용할 수 있는 언어가 따로 있다는 생각을 거부하고 시에 일상언어와 산문율을 도입한 것이 현대시이고 보면 이런 지적은 타당하다. 다만 이 한 편의 시가 아니라 전체 김광규 시세계를 조망하는 글에서라면 그의 시에 사용된 일상어들의 특별한 쓰임을 지적할 수 있을 것이다.

③ 인용 비평문에 대한 비평

한 편의 시를 비평하는 일은 주관적인 감상에서 시작하지만 정치하게 작품을 분석하는 작업을 거쳐야만 한다. 예술작품의 향수는 자기 충족적인 것이지 설명적인 것은 아니라고 할 수도 있지만 분석의 훈련이 없다면 지각은 맹목적으로 대상에 몰입되거나 왜곡될 수 있다. 문학을 감상할 때 주관적인 감상이 얼마나 단순한 대리만족의 차원으로 격하될 수 있는가는 통속소설의 감상태도에서 잘 드러난다.

즉 객관적 준거를 마련하지 못하는 주관적 감상은 자기 위안에 빠지기 쉽다. 독자는 지각적으로 정확하게 읽는 과정에서 텍스트와 미적으로 만날 수 있다.

　가. 단어와 문장

　이 비평에는 정확하지 않은 문장이 많다. "현대시에 관하여 얘기할 때 쓰이는 너저분한 꾸밈이라던가 빙빙 돌려 억지로 꿰어 맞춘 흔적이 없는, 가식 없는 깔끔한 느낌이었다."는 문장은 우선 주어가 없으며, 내용에서도 '현대시에 관하여 얘기할 때 쓰이는 너저분한 꾸밈이라던가 빙빙 돌려 억지로 꿰어 맞춘 흔적이 없는'이라는 말은 성립되지가 않는다.

　또 "요란하지도 격렬하지도 않음 속에 그의 맑은 정신과 신선한 충격이 소리 없는 절규로 다가옴은 앞으로 제시될 「어린 게의 죽음」이라는 짧은 한 편의 시로도 충분한 예가 되어 줄 것이다."는 문장도 주어와 술어의 호응이 맞지 않는 것은 물론 '요란하지도 격렬하지도 않음 속에'라는 표현도 어색하기 짝이 없다.

　"하지만 단순히 인간의 본질을 이야기하기에는 '군용 트럭'이라는 단어가 쉽게 치부되어 버리는 것이 아닌가 하는 생각으로 이 시의 시대적 배경인 유신체제의 현실을 되짚어보는 방향과 김광규 시에 나타난 언어의 일상성에 대해 알아보고자 한다."라는 문장에서는 '치부되다'라는 단어가 잘못 씌어져 있다. '치부'는 금전과 물품의 출납을 기록하는 것으로 동사는 치부하다로 사용된다. 따라서 이 문장은 "'군용 트럭'의 의미를 간과하는 것이 아닌가 하는" 정도로 고쳐야 한다.

　"시의 전체적인 풍경은 어린 게에 대한 모습을 관찰하는 듯하지만 이 시가 발표된 1978년이라는 시대적 배경을 볼 때 이 시가 가지고 있는 의미는 상당한 충격이라 할 수 있겠다."는 문장은 주어가 다른 두 문장을 한 문장으로 연결시킨데다가 '상당한 충격이다'면 충분할 것을 '-이라 할 수 있겠다'하고 표현해 오히려 의미만 부정확하고 어색할 뿐이다. 이 문장의 의도를 정확하게 나타내려면 "시는 단순히 죽음에 이르는 어린 게의 모습을 관찰하여 서술한 것처럼 보이지만 이 시가 발표된 시대적 배경을 감안한다면 상당히 충격적인 의미를 내포하고 있는 것이다."로 바꾸어야 한다.

문장 '젊은이들의 의식이 아무도 보지 않는 빛으로 묻히는 데에의 슬픔이랄까'에서도 빛은 묻힐 수가 없는 것이기 때문에 적절하지 않은 표현이다. 이 글은 전체적으로 주술의 호응이 맞지 않는 문장이 많고, 단어가 잘못 쓰인 경우, 또 '-이다.' 하면 충분할 것을 '-이라 할 수 있겠다.'로 쓴 경우가 많았다. 무엇보다도 비평의 필수조건은 문장의 정확한 사용이라는 사실을 다시 한 번 확인할 수 있었으며, 보다 세심한 문장지도가 선행되어야 할 필요를 느꼈다.

나. 비평의 맥락과 논리

토론의 첫 번째 부분에서 지적되었지만 시를 비평하면서 지나치게 당대 현실로 의미를 축소해 알레고리로 해석하려는 태도는 마땅히 경계되어야 한다. 이것은 중고등학교에서 주입식, 단답식으로 시를 교육받은 영향으로 보인다. 텍스트 자체 내에서 해석을 하고 그 의미를 확대하면서 작가나 시대의 문제로 확대해 가는 것이 바람직하다. 때문에 토론의 두 번째 부분에서 지적되었지만 이 시의 형식과 내용을 자세하게 분석하는 작업이 필요하다.

이 시는 3연으로 이루어졌으며 1연과 3연은 2행으로 2연은 9행으로 이투어졌다. 그런가 하면 이 시는 1행에서 12행까지는 시적 화자가 관찰한 것을 그대로 서술하고 있는 것이며 13행만이 그런 사실에 대한 화자의 판단을 덧붙이고 있는 것이다. 즉 1연은 어미 게와 어린 게가 함께 잡힌 상황이, 2연은 어린 게가 죽음에 이르는 과정이, 3연은 어린 게의 죽음의 의미가 서술되어 있다. 2연이 긴 것은 어린 게가 죽음에 이르는 과정을 구체적으로 서술하면서 3연의 결론을 끌어내기 위한 것이다. 시인은 자신이 한 경험의 일부를 제거하기도 하고 다른 경험을 끌어들이기 해 텍스트 전체에 질서를 부여하게 된다. 시의 경우 그런 질서가 운율이다. 운율은 반복되는 것이기에 통일과 안정을 나타내면서 매 음보 안에서 변화를 보여주기에 자극시키며 각성시키다. 이 텍스트에서 1연은 4음보를 2음보씩 나누어 2행으로 만들었고 2연은 기저음보가 3음보인 9행이며 3연은 4음보 2행이다. 1연과 3연은 움직임이 없는 상황과 시적 화자의 판단을 서술한 것이기에 장중한 4음보로, 2연은 어린 게의 움직임을 서술하고 있기에 율동적인 3음보와 결합해 운율과 경험이 의미있게 결합되어 있다.

시에서 자연에 속하는 시어인 게, 개펄, 바다와 문명에 속한 시어인 아스팔트, 군용트럭은 서로 대립된다. 어차피 게장수에게 잡혔으니 죽는 것은 마찬가지이지만 구럭을 빠져나와 자유를 찾아 눈을 세워 두리번거리는 행동은 같은 상황에 처했을 때 어떤 행동을 택할 것인가에 대해 우리의 판단을 유도한다. 먼지 속에 썩어가는 어린 게의 시체는 사실 더 의미없는 것처럼 보이기도 하다. 그러나 시적 화자는 이 죽음에 '아무도 보지 않는 찬란한 빛'이라고 의미를 부여한다. '아무도 보지 못하는'도 아니고 '아무에게도 보이지 않는'도 아니고 '아무도 보지 않는'이다. 그렇다면 이것은 '눈에 보여도 일부러 보지 않는'의 의미가 있다고 해석할 수 있다. 또한 아무도 보지 않으면 그것이 찬란한지 화자는 어떻게 알았는가라는 질문이 성립될 수 있다. 즉 화자는 아무도 보지 않는다고 말하고 있지만 화자의 수준에 있는 사람이라면, 이 시를 읽어 화자의 인식과 가치판단에 동일시되는 사람이라면 그 죽음이 찬란한 빛임을 안다는 의미가 깃들어 있다. 아무도 보지 않지만 찬란해 곧 누구라도 알게 될 그 빛은 자유를 찾아 혼신의 힘을 다하는 이 땅의 모든 사람에게 바치는 이름이다.

여기에서 그냥 트럭이 아니라 군용트럭인 것에서 우리는 이 텍스트에서 당대의 역사를 빗겨갈 수 없다. 그냥 트럭이라면 자연을 죽게 하는 둔명에 대한 비판으로만 읽히지만 군용트럭이기에 문명비판만이 아니라 당대 사회에 대한 비판이 함께 작용하게 되는 것이다.

각 시행을 상세하게 축어적으로 해석하고 있는 부분에서 "앞으로 전진하는 것이 아니라 무언가를 피해 옆으로 옆으로 기어가는 게의 상징적인 모습은 바로 소위 박정희 정권이라 불리는 시대의 억지스러운 강요를 잘 나타내고 있다."는 논리의 비약이다. 왜냐하면 옆으로 옆으로 기어가는 것은 어미 게나 어린 게나 마찬가지이며 그 시대의 억지스러운 강요로 대입하면 이 시의 의미가 드러나지 않게 된다.

또 이 시의 발표 연대를 글의 첫부분에서는 시집에 묶인 1979년으로, 글의 중간과 마지막에 가서는 ≪뿌리 깊은 나무≫에 발표된 연대인 1978년으로 밝혀 혼란을 주고 있다. 78년에 발표되어 79년 상재된 시집에 묶였다고 정확하게 설명하든지 발표된 연대만을 이야기하든지 해야 할 것이다.

이 비평문의 세 번째 부분 '언어의 일상성'은 토론에서 지적되었듯이 이 시만의 특징이라고 하기에는 추상적이며 언어의 일상적 쓰임에 대하여 논의하려면 범위를 확대해 김광규의 전체시를 대상으로 현대시에서 도달한 성과 중의 하나인 일상언어의 시화가 어떤 특징으로 드러나는지를 살펴야 할 것이다.

실제 강의에서는 발표된 비평에 대한 비평을 하고 토의와 비평을 거치면서 달라진 견해를 보완하면서 글을 전체적으로 다시 쓰게 하는 과정이 필요하다.

2) 소설 텍스트의 경우

소설 텍스트의 경우도 시 텍스트와 마찬가지 이유에서 또한 실제 창작을 위해서 최근에 발표된 작품을 읽는 작업의 필요성 때문에 한국현대소설학회에서 엮은 ’97 올해의 문제소설을 텍스트로 삼았었다. 그 중 사례로 든 것은 문예창작학과 3학년인 조은진이 안광의 「매직 카드」를 비평한 글이다. 「매직 카드」는 TV 드라마로 각색되어 방영되기도 한 텍스트이다.

① 비평문의 예

도구로 전락해 버린 인간에 대한 절망적 비판

1. 들어가는 글

「매직 카드」라는 소설은 제목부터 뭔가 신비로우면서도 어떤 마술적 힘을 예상케 한다. 그러나 제목의 느낌과는 달리 무척이나 암울하고 절망적이다. 우선 이 작품을 이해하기 위해서는 이 작품에서 추구하는 바를 인식 가능케 하는 소설의 배경과 장치, 그리고 작품 속에 등장하는 인물들에 대해 분석할 필요가 있다. 그렇게 해야만 이 소설이 추구하고자 하는 바, 즉 주제가 제기하는 문제 의식을 이끌어 낼 수가 있기 때문이다.

그러면 이 소설에서 사용되고 있는 배경과 주인공 K의 내면세계, 그리고 작품 속에 장치된 소재와 등장인물에 대해 살펴본 후 이 작품이 추구하고자 한 주제 의식에 대해 알아보도록 하겠다.

2. 줄거리 소개

주인공 K는 6장의 신용카드를 가지고 있다. 처음 3장의 카드는 자의로 만든 것이었다. 그가 처음으로 카드를 사용한 것은 비디오 카메라를 사고 싶은 충동에서였고 그가 두 번째 위급한 상황이라며 카드를 사용한 것은 동창회에서였다. <벼룩장터>라는 지역 종합정보지에서 근무하는 K는 동창생과의 모임에서 벼룩처럼 느껴지는 자신의 존재에 비탄해 하며 카드로 음식값을 지불하고 만다.

그러던 어느 날 돈 때문에 자신을 무시하는 아내의 말에 그는 집을 뛰쳐나와 술집 접대부인 소녀와 미친 듯이 술을 마시고 또 60만원의 빚을 지게 된다. 집에 갈 차비가 없어도 동창생을 만나면 고급 호텔에서 식사를 하는 등, K는 점점 카드에 길들여져 간다. 그러나 그는 자신의 행동을 후회하면서도 카드를 부러뜨릴 용기가 없다. 마침내 K는 더 이상 6장의 카드를 사용할 수 없을 정도로 연체대금이 밀리게 되고 마지막으로 찾아가게 된 고리대금업자로부터 ‘매직 카드’를 발급받는다. 그런데 신기하게도 이 ‘매직 카드’는 돈을 아무리 인출해도 서비스 잔액이 그대로 남아있고 카드 속의 현금은 변함이 없다. 결국 K는 자신의 직장을 그만두고 자신의 사업체를 가지게 되고 점점 더 많은 돈을 불려 나간다. 또한 예전의 소녀를 다시 만나 소녀만이 자신의 안식처라며 그녀와 사랑을 나누게 된다. 그는 돈의 마력에 취해 있었고, 마침내 소녀와의 관계가 아내에게 들통나고 가족과도 헤어지게 된다. 그러나 소녀와의 ‘사랑’이라고 믿었던 것도 결국 파멸로 끝나고 그 후 K는 더욱 물질에 집착하게 되고 ‘매직 카드’에 눌려 하루하루 불안에 떤다. 그러다가 K는 오랜 숙원이었던 빌딩을 짓는다. 빌딩이 완성되기 전 날 K는 지나온 시절, 즉 가족과의 즐거운 한 때를 회상하며 심한 자책감에 빠진다. 그때 ‘매직 카드’를 발급해 준 그 젊은이가 찾아와 ‘매직 카드’를 다시 돌려줄 것을 원하게 되고 K는 점점 늙어가는 자신을 느낀다.

3. 작품 분석

1) 작품 속에 등장하는 인물들의 의미

이 작품 속에는 주인공 K를 비롯하여 K의 가족과 K를 둘러싼 여러 주위 인물들이 있다. 그러면 작품 속의 등장인물들에 대해 살펴보도록 하자.

A. 주인공 K : <벼룩 장터>라는 이름의 지역 종합 정보지에서 평균 130만원의 월급을 받으며 근무하는 평범한 회사원. 네 식구의 가장인 K는 박봉에 쪼들리며 사는 자신에 대해 항상 실망을 하고 또한 현실에 대해 비탄해 한다. 카드 한 장을 만들게 되면서 K는 자신이 돈에 대해 집착하는 것을 느끼게 되고 소중한 가족마저 잃게 된다. 따라서 이 작품에서의 주인공 K는 물질만능주의 사회속에서 자신의 존재를 잃어가는 현대인의 대표적 예라고 할 수 있다.

B. K의 아내와 두 아들 : K의 가족. K의 아내는 K가 평범한 회사원으로 적은 월급을 받아오는 것에 대해 불만을 가지고 있다. 하지만 그 박봉으로 어떻게든 살아보려고 노력한다. 하지만 K가 '매직 카드'의 힘으로 점점 더 많은 돈을 벌어오게 되자 자신도 물욕의 노예가 되고 나중엔 거액의 돈을 받고 K와 이혼하게 된다. 이 작품에서의 K의 아내와 두 아들은 K에게 물질에 대한, 돈에 대해 집착을 하게 해주는 부차적인 등장인물이라고 할 수가 있다.

C. K에게 매직 카드를 발급해 준 젊은이 : 6장의 카드 연체 대금을 결재할 수 없게 된 K가 마지막으로 찾아가게 된 곳에서 만난 고리대금업자. 이 젊은이가 K에게 '매직 카드'를 발급해 준 장본인이다. 하지만 이 젊은이의 실체는 거의 드러나지 않는다. 따라서 이 작품 속에서 이 젊은이의 존재는 K로 하여금 물질에 대한 욕망의 늪으로 빠지게 하는 매개체이자 우리 사회의 타락한 문명과 현실에 대한 문제의식을 제기하는 존재인 것이다.

D. 생머리 소녀 : 아내와 싸우고 난 후 집을 뛰쳐나온 K가 길거리에서 만나게 되는 소녀. K는 소녀가 자신의 고통을 유일하게 잠재워 줄 수 있는 안식처라고 생각한다. 하지만 소녀는 K의 돈 앞에

서 잠시 머리를 조아린 존재였다. 그렇기 때문에 작품 속의 그녀는 K가 돈의 위력을 과시하게 도와 주는 존재일 뿐이고 또한 돈과 물질 앞에 고개를 숙이는 현대인의 일면을 보여주는 일례인 것이다.

E. K의 동창생들 : K의 자존심을 건드리는 존재. 이들 때문에 K는 술값을 지불하게 되고 그 대금을 갚지 못해 쩔쩔 매게 된다. 결국 이 동창생들 또한 생머리 소녀처럼 K가 돈에 집착하게 만드는 매개체라고 할 수 있다.

이상으로 「매직 카드」에 등장하는 주인공 K 및 주위 인물에서 살펴 보았듯이 이들은 모두가 익명의 상태로 존재한다. 이는 현대 사회에서의 익명성을 나타낸다. 물론 이것은 현대 사회의 현실을 대변해 주는 것이다. 그러나 이보다 더욱 중요한 것은 바로 등장 인물이 의미하는 바이다. 주인공 K를 비롯해 모든 등장 인물들이 돈과 물질에 집착하는 존재들이다. 주인공 K는 물론이고 나머지 인물들도 모두 K의 물욕을 부추기거나 그 자신들도 또한 물질에 집착한다. 이는 현대문명에서 이질화된 물질문명을 영위하는 주된 존재들이다. 바로 이러한 측면에서 작가는 이러한 등장 인물들을 통해 이질화된 문명을 비판하고자 한 것이다. 또한 주인공 K의 모습에서 우리는 K가 자아 분열의 경험을 하는 것을 보게 된다. 즉 K의 본래적 자아는 그냥 주어진 현실에 만족하며 평범하게 사는 것을 말하지만 그에 비해 K의 이상적 자아는 매직 카드로 인해 더 많은 부와 물질을 축적하기를 희망한다. 여기에서 K는 자신의 자아 분열, 또는 해체되어 감을 느끼는 것이다.

원래 돈이나 물질은 인간이 편리한 생활을 하기 위해 마들어 낸 일종의 도구적인 존재에 불과하다. 그런데 인간은 자신이 만들어 낸 도구에 오히려 억눌려 살아가고 있다. 목적성을 상실한 도구는 이제 인간의 상위에 서서 인간을 지배하고 있다. 하기에 작가는 이러한 시대의 오류에 빠진 인간들의 허무한 욕심과 그 욕심이 만들어 낸 문화에 대한 문제를 제기한 것이다.

그러면 이제 「매직 카드」의 배경에 대해 살펴보도록 하자.

2) 작품 속에 설치된 배경과 그 의미

A. 카드

원래 카드라는 것은 현금이 없을 경우, 신용을 담보로 하여 나중에 그 대금을 결제해 주는 것으로 현대 사회에서는 매우 유용하게 쓰이는 물건이다. 하지만 작품 속에서 '매직 카드'의 의미는 주인공 K의 물질에 대한 끝없는 욕심과 부질없는 얽매임을 상징한다. K는 연체 대금 결제일이 다가오거나 간신히 대금을 결제하고 난 후에 카드를 부러뜨리고 싶은 충동에 휩싸이지만 그때마다 부러뜨리지 못하고 자아의 분열을 느끼게 된다. 여기에서 물질에 집착하는 자신에 대해 환멸을 느끼게 되고 결국 돈이 많아도 결코 행복이란 그것에서 만들어지는 것이 아니라는 것을 깨닫게 된다.

결국 '매직 카드'는 물질에 대한 인간들의 허무한 집착을 나타내며 물질만능주의에 얽매인 현대인들의 모습을 잘 나타내 주는 소설적 장치인 것이다. K가 바라던 대로 매직 카드로 부와 자신의 꿈을 이루고서도 자신을 찾지 못하고 절망하는 것은 결국 물질로서 인간은 모든 것을 채울 수 없는 존재라는 것을 새삼 일깨워 주고 있는 것이다. 이 소설에서 카드는 현대인이 편리함을 추구하고 그것으로 자신의 욕구를 충족시키려는 면을 단적으로 보여 주면서 자신이 필요로 하면 언제든지 활용을 할 수 있지만, 그 이면에는 또다른 갈등과 후회가 도사리게 되는 것이다. 이 소설에서도 K는 카드로 인해 물질에 대한 욕심을 채우고 또한 그 카드로 인하여 끝내는 파멸에 이르는 단적인 면을 볼 수 있는 것이다.

B. ≪벼룩 장터≫

K가 근무하는 지역 종합 정보지의 이름. ≪벼룩 장터≫는 복잡한 도시인들의 갖가지 생활 정보와 광고를 대행해 준다. 따라서 ≪벼룩 장터≫에는 이 도시에서 생활하고 있는 사람들의 모습이 담겨 있다.

그런데 주인공 K는 ≪벼룩 장터≫에서 일하는 것을 창피하게 여긴다. 스스로 벼룩이 되는 것처럼 느끼는 것이다. 인간들이 살아가는 모습임에도 불구하고 K는 짜증을 느끼고 벗어나고 싶어한다. 하지만 K 또한 이 사회에서 살고 있기 때문에 K는 현실을 벗어날 수가 없다. 하기에 ≪벼룩 장터≫라는 것은 K가 처해 있는 현실인 동시에 그 현실에서 벗어나고자 하지만 그것에서 벗어날 수 없는 K의 절망감을 보여주는 배경인 것이다.

C. 빌딩

K가 가진 꿈의 실체. 자본주의 사회에서 빌딩의 소유주라고 하면 썩 괜찮은 벌이를 가진 자이다. 왜냐하면 빌딩을 짓기 위해서는 수억 대의 돈이 투자되고 또한 빌려주는 조건으로 받는 임대료 또한 적지 않기 때문이다. 하기야 K는 빌딩의 소유주를 부러워하고 자신도 그 부류에 속하기를 희망하지만 그것은 꿈일 뿐이다. 나중에 K가 빌딩의 소유주가 되기는 하지만 그것 역시 K 자신의 힘으로 일군 결과물이 아니기에 역시 꿈인 것이다. 수억의 자본으로 건축된 빌딩은 결국 인간의 욕망으로 가득 찬 공간인 것이다.

D. 스모그가 가득 찬 회색빛 하늘

K가 살고 있는 도시. 인간에게 유해한 성분으로 가득 찬 회색빛 하늘로 표현되는 도시는 항상 암울하다. 우선 회색이 주는 이미지는 썩 유쾌하지가 않다. 흰색도 아니고 검은 색도 아닌 것이 우울한 인상을 던져 주기 때문이다. 작품 속에 이미 제시되었듯이 스모그로 가득 찬 회색빛 하늘은 K가 살고 있는 도시의 분위기와 주인공의 자아를 대변한다. 산성의 유해한 성분을 다량 함유한 대기의 상태는 서로 타인일 수밖에 없게 만드는 절망감과 K의 자아 분열을 초래하는 매개체인 것이다. 또한 스모그 때문에 윤곽마저 희미한 도시는 서로를 타인이게 하고 옳은 것과 그렇지 못한 것에 대한 개념의 모호성을 나타낸다.

이제까지 '카드'와 '벼룩 장터' 그리고 '빌딩'과 '회색빛 하늘'이 주는 의미에 대해 알아 보았다. 이것들은 모두 사람들을 현실에 얽매이게 하고 물질에도 집착하게 만드는 장치들이다. '카드'와 '벼룩 장터' 그리고 '빌딩'은 주인공으로 하여금 갈등과 절망을 주는 요소이고 이러한 것들은 '회색빛 하늘' 아래에서 이루어진다. 결국 '회색빛 하늘'은 이 사회를 지칭하고 이제까지 설명한 등장 인물과 그 외의 요소들은 작가가 처한, 그리고 이 시대가 처한 현실이자 모순인 것이다.

3) 작품이 제기하는 문제 의식

작가가 제기하는 문제점은 과연 무엇인가? 그것은 바로 위에서 계속 언급했듯이 물질만능주의에 빠진 인간들의 모습을 비판한 것이다. 작가는 '매직 카드'를 손에 쥔 주인공 K의 심리를 묘사함으로써 그 모습을 비판하고 있다. 부러뜨려야 할 카드를 없애지 못하는 K의 갈등과 K 주위를 맴도는 주위 인물에서 이 사실을 알 수가 있다. 또한 자신이 사랑한다고 믿었던 생머리 여자가 다른 젊은 아이와 뒤엉켜 있는 모습을 보고 생머리 소녀를 죽이게 되지만 이 사실도 결국 돈의 힘에 눌려 은폐되고 만다. 바로 이러한 사실에서 인간의 생명도 돈으로 죽이고 살릴 수 있다는 비극적인 현실을 알 수가 있다. 때문에 작가는 물질과 돈에 굴복하여 인간 본연의 순수함과 도덕심마저 빼앗겨 버리는 현 시대의 실태에 대하여 그것을 고발한 것이다.

4. 나오는 글

이상으로 안광의 「매직 카드」에 대하여 살펴 보았다. '매직 카드'라는 도구로 허망한 삶을 영위하는 주인공 K. 그는 돈의 위력을 알고 처음엔 허세도 부리고 빌딩의 소유주도 되지만 끝내는 가족도 잃고 자신의 자아도 잃게 되고 만다. 인간이 편리를 목적으로 만든 도구인 '카드'로 인해 인간이 도리어 도구가 되어 버리는 이 현실에 대해 진지한 문제 제기를 하는 것이다. 그리고 돈과 물질이 중시되고 돈만 있으면 모든 것이 해결되는 이 시대적 상황이 그렇게 비이성적으로 흘러가는 것에 대해 절망적인 시각으로 심각한 문제 제기를 한 것이라 생각한다. 하기에 이 작품을 읽은 독자라면 작가가 저기한 문제에 대해 다시 한 번 그 의미를 되새겨야 할 것이다.

② 인용 비평문에 대한 토론

토론의 주된 내용은 다음과 같다.

첫째 이 텍스트는 현실에서는 존재할 수 없는 '매직 카드'가 사건의 주축이 되어 있고 마지막 부분에 가서는 20층 빌딩이 기우뚱거리며 조금씩 떠오르기 시작해 이리저리 흔들거린다는 묘사가 나오는 등 현실과는 상치된 부분이 나오는데 개연성의 문제에 있어서 어떻게 받아들여야 하는냐는 문제가 지적되었다. 그러나 이 개연성의 문제는 리얼리즘 계통의 모방적 소설에만 익숙한 독자들이 제기하는 문제이다. 모든 소설은 무엇은 일어날 수 있고 무엇은 일어날 수 없다고 하는 자체의 규칙을 가지고 있다. 모방적 소설에서는 일상생활의 법칙에 따라 움직이는 평범한 인물과 사건이 다루어지기 때문에 20층 빌딩이 떠오르는 일은 일어날 수 없다. 그러나 전제적 소설의 유형에서 작가는 리얼리즘의 유형이 수정된 어떤 전제를 제시한다. 예를 들어 카프카의 『변신』에서 주인공은 어느 날 갑자기 딱정벌레로 변신한다. 독자는 이 사실에 대해 과학적 설명을 요구하는 것이 아니고 작가가 제시한 상황을 인정하고 그 법칙에 따라 텍스트를 읽어나갈 수밖에 없다. 이런 전제적 소설에서는 상황 설정 자체가 고도의 상징성을 수반하고 있다. 또 다른 한 유형은 몽상적 소설인데 이것은 단 하나의 전제만이 비현실적인 것이 아니라 소설 전체가 몽상의 논리에 따라 움직이는 것이다.

둘째, "이는 현대문명에서 이질화된 물질문명을 영위하는 주된 존재들이다. 바로 이러한 측면에서 작가는 이러한 등장 인물들을 통해 이질화된 문명을 비판하고자 한 것이다."에서 '이질화된 물질문명'이 무엇이냐는 질문과 그에 대한 응답이었다. 그러나 이 부분은 질의 응답과정을 거쳐 발표자가 자신의 견해가 잘못되었음을 인정하였다.

셋째는 "여기에서 물질에 집착하는 자신에 대해 환멸을 느끼게 되고 결국 돈이 많아도 결코 행복이란 그것에서 만들어지는 것이 아니라는 것을 깨닫게 된다."는 부분을 보면 K가 자신에 대한 환멸과 허망함을 깨닫는 것으로 독해한 것 같은데 실제 이 작품에서 K의 그런 인식은 전혀 나타나고 있지 않다는 지적이었다. 이것 역시 발표자의 오독이며, 그 부분은 이 텍스트를 읽은 독자가 깨닫게 되는 인식이라고 수정하게 되었다.

넷째, 이 소설에서 가장 핵심적인 것은 결국 욕망의 문제이며 그것이 현대사회의 특징인데 그 문제를 비켜가지 않았느냐는 지적이었다.

③ 인용 비평문에 대한 비평

근대 이후의 소설에서는 바람직한 인간상을 직접적으로 그리기보다는 부정적인 인물이나 결여된 부분이 있는 인물을 주인공으로 택하는 경우가 대부분이다. 이런 점에서 볼 때 소설의 내적인 형식이 아이러니적이라는 지적은 타당하다. 즉 소설의 참된 의미를 파악하기 위해서 독자는 소설을 역설적으로 읽어야 한다. 이것은 작중 인물들과 동일시하는 독서가 대상에 몰입되어 단순하게 대리만족하고 마는 자기 위안의 차원에 빠지기 쉽기 때문이다. 타락한 인간상을 통해 독자는 그가 타락한 원인은 무엇인가, 이 시대의 진정한 가치는 무엇인가, 진정한 가치를 추구하기 위해서는 어떻게 해야 하는가, 그런 가치를 추구하도록 해 주는 현실적인 조건은 무엇인가 등등의 문제를 자발적으로 생각하게 된다. 소설의 독서는 '상상력을 통한 재구성 작업'이기 때문이다.

사례로 든 비평은 소설의 등장인물들과 배경을 상세하게 분석함으로써 소설의 주제를 파악하는 노력을 보여주고 있다. 그러나 여전히 문장과 글 전체의 논리에 있어서 몇 가지 지적사항을 가지고 있다.

가. 단어와 문장

시 텍스트를 비평한 글보다는 정확한 문장을 구사하고 있었으나 문장에서 몇 가지 문제점을 드러내고 있다. 예를 들면 '실망을 하고', '돈에 대해 집착을 하게 해주는' '자아분열의 경험을 하는 것을' 등등에서 보는 것처럼 실망하다, 집착하다, 경험하다 등 한 단어를 영어식으로 목적어와 동사로 만들어 버리는 습관이다. 이 언어 습관은 젊은 층에서 특히 현저하게 나타나는데 우리말답게 한 단어로 써야 한다. 또 비평의 소제목에 쓰인 '작품 속에 설치된 배경과 그 의미'에서 '작품 속에 설치된 배경'이 아니라 '작품의 배경'이라고 하는 것이 정확하다.

단어 선택이 적합하지 않은 곳도 몇 군데 눈에 띈다. 예를 들면 "나중에 K가 빌딩의 소유주가 되기는 하지만 그것 역시 K 자신의 힘으로 일군 결과물이 아니기에 역시 꿈인 것이다."에서 꿈은 밤에 꾸는 꿈이나 이상을 나타내는 것이기에 이 경우는 그냥 꿈이라고 쓰면 의미가 정확하게 전달되지 않는다. '헛된 꿈'처럼 '꿈' 앞에 수식어를 붙여야 한다. 또 "작가는 '매직 카드'를 손에 쥔 주인공 K의 심리를 묘사함으로써 그 모습을 비판하고 있다."에서도 이 소설에서는 주인공의 심리를 묘사하고 있는 것이 아니라 주인공의 행동을 서술하고 있기에 부정확한 표현이 되고 만다.

'그 욕심이 만들어 낸 문화에 대한 문제를 제기한 것이다'에서 '대한'은 불필요하다. '여기에서 K는 자신의 자아 분열, 또는 해체되어 감을 느끼는 것이다'에서 '느끼는 것이다'의 목적어 자아 분열과 해체되어 감은 문장 성분이 다르다. 따라서 이 문장은 '여기에서 K는 자신의 자아가 분열, 또는 해체되어 감을 느낀다'고 해야 정확하게 된다. 얼핏 보아 소소해 보이는 이런 표현이 모여 글 전체를 모호하게 만들게 되는 법이다.

"K가 바라던 대로 매직 카드로 부와 자신의 꿈을 이루고서도 자신을 찾지 못하고 절망하는 것은 결국 물질로서 인간은 모든 것을 채울 수 없는 존재라는 것을 새삼 일깨워 주고 있는 것이다." 같은 부분에서는 주술의 호응이 맞지 않는다. "K가 바라던 대로 매직 카드로 부와 자신의 꿈을 이루고서도 자신을 찾지 못하고 절망하는 것을 보면 인간은 물질만 가지고 사는 존재가 아니라는 것을 깨닫게 된다."로 쓰면 원래 전달하려는 문장의 의미를 살리면서 주술이 호응하는 문장이 된다.

또 이 비평문에는 비슷한 내용을 두서없이 반복하는 부분이 많다. 예를 들면 "주인공 K를 비롯해 모든 등장 인물들이 돈과 물질에 집착하는 존재들이다. 주인공 K는 물론이고 나머지 인물들도 모두 K의 물욕을 부추기거나 그 자신들도 또한 물질에 집착한다." 같은 부분도 그렇고 "인간들이 살아가는 모습임에도 불구하고 K는 짜증을 느끼고 벗어나고 싶어한다. 하지만 K 또한 이 사회에서 살고 있기 때문에 K는 현실을 벗어날 수가 없다. 하기에 ≪벼룩 장터≫라는 것은 K가 처해 있는 현실인 동시에 그 현실에서 벗어나고자 하지만 그것에서 벗어날 수 없는 K의 절망감을 보여주는 배경인 것이다." 부분도 비슷한 의미를 중언부언하며 반복하고 있다. 전체적으로 이 글은 '돈과 물질에 집착하는 현대인'이라는 주제 때문에 그 부분을 지나치게 여러 번 반복하고 있어 요약이 필요하다. 의미 없는 반복은 군더더기일 뿐이다. 군더더기를 빼야 깔끔해지는 것은 당연한 일이다.

나. 비평의 맥락과 논리

비평에서 줄거리를 소개하는 항목을 따로 둘 필요는 없다. 따라서 항목 2는 빼야 한다.

다음으로 개념의 부정확성이다. "또한 주인공 K의 모습에서 우리는 K가 자아 분열의 경험을 하는 것을 보게 된다. 즉 K의 본래적 자아는 그냥 주어진 현실에 만족하며 평범하게 사는 것을 말하지만 그에 비해 K의 이상적 자아는 매직 카드로 인해 더 많은 부와 물질을 축적하기를 희망한다. 여기에서 K는 자신의 자아 분열, 또는 해체되어 감을 느끼는 것이다." 부분에서 쓰인 본래적 자아와 현실적 자아는 일반적인 용어 개념과 착종을 일으키고 있다. 흔히는 일상적 자아와 본래적 자아로 나누어 일상적인 삶 때문에 존재의 근원적인 모습을 찾지 못한 채 습관적인 삶을 영위하는 자아와 그런 일상에서 벗어난 존재의 근원적인 자아를 본래적 자아라고 말한다. 그런데 이 글에서는 본래적 자아를 현실에 만족한 채 살아가는 것으로, 이상적 자아는 정의롭거나 바람직한 것이 아님을 알면서도 물질에 집착한 모습을 일컫고 있다. 이미 학계에서 쓰고 있는 용어라면 그 개념에 맞추어 사용해야 하고 그렇지 않을 경우 개념 정의를 분명히 한 뒤 사용해야만 오해가 없다.

그리고 비평할 때 텍스트 자체의 결함을 지적하는 일은 필수적이다. 이 텍스트는 문장이 섬세하지 못하고 세부항목이 정확하게 맞지 않는 곳도 발견된다. 예를 들면 "K는 이제 카드로 하여금 아내 모르게 40만원의 빚을 지게 된 것이다."는 명백하게 영어투의 문장이고 "정보부 모 국장이 기사 좀 잘 써달라고 저녁 먹자고 하는데 귀찮아 죽겠다."는 K 친구의 말에서 '정보부'는 90년대에는 없어진 부서 이름이다.

토론에서 지적되었듯이 이 텍스트를 비평하면서 빠뜨린 부분이 현대 사회에서 욕망의 문제이다. 오늘날 같은 대량소비사회에서 인간은 소비함으로써만 존재한다. 어떤 특정한 필요는 그 대상을 지님으로써 충족되지만 대상이 없는 욕망은 끊임없이 소비하고 소유하면서도 채워지지 않는다. 현대사회에서 개인의 욕망이란 타인의 욕망을 모방하는 것이며 매스컴과 광고에 의해 양식화된 소비욕망은 영원히 충족되지 않도록 조건화되어 있다. 자본의 논리는 이런 대상 없는 욕망을 욕망의 끝까지 몰고간다. 이 텍스트에서 '흔들리고 있는 빨간 에드벌룬'은 흔들리는 현대인의 위험한 욕망을 상징적으로 보여준다.

자본이란 교환과 등가의 체계 위에 세워진 하나의 기호와 같은 것으로 참과 거짓, 선과 악의 모든 구별을 깨뜨렸으며, 모든 인간적인 목적의 파괴를 먹고 산다. 모든 사용가치를 제거하고 모든 실제적인 등가를 제거하여 실질적인 생산과 부를 제거하면서 자본은 사실성의 원칙을 제거하였다. 그래서 우리는 실재적인 것이란 없고 조작만이 전능한 힘이라는 감각을 가졌으며 조작의 목적도 어떤 사실성을 위한 것이 아니라는 감각을 가졌다. 이 텍스트에서 자본주의의 총아는 빌딩 임대업자라고 말하는 것은 이런 자본의 논리를 지적한 것이다. 이런 점에서 매직 카드를 돈의 시뮬라크르로 본 김정자의 지적은 타당하며 더 나아가 이런 사회를 살아가는 사람은 모두 사람의 시뮬라크르일 뿐이다.

이 텍스트를 읽고 현실에 맞추어 욕망을 조망할 것인가, 욕망에 맞추어 현실을 조망할 것인가? 하는 질문을 스스로에게 던지지 않는다면 이 텍스트는 시뮬라크르가 되고 싶어하는 우리들의 헛된 욕망만 부풀리는 역기능을 할 것이다.

문학작품을 이해한다는 것은 그 텍스트 속에 감추어진 의미를 발견하는 것만이 아니라 그 텍스트 구조가 발휘하는 힘을 체험하는 것이다. 비평은 능력 있는 독자가 능력 없는 독자를 위해 텍스트의 의미를 설명하는 글이 아니고 독자 스스로 자신이 체험한 힘을 조리있게 펼쳐 보이는 것이다. 학생들은 문학텍스트를 읽으면서 늘 교사가 해주는 설명을 듣는 일에만 익숙해져 자신이 스스로 주체가 되어 비평하는 일에 소극적이고, 할 수 있다는 자신감도 결여되어 있다.

비평실기를 효율적으로 수행하기 위해서는 먼저 매 시간 실제 텍스트를 읽고 비평문을 쓰게 하고 그것을 발표하고, 그 발표문을 놓고 각자 독해한 텍스트의 의미와 힘에 대해 토론한 뒤 면밀하게 비평문을 지적해 주는 작업이 반복되어야 한다. 비평에 대한 비평도 교사가 일방적으로 하는 것이 아니라 학생들에게 유도시켜야 한다.

이 항목에서는 시 텍스트와 소설 텍스트만을 예로 들었지만 실제 강의시간에는 장르별로 모든 텍스트를 비평하게 해 보아야 한다.

스스로 주체가 되어 비평하는 작업이 계속되면서 학생들은 설명을 들어야만 텍스트의 의미를 짐작하던 수동성에서 벗어나 자신감을 가지고 비평할 수 있는 능력을 기르게 될 것이다.

참고문헌

구인환 외, 『문학교육론』, 삼지원, 1988

구인환, 『소설 쓰는 법』, 동원출판사, 1982

국어국문학회, 『대학의 국문학교육』, 지식산업사, 1993

김경수 외, 『페미니즘과 문학비평』, 고려원, 1994

김열규 외, 『정신분석과 문학비평』, 고려원, 1992

김열규, 『어떻게 읽고 쓸 것인가』, 홍성사, 1985

김용직, 『현대시 원론』, 학연사, 1994

김원일 외, 『창작이란 무엇인가』, 정민, 1994

김재근, 『이미지즘 연구』, 정금사, 1973

김준오, 『시론』, 삼지원, 1995

김춘수, 『시의 이해와 방법』, 고려원, 1989

김치수 외, 『현대문학비평의 방법론』, 서울대출판부, 1983

김홍우, 『희곡문학론』, 유림사, 1990

김희보, 『소설의 방법』, 종로서적, 1995

문덕수, 『오늘의 시작법』, 시문학사, 1987

문덕수, 『시론』, 시문학사, 1993

문덕수 외, 『현대의 문학이론과 비평』, 시문학사, 1991

문덕수 외, 『문학일반의 이해』, 시문학사, 1992

문순태 외, 『열한권의 창작노트』, 창, 1991

문학과문학교육연구소 편, 『문학교육의 탐구』, 국학자료원, 1996

민병욱, 『희곡문학론』, 민지사, 1991

박명용, 『한국시의 구도와 비평』, 국학자료원, 1996

박명용, 「창작의 교육내용과 교육방법에 대한 연구」, 인문과학논문집 제
　　　　23집, 대전대 인문과학연구소, 1996

박이도, 『문예창작실기론』, 시와시학사, 1995

박진환, 『현대시 창작이론과 실제』, 조선문학사, 1995

박철희 · 김시태, 『문학의 이론과 방법』, 이우출판사, 1984

박철희, 『문학개론』, 형성출판사, 1985

성기조 외, 『문예창작개론』, 장학출판사, 1991

송하춘, 『발견으로서의 소설기법』, 현대문학사, 1993

신현숙, 『희곡의 구조』, 문학과 지성사, 1987

오규원, 『현대시작법』, 문학과 지성사, 1990

오세영 · 마광수, 『시창작론』, 한국방통대, 1993

윤모촌, 『수필 어떻게 쓸 것인가』, 을유문화사, 1996

윤석산, 『현대시학 』, 새미, 1996

윤재천, 『수필 창작의 이론과 실제』, 중앙교육문화, 1990

이명섭 외, 『현대문학비평이론의 전망』, 성균관대 출판부, 1994

이선영, 『문학비평의 이론과 실제』, 동천사, 1983

이승훈, 『시론』, 고려원, 1990

이승훈, 『시작법』, 문학과 비평사, 1993

이인성 편, 『연극의 이론』, 청하, 1988

이종대, 『희곡의 세계』, 태학사, 1998

이형기, 『당신도 시를 쓸 수 있다』, 문학사상사, 1995

임헌영, 『문학을 시작하려면』, 생활지혜사, 1993

장백일 외, 『문학개설』, 탐구당, 1990

정순진, 『한국문학과 여성주의 비평』, 국학자료원, 1992

정순진, 「문예비평실기의 교육방안에 대한 연구」, 인문과학논문집 제25

집, 대전대 인문과학연구소, 1998
조남현, 『소설원론』, 고려원, 1984
조태일, 『시창작을 위한 시론』, 나남출판사, 1994
최상규, 『글, 어떻게 쓸 것인가』, 정음사, 1985
최승범, 『한국수필문학연구』, 정음사, 1983
현길언, 『소설쓰기의 이론과 실제』, 한길사, 1996
홍문표, 『시창작 강의』, 양문각, 1991
브룩스 외, 이경수 옮김, 『신비평과 형식주의』, 고려원, 1991
Dipple E., 문우상 역, 『플롯』, 서울대 출판부, 1984
그리블 제임스, 나병철 역, 『문학교육론』, 문예출판사, 1990
그리제바하, M. 마렌, 장영태 옮김, 『문학연구의 방법론』, 홍성사, 1982
Knight D., 『소설창작법』, 1996
Reid, I., 김종운 역, 『단편소설』, 서울대 출판부, 1982

찾아보기

창작의 실제

인쇄일 초판 1쇄   1999년 01월 05일
         2쇄   2015년 02월 13일
발행일 초판 1쇄   1999년 01월 10일
         2쇄   2015년 02월 18일

지은이 박 명 용 외
발행인 정 찬 용
발행처 **국학자료원**
등록일 1994.03.10, 제17-271호

서울시 강동구 성내동 447-11 현영빌딩 2층
Tel : 442-4623~4 Fax : 442-4625
www. kookhak.co.kr
E- mail : kookhak2001@hanmail.net
가 격 11,000원

*저자와의 협의 하에 인지는 생략합니다.